KEITAI
SHOUSETSU
BUNKO
野いちご SINCE 2009

オオカミ系幼なじみと同居中。
～新装版　苺キャンディ～

Mai

○ST∀RTS
スターツ出版株式会社

カバーイラスト／奈院ゆりえ

突然、両親が海外に転勤。
　その間、パパの友達の家に居候することになったんだけど……。
　そこには意地悪な男の子がいて……!?

°.*:.｡. ..｡.:*･°°*:.｡. ..｡.:*.:°°

『お前見てると、いじめたくなる』

『ほんとに俺のこと覚えてない？』

°.*:.｡. ..｡.:*･°°*:.｡. ..｡.:*.:°°

　幼い頃の微かな記憶。
　甘くて切ない……そんな苺キャンディの味♡

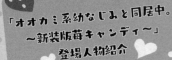

「オオカミ系幼なじみと同居中。
～新装版苺キャンディ～」
登場人物紹介

桜井 未央（さくらい みお）

ちょっと天然な女子高生。親の転勤の都合で、幼なじみの要と同居することに。

後藤 早苗（ごとう さなえ）

未央の親友。男勝りなしっかり者で、頼りになる相談相手。

☆ contents

第1部
春の記憶	10
意地悪なアイツ	19
思わぬ同居生活	27
恋するオトメ？	40
雷とキス	53
朝練の中で	70
ゆらゆらココロ	76

第2部
恋に迷う	92
雨模様――要side	99
それぞれの気持ち	105
陽だまりの中で	118
好きなキモチ	126
キミとふたり	132

第3部
夏の午後、図書室で	146
彼と彼と、あたし	149
苺キャンディの約束	158
Home	167
もっともっと甘いキミ	180

第4部
となりにいる幸せ	192
CAFÉ and BAR　jiji	204
美咲と要？	211

* 第5部 *

信じる心の弱さ	218
潜入調査開始!!	222
以心伝心の反対	228

* 第6部 *

ジンさんとチョコレート	234
隙間を埋めるモノ	248
旬の告白	260
ココロの声	274

* 第7部 *

甘い残り香	286
空に手をかざして	293
最後の賭け ──旬side	298

* 第8部 *

夢のあと	308
美咲とジン	319
ラストチャンス	339
夜空に浮かぶプレゼント	345
しばしの別れ	357
薬指に約束を	361
甘酸っぱい日々	373

特別書きおろし番外編　苺キャンディのキス

『あたしをお嫁さんにして！』	382

あとがき	420

☆
☆
☆

第1部

春の記憶

　——それは、突然だった。

「未央、急なんだがパパは仕事でアメリカに赴任することになったんだ」
「……赴任？」
　なんの前ぶれもなく、あたしにとんでもない報告をするパパは、全然悪びれる様子もなくて。
　隣に座るママも、穏やかに微笑んでいた。
「それでね、ママもパパと一緒にアメリカに行こうと思うの」
「ママも!?」
　ちょっと待って！
　ママまで行ってしまうってことは、あたしもついていかなきゃいけないってこと。
　この春から高校に通い始めたばかりなのに、もう転校しちゃうの!?
「で、でもあたしっ……」
　慌てて身を乗り出すと、パパはにっこり笑って言った。
「未央」
　パパはあたしの言葉をさえぎると、さらにこう続ける。
「未央は今までどおり日本に残って、高校に通いなさい」
　——え？

パパの言葉を一瞬疑った。
『日本に残って、高校に通いなさい』
　　ってことは、あたしだけ……残る？
　　日本に……たったひとりで？
　　今の生活を捨てて、アメリカに行く気はない。
　　親友と呼べる友達もできた。
　　クラスのみんなとも仲よくやっている。
　　好きな人もできた。
　　彼に会えなくなるなんて、絶対イヤだ。
　　でも、あたしはまだ16歳。
　　たったひとりで日本に残るなんて……。
　　何年かかるかわからないパパの仕事。
　　……だけど、近くに親戚がいるわけでもない。
　　頭の中でいろんな思いが、次から次へと溢れてきた。
　　そんなあたしを察したのだろう。パパが口を開いた。
「……そこでだ。お前はパパの親友の家で暮らしてもらおうと思う」
　　ああ……パパの親友ね。
　　へ～え……って誰!!?
　　そんな人、聞いたことないよっ！
「相田というヤツなんだが、パパとは高校、大学と一緒でね。いいヤツだよ」
　　笑顔でパパは言う。
　　……うん。　でも、ね？
　　パパにとってはいいヤツでも、あたしは知らないんです

けど。
「ママも知ってるわ。たしか未央と同じ年のお子さんがいるはずよ。たしか……名前は……えーと……」
　ママが、考えるように人さし指をあごに当てて、それをトントンと動かす。
「……め……め……」
「か、め……か、かめ……」
　へ？　カメ？
　なに、それ……。
　パパ達の顔はいっそう険しくなる。
「……」
　あたしは半分呆れながらふたりを眺めた。
「かなめっ。そう……かなめちゃんだ。とっても綺麗な子だよ」
　パパが思いついたように言った。
「あっ、そうそう！　未央は小さい頃に一緒に遊んだことあるのよ。覚えてない？」
　ママも両手を合わせて、あたしを見る。
　ふたりとも、すっきりしたんだろう。
　お互いに顔を見合わせて、にっこりと微笑みあった。
　かなめちゃん？
　いったい、何年前の話なんだろう。
　たしかに頭の片隅になんとなく浮かぶ顔がある。
　あれは……。
　あれはいつだっけ？

木漏れ日の中。
　ふわふわ舞う、淡いピンク。
　やわらかい風が揺らすのは、ちょっとだけクセのある真っ黒な髪。
　木々の隙間を抜けて、差し込む光の筋。
　その光のシャワーを浴びて、微笑むのは……。
　頬をピンクに染めた、色素の薄い、まるでお人形のような顔——。
　綺麗……。

　——あれ？
　おかしいな。それ以上思い出せない。
　本当に断片的に、なにかが見える。
　なんだろう、これ。気持ち悪い。
　——相田さんちの女の子が、その子なんだろうか。
　でも、女の子がいるなら少しは心強い。
　あたしは、パパ達が帰ってくるまで、来週から相田さんのお宅にお世話になることになった。

　数日後。
　あたし達3人を乗せた車は、順調に国道を走っていた。
　憂うつなあたしをよそに、外国好きのパパ達は、アメリカへ行ってからの予定を話し合っている。
　相田家に向かう車内で、あたしはぼんやりと窓の外を眺めていた。

大きなビルの谷間を抜けて、車はいつの間にか住宅街を進んでいる。
　チラリと両親を見る。
　相変わらず笑顔で話すふたりを見て、あたしは大きくため息をついた。
　……ったく。
　どうなってんのよ、このふたりは。
　あたしのこと、全然心配じゃないみたい。
　よっぽど、そのパパの親友は信用されているんだろう。
　この２、３日のうちに、ほとんどの荷物は運んであった。
　もともと隣町だったから、通学にもさほど変わりはない。
　しばらくパパ達の外国話に耳を傾けていると、車は滑り込むように、ある家の前で止まった。
　大きな家が立ち並ぶそこは、閑静な住宅街だ。

「未央のことお願いします。ひとりっ子でわがままなところもあると思いますが……」
「いやいや、うちなんかに、こんなかわいい女の子が来てくれるなんて。ね、母さん」
　鼻の下に少しひげをはやし、眼鏡をかけた、優しそうなおじさん。
　この人がパパの親友の相田浩介さんだ。今日は仕事がお休みで、これから日課のウォーキングに行くところだと話してくれた。
　そして、その隣に、とても健康そうでふっくらとした女

の人がニコニコしながら立っていた。
　この人が奥さんで、相田佐紀子さん。
「しばらく、お世話になります」
　あたしは、ペコリと頭を下げた。
　茶色がかったあたしの長い髪が、一緒になってサラサラと動いた。
　耳にかけながら顔を上げ、相田夫妻に笑顔を向ける。
　昨日、鏡の前で練習した、とびきりの笑顔。
「こんなかわいい子がうちにいるなんて、きっとかなめがびっくりしちゃうわね」
　おばさんが、言った。
　まだ、かなめちゃんは学校らしい。
　しかも、あたしと同じ学校ときている。
　あたしは帰宅部だからすぐ帰ってきたけど、かなめちゃんは部活をやっているようで、帰りはいつも7時近くになるって言ってた。

「おばさん、なにか手伝うことある？」
　佐紀子おばさんは、キッチンで野菜を切っていた。
　にんじん、じゃがいも……。
　この材料は……カレーライスだ。
　あたしはカレーが大好きだった。
「カレーが好きって未央ちゃんのママに聞いたから、今日はたぁくさん作るからね」
「うわぁ、ありがとぅっ！」

大鍋が用意されている。
　相田家の3人とあたしの4人で食べるには、不釣り合いの大きさだ。
「未央ちゃん、にんじんの皮、むいてくれる？」
「はいっ！　ママの手伝いしてたから、料理は結構得意なの」
　あたしは佐紀子おばさんと、一緒にカレーを作った。

　――時刻はとっくに午後7時を回っている。
　まだかなめちゃんは帰ってこない。
　佐紀子おばさんはまだキッチンにいて、食器なんかの準備をしていた。
　あたしはリビングのソファに座り、大きなテレビを眺める。
　テレビの中では綺麗なニュースキャスターが、沖縄はもう梅雨に入りそうだと伝えていた。
　沖縄では、5月になればもう雨の時期なのか……。
　あたしはなんだか、上の空でそれを聞いた。
　――ガチャ。
　その時だった。
　不意に玄関のドアが開く音がした。
　帰ってきた！
　急に心臓がものすごい速さで鼓動を打ち始める。
　――ドクドク。
　玄関でなにやら話し声が聞こえ、それはだんだんとリビ

ングに近づいてきた。
　あわわわっ。
　どど、どうしよう……。かなめちゃんかな？
　初めはなんて言えばいいんだっけ……。
　昨日、笑顔と一緒にいっぱい考えた言葉が出てこない。
　そして——。
　——ガチャ。
　リビングのドアが開いた。
　来たあああっ！
「あっあの！　おじゃましてますっ。あ……あたし、今日からしばらくここでお世話になります！　桜井未央ですっ！　よ、よろしくお願いします！」
　あたしは振り返りざま、頭を思いきり下げてあいさつをした。
　って、きゃああ。
　ものすごく、どもっちゃった。
「……」
「……？」
　頭を下げたまま固まるあたし。
　なんで？
　なんで、なにも言ってくれないんだろう。
　もしかして、もしかしなくても失敗した？
　ゴクリ……。
　手に冷たい汗をかきながら、あたしはゆっくり顔を上げた。

「……」
　え？
「いやぁ……未央ちゃん、ごめんごめん。僕だよ」
　そこには、ウォーキングを終えたおじさんが苦笑いをして、気まずそうに左手で髪をクシャクシャしながら立っていた。
「……ぁ……あの」
　うわぁ、最悪……。
　あたしは顔が赤くなるのを感じた。
「お……おかえり、なさい」
　あたしは、はははと苦笑いをしながらうつむいた。
──すると。
「誰？　……誰かいんの？」
　そんなセリフが耳に届いた。

意地悪なアイツ

「……?」
　思わず顔を上げると、誰かが、おじさんの後ろから顔を覗(のぞ)かせた。
　——え?
　あなたこそ、誰?
　あたしは首(かし)を傾げて眉(まゆ)をひそめた。
　だって……。
　そこにいるのは、どこからどう見ても同じ年くらいの男の子だ。
「あぁ、未央ちゃん、覚えてるかな?　息子の要(かなめ)だよ」
　???
　待って……?
　今、ムスコって言いました?
　ム・ス・コ。
　息子ぉぉぉ!!?
　子供は女の子で、かなめちゃんでしょ?
　息子のかなめって……。
「……」
　ってことは……。
　かか……か、勘違(かんちが)い!?
「えええええっ!?」
「あぁ、あんたが未央」

要は「そういえば」と思い出したようで、腕組みをしてあたしを頭のてっぺんから足のつま先まで、なめるようにジロジロ見た。
　な、なによ。
　なんでこの人、こんなに感じ悪いの？
　しかも『未央』って……あたしのことすでに呼び捨てだし！
「要、あんた未央ちゃんに失礼じゃない」
　おばさんは、はあっと大きなため息をつきながら言った。
　ほんとに失礼だっ！
　あたしは思わずそう口に出しそうになり、グッとこらえた。
　佐紀子おばさんが要の頭を軽くこづく。
「ほら、仲よくしてよね」
　おばさんに言われ、渋々あたしの前にやって来た。
　目の前まで来た要は、あたしより頭ひとつぶん以上大きかった。
　背ぇ、高……。
　何センチあんのよ？
　……って、あたしがチビなんだけどさ。
　──ん？
　ちょっと待て？
　じゃあ、あの記憶の片隅の女の子は誰なんだろう？
　女の子？
　……？　ま、いいか。

そっと見上げると、要とがっちり視線がぶつかり、思わず胸が高鳴った。
　う……うわ。
　あたしを見下ろすその瞳は、綺麗で薄く茶色がかっている。
　健康的な肌はいかにもスポーツしてそうで、黒くて少しウエーブがかかった髪が、さらに要を目立たせていた。
　その細い体のラインには、着崩(きくず)したブレザーがよく似合っている。
　その装(よそお)いから、一見軽そうにも見える。
　うん。かなり女の子慣れしてそう。
　黙っていても、女の子がほっとかないだろうな……。
　この手のタイプ、あたし……苦手。
「……ぐ……」
　要の圧倒的(あっとうてき)なオーラに、思わずひるんでしまう。
　で、でも、負けちゃダメだ！
　要は右手を差し出した。
　なんで差し出されたのかわからず、その手を見つめていると、強制的に要はあたしの右手をつかんだ。
「よろしく。未央」
　要はあたしの手を握(にぎ)りしめ、口の端(はし)を少しだけ上げた。その顔は、まるでいたずら好きの子どもみたいだ。

「未央ちゃん、今日は疲れたでしょ。お風呂入って早めに寝なさい」

夕飯を食べ終わり、洗い物を手伝うあたしに、おばさんは言った。
「ありがとうございます」
　あたしはすぐさまお礼を言う。お世話になっているのはこっちなんだから。
「それと、うちでは敬語禁止よ。いいわね？」
「はい……あ……ありがとうっ」
　なんだか急に照れくさくなった。

　おばさんのお言葉に甘えて先にお風呂に入らせてもらい、部屋に向かう。
　相田家はどちらかと言うと裕福(ゆうふく)な家庭だ。
　3階建ての家に庭とガレージがついている。
　1階にはリビングとダイニングキッチン。和室もあった。夫妻の寝室も1階にある。
　2階は、要の部屋、あたしが借りる部屋、あともうひとつ客室があって、3階はほとんど使わないみたい。
　あたしはひとり部屋に戻り、荷物を整理していた。
　──コンコン。
　その時、誰かがドアをノックした。
　壁にかかっている大きな時計に目をやると、時間はすでに11時を回っている。
　……こんな時間に？　誰だろう。
「はーい」
　あたしの声を確認すると、ゆっくりと飴(あめ)色のドアが開い

た。
　少しだけ開いたドアの間から、ひょいっと顔を覗かせたのは、要だった。
　制服姿じゃない要に、胸がドキリと音を立てる。
　うぅ……。
　ただでさえ、男の子は苦手なのに……。
　心拍数(しんぱくすう)を上げていくあたしの体。
　それに気づかれないように、あたしは平静(へいせい)を装(よそお)って要を見上げた。
「な、なに？」
　思わず身がまえてしまう。
　静かにドアを閉めると、要は部屋の中に視線をめぐらせた。
「へぇ。なんかもう、女の部屋って感じだなぁ」
　なんの遠慮(えんりょ)もなく、要は部屋を見渡しながらこっちにやって来る。
　ドキン。
　ドキン。
　あー、もう！　静まれ、心臓っっ！
「……お前さ、同じ学校なんだって？」
「へっ!?　……そ、そう……みたいだね」
　ひゃー。
　めちゃくちゃ動揺(どうよう)してるしっ！
「ふぅん」
　要はなんだか興味なさそうにそう言って、ベッドに腰を

下ろした。
　な、なによ。
　質問してきたのは、そっちでしょ？
　ベッドに両手をついた要は、不意にあたしの瞳をとらえると、ちょっとバカにしたように口もとをゆるめた。
「そういや、親父に聞いたんだけど。俺のこと、女と思ってたのな」
「えっ!?　……や、えと……そ、それはぁ」
　じょ……情報、早っ！
　要はその綺麗な顔に似合わない不敵な笑みを浮かべて、床に転がっていたぬいぐるみを手にとった。
　あれは！　うちの両親のせい。
　誰だってかなめ"ちゃん"と聞けば、女の子を思い浮かべるはず。あたしだけじゃないと思う！
　そんなあたしの表情をうかがいながら、要は続けた。
「未央って朝、強い？」
「……あさ？」
　すぐに理解できず、首を傾げる。
　話が変わってますが？
　そんなあたしにおかまいなしに、要は子犬のような瞳であたしを見つめた。
　ドキン！
　な、なな……なにその視線っ！
「未央に頼みがあるんだ」
　要はクリクリのまあるい瞳をウルウルさせて、あたしを

見上げて言った。
「朝、起こしにきてよ?」
「ヘッ!?」
　朝起こすって……。
　それ……今、あたしに言ったの?
　それはたぶん、あなたのお母さんに言うべきことじゃないかしら?
「どうなの?」
「どうって……な、なんで?」
　あたしが聞くと、要は真剣な表情になって言った。
「俺……目覚ましだけじゃ起きられなくてさ。母さんに頼むのは、なんつーか……もうこの歳だし? まあ、俺のことはほったらかしだし……」
「……へ、へぇ」
　要は手に持っていたぬいぐるみを床に戻した。
　理由はよくわからなかったけど、居候の身だし。
　それくらいはしてもいいか。
「で? 返事は?」
「え? ……まあ、いいけど……」
「マジ? よかった。じゃあ、明日からよろしく」
　そう言うと、要は極上の笑顔をふりまいて、部屋をあとにした。
　……『返事は?』って……なんで、すでに上から目線なのかな?
　あたしは要が出ていったドアを見つめたまま、これから

が心配になった。
　あたし、どれくらいこのうちで暮らさなきゃいけないのかな……。
　布団(ふとん)の中にもぐって、今日の出来事を思い返す。
　パパとママはアメリカに行ってしまうし、おじさんとおばさんは優しそうだけど、女の子と思っていた子は、男の子だし。
　しかもその男の子は、あたしと同じ学校ときてる。
　要の部屋がある方の壁を見つめた。
　物音がするから、まだ起きているみたい。
　要……か。
　ふと、リビングで会った時の要の視線を思い出す。
　ジッと見つめられてると、その瞳の中に吸い込まれそうになってしまう。
　挑発的(ちょうはつてき)な笑顔。口調。
　あたし……大丈夫かな？
　そんなことを思っているうちに、あたしは眠りに落ちた。

思わぬ同居生活

　次の日。
　あたしは制服に着替えて、ほんの少し化粧をする。
　長い髪を無造作にまとめて、赤い飾りのついたゴムでお団子を作った。
　髪をいじるのが好きで、いつも、いろんな髪型にするのがあたしの楽しみ。
　さて、と。
　要を……起こさなきゃならない。
　昨日、約束をしてしまったんだ。
　はああ。朝からすっごく憂うつな気分。
　要の部屋の前。
　ドアノブに手をかけては、ため息をついて、ウロウロと自分の部屋に戻り、また、この部屋のドアとにらめっこ。
　その繰り返しを、かれこれ10分。
　意を決して、あたしはドアを叩いた。
　――コンコン。
「……」
　返事はない。
「入りまーす……」
　――カチャ。
　ゆっくりとドアを開けて、あたしは部屋の中を覗き込んだ。

「……」
　これが、要の部屋……か。
　なんか想像してたのと違って、びっくり。
　だって。もっと、散らかっているのかと思ってたから。
　机の上はキレイに整とんされて、小さなパソコンがひとつのっかってる。
　服だって、ちゃーんとタンスに収まってるみたいだし。
　意外と、綺麗にしてるんだ。
　あたしはドアから顔を突っ込んだまま、中へ入れずにいた。
　あ……。なに、あれ？
　見たことない、変わった形の家具。
　その上では、ガラスでできた小さな箱がキラキラと朝日を反射していた。
　……指輪？
　それにネックレスもある。
　ふぅん、好きなんだ……。
　そこにはいくつものシルバーアクセサリーが並んでいた。
「……」
　それに、なんだろう。このいい香りは？
　甘い……でもちょっぴりスパイスの効いた香り。
　香水……ムスクなのかな？
　って！
　あたしってば、なにしてんのよ！

ここに来た目的、忘れたの？
「……すぅーっ、はああ」
　大きく深呼吸をして、あたしは意を決し、室内へ足を踏み入れた。
　黒で統一されたシンプルな家具。
　イケナイとわかってても、あたしの視線は部屋をぐるぐると見渡してしまう。
　──ゴクリ。
　ようやく、たどり着いたベッド。
　布団から、一定のリズムを刻む寝息が聞こえる。
　おずおずと中を覗き込む。
　要の顔を至近距離で見るのは、これが初めて。
　あれ？
　わっ、なんだかイケナイことしてる気分。
　だってだって……すっごくかわいい寝顔！
　うはぁ……まつ毛長い！
　じぃぃー。
　思わず見つめてしまう。
　綺麗な肌。
　思春期の高校生なら必ずできてしまうニキビなんて、どこにもない。
　鼻はそんなに高くはないけど、スッと筋が通ってて、形がいい。
　薄い唇は、熟れた果実のように赤く色づいている。
　男の子なのに、なんでこんな綺麗なんだろ。

ま、負けた……。
「んー……」
　ドキッ!
　突然要が寝返りを打ち、あたしは思わずのけぞってしまった。
　あわわわ。
　な、なにしてんだろ。
　あたしは、スウッと息を吸い込んだ。
「か、要……くん?」
　遠慮がちに要の肩を揺する。
　だけど、いっこうに起きる気配がない。
　……む。
　早く起きてくれないかなっ!
「要くん!　朝だよっ、起きて……わっ!?」
　え!?
　不意に腕を引っぱられる。
「……ちょ、ちょっと!」
　その瞬間、あたしはなぜか要の腕の中にいた。
「……」
　な、なに、この状況!?
　ドキン、ドキン。
　予想外の事態に、心臓がものすごい勢いで加速を始めた。
　あたしの思考回路は緊急停止。
　……って。
　なんとかしなきゃ!

離れようと力を入れると、要はギュッとあたしの体を引き寄せる。
　強い力。
　到底(とうてい)かなうわけがない。
　小さなあたしの体は、要の腕の中にすっぽりと収まってしまう。
「……ちご」
　え？
　ちご？
　苺(いちご)？
　なんだろ、すごくいい香り。
　男の子なのに、なんでこんな甘い匂いがするのかな？
　でも、苺とはちょっと違う気がするけど……。
　頭がクラクラして、意識がもうろうとしてきた。
　ううう……。
「起きてっ、起きてってばっ！」
　あたしは要の体を、力任せに叩いた。
「……いてっ！　……ちょ、やめろって」
　ポカポカと叩いていたあたしの手を、あっさりと要の手が捕(と)らえた。
　あたしの腕をしっかりつかまえ、それでもまだ眠そうに片目を開けた要と、視線がぶつかる。
「お、おは、おはよ」
　なんと言っていいかわからず、とりあえず引きつった笑顔を作る。

要の顔が目の前にある。
　布団の中で抱き合うようになってしまっているあたし達。
　要はいまだ、あたしの顔をじっと見つめてる。
　どうやら、この状況が理解できていないらしい。
「……」
　ドクン。ドクン。ドクン。
　あたしは、異常なほど瞬きをくり返してしまう。
「……はよ」
　そう言って、要はふっと手の力をゆるめた。
　ようやく要の手が離れて、あたしは慌ててベッドから降りる。
「……俺さ、なんか変なこと言わなかった？」
　要は寝グセのついた髪をクシャクシャとかきまわしながら、あたしを見上げた。
　あたしは一瞬考えてこう言った。
「そういえば『苺』って」
　髪を触っていた手がピクリと止まる。
　少しだけ目を見開いて、何度も瞬きをした要は、あたしの表情をうかがってるようにも見える。
　……え？　当たり？
　——でも。
　要は呆れたようにあたしを見ると、はあっとため息をついて、ベッドから立ち上がった。
「……お前、アホだろ」

「……」

　目の前には、おいしそうにこんがりと焼きあがったトースト。
　その上にたっぷりの苺ジャムをのせる。
　もう、たまんないっ。
　苺ジャム、大好きなんだぁ。
　リビングであたしと要は、朝食をとっていた。
「……」
　チラリと要を見る。
　あたしの斜め向かい側に座る要の頬は、トーストにのせた苺のように赤く腫れている。
　……あたしが叩いたから。
　ふてくされたように、トーストに手を伸ばす要。
　少し日に焼けたその肌でもわかるくらい、赤い。
　ジッとその頬を見つめていたあたしに気づいて、要は顔を上げた。
　ぶつかる視線。
　……ふーんだ！
　あたしは思いきり、ツーンと顔をそむけた。
　そんなあたしを見て、今まさにトーストをかじろうとしていた要の動きが止まる。
「未央、あのなぁ……」
　なによ！
　あたしは怒ってるんだからね！

あたしに抱きついといて『アホ』って言ったんだから!
　いくらあたしが居候の身でも、それってありえないと思うもん。
　要がなにか言いかけた時、タイミングよくリビングに入ってきたのはおじさんだ。
「あ、おはようございまーす」
　あたしは、とびきりの笑顔であいさつをする。
　その変わりように、要は「はあ」とため息をついた。
「あぁ、未央ちゃん。おはよう」
　要になんか、笑ってあげないもん。
　ひそかにそう決意して、あたしはおじさんの顔を見上げた。
　あれ？　なんだか浮かない表情。
　どうしたんだろう……。
　──カチャ。
　それに続いておばさんが入ってきた。
「おはよう……おばさん」
　おばさんも、なんだか青い顔をしている。
　ふくよかな体格のおばさんが、そのせいでひと回り小さく見えた。
　要もそんなふたりの様子を眺めながら、トーストの最後のひと欠片(かけら)を、口の中に放りこんだ。
「なにかあったの？」
　要の隣に腰を下ろすおじさんを見上げながら、あたしはうちから持ってきたグラスに手を伸ばす。

「んー……」
　そんなあたしに視線を合わせずに、おじさんは言葉を濁した。
　ほんとに、どうしたの？
「要、未央ちゃん。実は……」
　そして、おじさんはその重い口をゆっくり開いた。
「実は……長い出張に行かなければならなくなってしまったんだ」
　……え？
　しゅ……出張？
「出張って……おじさんも？」
　驚いて思わずイスから立ち上がったあたしとは対照的に、要は涼しい顔でトロトロの目玉焼きを頬張っていた。
「昨日の夜、会社から電話があってな。もともと別のヤツが行くはずだったんだが……急に胃かいようになってしまって」
「……それで、おじさんが代わりに行くの？」
「まぁ……そういうことかな。3ヶ月程度なんだけどね」
　なんだ……だけど、ずっとじゃないんだ。
　それにおばさんはいてくれるわけだし、なんの問題もないじゃない。
「それでね……その出張先なんだけど」
　今度はおばさんが話し出す。
「北海道なのよ」
「えーっ！　いいなぁ」

あたしは思わずカニを思い浮かべた。
　おいしいんだよね、やっぱり本場のタラバガニって。
「そうなんだけど……おばさんもしばらくついていかないといけなくてね」
「うんうん。そうだよねっ、大変だもんね」
　……ん？
　えええええ!?
　ちょ……ちょっと待って！
　おばさんも行っちゃうの!?
　手に持っていたグラスからオレンジジュースがこぼれそうになって、それをなんとか食い止めた。
　なんで？
　あたし達はどうなるの？？
「未央ちゃん、せっかくうちに来てもらったのに、ごめんね……」
　おばさんとおじさんは、とても、すまなそうにしている。
　そうか……。
　あたしは結局、この家とは縁がなかったんだ。
　いい。大丈夫。
　ひとりでも平気。
「ほんとにごめんね……でもおばさんは長くても１ヶ月程度で戻ってこられるから。おじさんがひとりでも平気ならよかったんだけど。初めての土地でしょ？　だから慣れるまでは一緒にいてあげたくて」
　そうなんだ……。

話を黙って聞いていた要は、グラスを手にとってオレンジジュースを口に運ぶ。
「それまで要、未央ちゃんのこと、頼んだわよ」
「……ぶはっ！　ゴホッゴホッ」
　おばさんの言葉に、要は飲んでいたジュースを吹き出した。
　はぁぁぁあ!?
　頼むってなに？
　あたしまだ、この家にいるの!?
　しかも……。
「……え、えと」
　パニックになって声にならない声を出す。
「……頼む、とは？」
　まるで金魚みたいに、あたしはポカンと口を開けたまま。
　要はようやく落ち着いたのか、ティッシュで口もとを拭いている。
　そんな彼をチラリと見ると、あたしの視線に気づいて要は顔を上げた。
　この人とふたりきりでぇ!!?
「……」
　『俺には関係ない』とでも言うように、要はすぐにあたしから視線をそらすと、丸めたティッシュをゴミ箱に投げ入れて、残ったジュースを飲みほした。
　な、なによ……。
　やだ……絶対やだ。

マジ、無理ーっ!!!
　　一気にジュースを流し込む要ののどが、ゴクゴクと鳴る。
　　のどぼとけが動くたび"男の人"なんだと言われてる気がして……。
　　なんだかそう考えてる自分が恥ずかしくて、あたしは慌てて訴える。
「おじさん、おばさん！　あたしなら大丈夫っ、自分の家に戻るから」
「そんなわけにいかないわ！　未央ちゃんを守る義務が、あたし達にはあるのっ」
　　いやいやいやいや！
　　この家に、この人といた方が危ない！
　　間違いなくっ！
「母さんは２週間くらいで帰ってくんだろ？」
　　そう言いながら、要は首にかけていたネクタイを締めた。
　　器用に結ばれていくネクタイを見つめたまま、あたしの頭には"？"マークがものすごい勢いで浮かんでる。
　　え？　なにそれ。
　　なにを言う気なの？
「早ければ……なんだけどね」
　　そして、不意にその視線を上げた要の瞳が、あたしをしっかりと捕らえた。
　　絡まる視線。
　　要は、ネクタイを直しながら「ふー」と大げさにため息をついて見せた。

「……しょーがねぇな。面倒くせーけど」
「え、ちょ……ちょっと待って」
　しょーがないって……それって、それってどういう意味？
　しかも、なによ……そのやな感じ！
　だいたい、面倒くさいって失礼でしょ？
　あたしは助けを求めるように、おばさんを見た。
　おばさんとおじさんは、眉を下げて、不安そうな顔であたしの返事を待っているようだ。
　そ、そんな顔しないで……！
　なんでこうなるの？
「……わ、わかりました」
　おじさんのせいじゃないって、わかってる。
　でも、あたしってツイてない。
　あたしは、おじさん達に気づかれないように、がっくり肩を落とした。
　そんなあたしを眺めながら、要がふっと目を細めた気がした。

恋するオトメ？

　学校に向かう足が重い。
　まるで鉛でもついてるみたい。
　あたしは学校が好きなのに、こんなに足が重い理由はただひとつ。
　とうとう足を前に出す力を失って、あたしは大きなため息をつく。
「……あの、どうしてついてくるの？」
　あたしの数歩後ろを歩いていた、要をジロリと見た。
「どうしてって言われても……俺も同じ方向だし？」
　きょとんと首を傾げた要は、フワフワの前髪を揺らしながら、胸の前で進路方向を指し示した。
「……」
　むぅ。そうだった！
　同じ学校だったんだ。
　あたしは頬を膨らませて要をにらむ。
　なんか、めちゃくちゃ悔しい！
　なんでこんなに、負けた気分になるんだろう。
　あーもうっ！
「で、でも！　もう少し離れて歩いてくんないかなっ」
「そう言われても……お前歩くのおせーし」
　面倒くさそうに目を細めると、あたしに追いついた要は挑発するみたいに、視線だけをあたしに移した。

「……あ、う……じゃ、じゃあ時間帯ずらす！」
　負けたぁ！
　絶対かなわない気がする……。
　要なんて、大っきらい！
「べー」って、我ながら子供じみた反抗をしつつ、あたしはくるりと向きを変えて、大またで学校へ急いだ。
　そんなあたしの背中に、ひと言。
「でも、朝は起こせよ」
「……っわ、わかってるよ！」
　あーっ、なんでよりによってあんな意地悪なヤツが同居相手なのよぉ！
　追いつかれないように大またで歩きながら、チラリと振り返る。両手をズボンのポケットに突っ込んだ要が、ニヤリと笑った。
　……絶対キライ……。

「おはよー」
　それは、いつもの朝の風景。
　穏やかな空気。
　6月の初旬だけあって、肌寒さはもうない。
　吹き抜ける風の中に、少しだけ雨の匂いを感じた。
「末央っ！　おっはよー」
　あたしの肩を元気に叩いたのは、早苗だ。
　あたしの親友。
「……おはよ」

あたしは早苗を見て、またため息をついた。
「なになに？　どぉした～っ、ブサイクだぞぉ」
　早苗はあたしの顔を覗き込むと、ケタケタ笑った。
　早苗は、身長が160あって、とっても綺麗な顔をしている。
　でも、その容姿(ようし)とは正反対に、男勝(おとこまさ)りでサバサバした性格で、女の子にもすっごく人気なの。
　艶(つや)のある黒い髪は肩まであって、いつもオシャレにフワッとセットしてあって。
　白い肌は、その黒髪でとても引き立つ。
　スタイルのいい体つきをしていて、男子からも人気があるんだ。
　でも早苗は、それを鼻にかけているわけでもない。
　むしろね……。
「未央っ、あんたって、ほんとかわいいっ！　食べちゃいたいっっ」
　なんて感じで、なにかとあたしに絡んできちゃうんだ。
　うーん……。
　身長差のことを言ってるんだろうけど、あたし、かわいいだなんて。
　……言われたことない。
　なんて、早苗をチラリと見て、あたしはさらにへこんだ。

　早苗とは、高校に入学してから出会ったんだ。
　入学してまもなく、あたしは体調を崩(くず)し、学校を１週間

ほど休んだ。
　こういう時、学校に戻ると必ず"孤立"してしまう。
　あたしの場合もそうだった。
『あんな子いたっけ？』
　といった具合。
　それは、しばらく続いていて。
　でも、そんな孤立から、あたしを連れ出してくれたのが、早苗だった。
『桜井さん？　あたし、後藤早苗。しばらく休んでたみたいだけど、体弱いの？』
　早苗はひとりでお弁当を食べていたあたしに、普通に話しかけてくれた。
『あ……ううん、そういうわけじゃないんだけど。風邪をこじらせちゃって……』
『そうなんだ……でも、よかった。ずっと気になってたの。欠席してる桜井さんて、どんな子だろーって。あ！　そういやさ、次の授業、予習やったぁ？　あたし英語苦手で』
　そう言って、にっこりと微笑んだ早苗。
　その時の早苗の笑顔に、あたしはすごく救われたんだ。
　早苗とはそれから自然と一緒にいるようになって、クラスのみんなとも仲よくなれた。
　綺麗で性格もはっきりしている早苗の周りには、いつも人が集まる。
　早苗はあたしにないものをいっぱい持ってる、あたしの憧れの子。

あたしは早苗に、今日までの出来事を全部話した。
「ええ!? あんた、なんか大変なことになってんじゃん」
　『うん、うん』ってあたしの話に相づちを打ってくれてた早苗は、最後まで聞き終わると、大きなその瞳をさらに見開いて、あたしの顔を覗き込んだ。
「そうなんだよ……もう、どうにかなっちゃいそう」
「大丈夫、大丈夫。……って、え？　どうにかってその同居相手とどうにかなるってこと？」
　不意に真剣な顔をして、早苗は身を乗り出してきた。
　……なんでその瞳は、そんなに輝いてるのかな？　早苗ちゃん。
　あたしをからかう早苗の言葉も、今は笑えない。
　むしろ早苗の言葉に、さらにへこむ。
　どうにかなるわけないじゃん！
　なるわけ……。
　なるわけないよね？　ナイナイ！　ありえないっ！
「あ……ええと、で？　その男ってどんなヤツ？」
　だんだん青ざめていくあたしの様子を見て、早苗は慌ててあたしの顔を覗き込んだ。
「あ、桜井。おはよ」
　こ、この声は……。
　聞き覚えのある声が、いろんな音をかき分けてあたしの耳に届いた。
　声のする方に慌てて視線を送る。
「ふ、藤森くんっ」

視線の先にいたのは藤森旬。
　藤森くんは、爽やかな笑顔で「おーっす」って片手を挙げた。
　あたしは、顔が赤くなっていくのを感じて、それに気づかれないように、思わず顔をそむけてしまった。
　早苗はその様子を、おもしろそうに眺めている。
「どうした？　顔、赤いじゃん。熱でもあるんじゃねぇの？」
　藤森くんは、あたしの顔を覗き込んだ。
　彼は、同じクラスメイト。
　陸上部で走り高飛びをやっている。
　とってもかっこいい。
　目は大きいわけじゃないけど、切れ長で綺麗。
　背も高く、一見近寄りがたいイメージがあるようだ。
　短い黒髪はいつも、ワックスでしっかりとセットされていた。
　制服を適度にゆるく着ている旬は、他の男子より断然目立っている。
　そう、この人があたしの片想いの相手。
「ううん……な、なんでもないの！　平気、平気」
　あたしは真っ赤になった顔を隠すように、大げさに両手を振った。
「ふうん？」
「それがさー、未央ってば……」
　首をひねっている藤森くんに、早苗がなにかを言いかけた。

ちょっと！　なに言う気なの？
　　慌てて早苗を見る。
「未央、昨日から……ンググッ」
　　わわわっ。
　　あたしはとっさに、早苗の口を押さえた。
「なっ、なんでもないからっ！　ほんとにっ。ねっ、早苗!?」
　　口をふさがれ、コクコクとうなずく早苗。
「あはは。じゃー、そういうことにしといてやるよ」
　　藤森くんは「じゃな」と先に行ってしまった。
「ん～、ん～っ！」
　　藤森くんの背中をぼんやりと見送っていたあたしは、ハッと我に返り、早苗から手を離した。
「ぷはあっ」
「ご、ごめん……早苗」
「なによ……未央。黙っとくの？」
　「苦しかった」と胸をなでおろす早苗から視線をそらし、去っていった藤森くんの背中を目で追った。
「……しばらくの間、居候先で男の子とふたりきりだなんて。藤森くんには知られたくない」
「そか。そうだよね。ごめん」
　　早苗は、よしよしとあたしの頭を優しくなでた。
　　そして。
「でも人の気持ちって、いつどうなるかわかんないからね」
「え？」
　　そう言うとあたしの顔を見て、早苗はにっこり微笑んだ。

——昼休み。
　あたしは、早苗、結衣、愛美とご飯を食べていた。
　この4人はいつも一緒だ。
「未央ーっ、呼び出し〜」
　クラス中が、一気にざわつく。
　誰？
　教室の人波が、まるで海がふたつに割れるように、左右に分かれていく。
　な、なに？
　その先を見ようと体をひねったその時、教室の入り口でやたら目立つオーラをまきちらして、手を振る人物を見つけた。
　え？
「……っ！」
　嘘っ！　……要!!?
　——ガタンッ。
　びっくりしすぎて、勢いよく立ち上がった拍子にイスを倒してしまった。
　えええ！
　ななな、なんでここにいるの？
　あわあわと、頭の中はパニック状態。
　あたしは慌ててイスをもとに戻す。
「ちょっと！　ちょっと、未央」
　愛美——マナがあたしをつついた。
　クラス中があたしと要に注目している。

「なな、なに？」
「あれ、相田要じゃん！」
「へっ!?」
　驚いているマナ。
　あたしはマナが、要のことを知っていることに驚いた。
「マナ……知ってんの？」
「知ってるもなにも……超有名人だよ！　うちの学校で相田要を知らない女子なんて未央くらいじゃないの？」
　結衣も、ウンウンとうなずいている。
「……え？　そうなの？　って、なんの有名人？」
　あたしが聞くと、マナは鼻の穴を膨らませて言った。
「もちっ！　彼氏にしたい男ナンバーワン！」
「はああぁ!?」
　なにそれ？
　あたしは呆れ顔でマナを見た。
　自分のセリフに合わせて、人さし指をビシッとあたしに向けたマナ。
　いやいや……。
　だから、ナンバーワンって……え？
「未央、もしかしてあの人が例の……？」
　目が点になっていたあたしに、早苗がこっそり耳うちをした。
　あたしはコクコクと、うなずいてみせた。
「呼ばれてんでしょ？　行っといでよ」
「え？　……ちょっ……」

マナと結衣があたしの背中を押す。
えーっ!
いいってば! むしろ知らない人って言いたいよ!
勢いよく押されたせいで、前のめりになりながら振り返ると、藤森くんと目が合った。
藤森くんだけじゃない、クラス中があたし達の様子をうかがってる。
もう、最悪!
みんなの視線をあびながら、あたしは小走りで要のもとへ向かう。
「おーっす、未央。お前このクラスだったのかぁ、やっと見つけた」
要はあの極上のスマイルで、片手を挙げた。
「……」
あたしは笑えない。
「なによ! なんの用?」
なんだかその笑顔がすっごくイヤで、キッと要をにらむ。
「なんだよ、なに怒ってんだよ」
怒らずにいられない。
クラス中に注目されて、藤森くんに誤解されたらどうするの!?
背後の反応が気になる。
要ときたら、そんなのおかまいなしで、ズボンのポケットに突っ込んでいた手を出すと、後ろ髪をクシャッとすいた。

「朝言い忘れててさ。今日の夜のことなんだけど……」
「は？」
　……よ、よ、夜!?
　そんな意味深なセリフ、堂々と言わないでよ！
　真っ赤……ううん、青ざめていくあたしの背後で、ドッとどよめきが起こった。
　ひえ――！
「……」
「未央？　聞いてる？」
　心配でもするように、要は少し身を屈めてあたしの顔を覗き込んだ。
　うつむいていた視界の中に、ふわふわの要の髪が滑り込んできた。
　それと同時に、あたしを包む、甘いムスクの香り。
　う、う、うるさぁーい！
「ちょ……ちょっと来て!!」
　あたしはたまらず、要の手を取って走った。
「は？　ちょ……なにっ？」
　もう、マジで信じらんないっ！
　誰もいない屋上まで走った。
　たくさんの人とすれ違いながら『有名人』っていう要の手を引いて走ってるあたし。
　すれ違う誰もが、あたしと要を見てた。
　だけど、そんなことより、なにより。
　あたしは、藤森くんに誤解されてるんじゃないかって。

すごく不安だったの。

　はぁ……はぁ……はぁ……。
　わき目もふらず走ってきたから、苦しくて死んじゃいそう。
　乱れてる息をなんとか整えながら、あたしは振り返った。
「……どーゆうつもりよ？」
「どーって……」
　勢いよく振り返ったあたしを見下ろす要は、今まで走ってきたのが嘘みたいに、涼しげな表情で首を傾げた。
「だから、今日のこと……」
「だからって！」
　要の言葉をさえぎるように、大きな声で要に詰め寄ったあたしは、あることに気づいた。
「なんだよ？」と眉間にシワを寄せた要。
　あたし、さっきからずっと要の手をつかんだままだったんだ。
　きゃあああっ。
　最悪、最悪！
　慌てて、つないでいた手を離す。
　そんなあたしを見て、要はちょっとだけ不機嫌そうに小さなため息をついた。
　ううぅ。
　こんなヤツに、赤くなってどうすんのよ。
　あたしは、自分の顔が今真っ赤なのが、すごくイヤだっ

た。
「……」
「……」
　要に当たってもしょうがないって、わかってる。
　でも、わざわざクラスを訪ねてくることないでしょ？
「……あたし、居候のこと、内緒にしてたいの。だから、学校では他人のフリしてほしい。……お願い」
「……」
　うつむいて話すあたしを見て、要はなにか言いたそうに口を開いたけど、そのままフェンス越しにグラウンドへ視線を落とした。
「わかった」
　そしてそれだけ言うと、要はそのまま屋上をあとにした。

雷とキス

　教室に戻ると、案の定クラスメイトの質問攻めにあった。
「相田くんと、どんな関係なの〜？」
「うちらみたいなおバカクラスとは、全然接点ないよね？」
「未央に男の影〜〜！　絶対未央には先越されたくなかったぁ」
　……って。それは失礼でしょーが。
　一瞬にして囲まれた人だかりの間から、藤森くんの姿が見えた。
　教室の後ろで他の男子と雑誌を囲んでいる。
　まるで、あたしのことなんか関係ないというように、友達と楽しそうに話している。
「……」
　ハハ。そりゃそうだよね。
　藤森くんがあたしのことなんか、気にするわけないよ。
　なんとなく現実を突きつけられた気がして、へこむ。
「ま、まさか……彼氏!?」
「……へ？」
「しかも、相手はあの相田くん！」
　クラスで一番ミーハーな加藤律子のその言葉に、あたしの意識は一気に引き戻された。
「ええぇえ!?」
「未央の彼氏〜!?」

女子達の悲鳴にも似た叫び。
　あたしは思わず肩を震わせた。
　なんで、そうなるわけ!?
「ま、待ってよ！　違うんだって……」
　あたしの反論も、みんなの耳にはもう届いてない。
「でもさ、相田要って……なんつーか……もっと大人っぽい子がタイプだと思ってた。ほら、未央って美人系じゃないじゃん？　どっちかってゆーと、妹タイプだよね」
「あ〜、わかるわかる！」
「きゃはは。でも、それがいいのかもよ！　母性本能をくすぐられる、みたいな？」
「それ、逆でしょー？」
　クラスメイトに言われたい放題のあたしは、唇を尖らせてみる。
　いつもそう。
　あたしの話、みんなあんまり聞いてくれないんだよね。
　聞いてくれないってわけでもないのかもしれないけど。
　話の中心はあたしじゃない。
　話のネタは、あたしだったりするけど。
　こうして、いじられるのがほとんど。
　みんないい友達だから、いいんだけど。
　要のことだけは、弁解したいよぉ。
「ハイハイ。そこまで〜」
　そこで、間に割って入ってきたのは、早苗だった。
　早苗は、あたしのところまで来ると、グイッとあたしの

頭を自分の胸に引き寄せる。
「……むぐっ」
「ちょっとぉ！　あたしの未央、あんまりいじめないでくれます～？」
　そう言って、早苗は怒った顔を見せた。
　それを見た女子達は「ぶっ」なんて吹き出している。
「でたぁ、早苗の未央ビイキ～～！」
「あたしが見張ってんだから、彼氏なんてできるわけないでしょ！」
　早苗のひと言で、どっと笑いが起こる。
　その場の雰囲気は、早苗が来たことで一気に変わった。
　そう。早苗には、こんな力がある。
　いつも、あたしは早苗に助けられてる。
　そして、今日も。
　早苗……ありがとう。

「未央、今日大丈夫？　もし、なんかあったら電話しなね？」
　あたしは、早苗と並んで校門を出たところだった。
　早苗はあたしの顔を、心配そうに覗き込んだ。
「うん、平気。でも、居候のこと内緒にしててね？」
　あたしはそう言うと、ピースサインを作ってみせた。
「そっか。ま、がんばんなよ！　相田要との初夜！」
「あのさ、なんか勘違いしてる？」
　てゆーか、早苗……『初夜』ってなんか大人な響きなんだけど……。

バス通学の早苗と途中で別れて、あたしはひとり、通いなれない道を歩く。
　いつの間にか、空にはどんよりと重たい雲のじゅうたん。
　今にも、雨を落としてきそうな感じだった。
　あたしは足早に先を急ぐ。

「……」
　かれこれ、何分くらいこうしてるんだろう？
　相田家の玄関の前で、ドアとにらめっこ。
　要はまだ帰ってきてないようで、鍵（かぎ）はしっかりかけられていた。
　ど、どうしよう。
　なんとなく入りづらいんだよね。
「……はあ」
　あたしは意を決して、鍵穴に銀色の鍵を突っ込んだ。
　──ガチャリ……。
　鍵は、あたしの葛藤（かっとう）とは裏腹（うらはら）に、簡単にその音を立てた。
「お、おじゃましまぁす」
　なんだか、悪いことをしてるみたいで、あたしは小さな声でそう言うと、静かにドアを内側から閉めた。
　家の中は静まりかえっている。
　いったん部屋に入って制服を脱ぐと、ワンピースに着替えた。
　しばらく部屋にいたけど、なぜか時計ばかりが気になって、気が気じゃない。

勉強……も、する気になれないし。
　とにかくあたしは自分の部屋を出て、リビングに向かった。

　誰もいないリビングでつけたテレビからは、季節はずれのドラマが再放送されていて。
　それを横目に、あたしはソファに座り、小さく丸まった。
　もう帰ってくるかな、アイツ。
　どうしよう、この家にふたりきりなんて……。
　耐えられるかなぁ。
　学校で、あんなこと言っちゃったんだもん。
　怒ってるかもしれない。
　なんか、合わせる顔……ないかも。
　だって、超有名人の要が、同じ屋根の下で居候してるのが、こんなふつーのヤツなんだもん。
　もっと、綺麗な子とかならよかったよね。
　みんなに同居のことを内緒にしたいのは、きっと要の方なのに……。
「……藤森くんはどう思ったかな」
　ふと教室での、彼の顔が浮かんだ。
　まっすぐにあたしを見つめる藤森くん。
　……あれは、クラスのみんなと同じ、興味本位(きょうみほんい)の視線だったんだろうけど。
　次第(しだい)に窓の外が暗くなり、なんとなく時計に目をやると、針は静かに6時を指そうとしていた。

パパ達も、いつ日本に帰ってくるかわからない。
　　おじさん達は出張行ったばっかりだし。
　　あたし、どうなっちゃうんだろ。
　　たったひとりの家で、不安に押しつぶされちゃいそうだ。
　　ぼんやりしていると、テレビからは夕方のニュースが流れてきた。
『この地域一帯に、低気圧がのびてきていて、一時的に大雨を降らす恐れがあります。落雷などに注意してください。さらに梅雨前線の活動で……』
　　雷かぁ……やだなぁ。
　　あたし、虫とかは平気なんだけど、雷だけはダメなんだ。
　　原因は、小学５年生の時、課外授業で行ったキャンプ。
　　その時も今日みたいに天気が夕方から悪くなって、そしてその日のキャンプファイヤーは雨で中止。
　　あげく雷まで鳴り出しちゃって……。
　　あたし達の泊まってたテントの近くに雷が落ちて、それ以来、あたしは雷がダメになっちゃったんだ。
　　窓の外に目をやる。
　　外はすでに暗くなっている。
　　やっぱり天気予報どおり、雨が降るのかなぁ……。
　　要、遅いな……。男の子って、そうなのかな？
　　要はいつも、こんなに遅いの？
　　あーっ！　クヨクヨ悩んでても前に進めない。
　　ひとり気合いを入れなおすと、あたしは、ソファから重い腰を上げて「うーん」と伸びをした。

キッチンに向かって、冷蔵庫を開ける。
　とりあえず、なんか作っとこうかな。
　夕飯がなんにもなしだと、さすがになんか言われそうだし。
　よし。パスタにしよーっと。
　あたしは、髪をひとつにまとめると、鍋に水を張り、ガスをつけた。

「……遅い」
　要ってば遅すぎるよ。
　せっかく作ったパスタ、冷めちゃったし。
　もう10時だっつーの！
　遅くなるなら連絡くれたらいいのに！
　って……あれ？
　あたし、なんでアイツが帰ってこないの、こんなに心配してるのかな？
　帰ってこないなら、それでいいのに。
　そうだよ、だって……。
　アイツのこと、あたしキライなんだもん。
　そういえば、なんで昼間うちのクラスに来たのかな？
『今日の夜』って言ってた。
　もしかして、今日は遅くなるってこと言いに来たとか？
　だとしら……あたし、なんか悪いことしちゃったかも。
　急に、胸がドキドキと鳴り出したのがわかった。
　どうしよう……。

……要、帰ってくるよね？
　　その時――。

　　――ガチャン。
　　玄関の方から音がして、あたしは思わず駆け出していた。
　　――バン！
「……要くんっ！」
「……」
　　リビングから出ると、玄関にいた要と目が合う。
　　すごい勢いで飛び出してきたあたしに驚いたその瞳は、何度も瞬きをくり返していた。
　　そして眉間にシワをグッと寄せて、なにやらぶつぶつ言っている。
「起きてた……」
　　って……あたしのバカ。
　　慌ててきたのは、いいものの。
　　なんとなく、自分の行動がおかしいことに気づいて、あたしはうつむいた。
　　うう……。
　　あたし、きっと顔……真っ赤だ。
　　要はあたしの顔を見つめなおすと「慌ててどうしたんだよ？」と首をひねった。
　　そりゃ、そうだよね……。
「え、えと。遅かったんだね」
「……ああ。助っ人。頼まれてたから」

「……助っ人?」
　「なにそれ」と首を傾げながら顔を上げたあたしを見て、要は一瞬、ジロリと目を細めた。
　え……え?
　靴を脱ぎながら、要は視線を落として続けた。
「俺、特定の部活には入ってないんだよね。だから、ときどき頼まれたとこに顔出してるんだ。で、今日はバスケ」
「……そうなんだ」
　今……なんか、さらっとすごいこと言ったよね?
　ってことは、要はなんでもできちゃうわけなんだ。
　スポーツ全般得意なんだね。
　体育。特に球技が苦手だから、うらやましい……。
「あちぃ」
　そう言いながらあたしの横を通り過ぎようとした要は、少し不機嫌に見えた。
　や、やっぱり昼間のこと怒ってるのかな?
　あんな失礼なこと言ったから。
　どうしよ、謝らなくちゃ。
　『ごめん』って。
「あ、あの!」
　思わず、要の背中に向かって、そう声をかけた。
　要は「んー?」と振り返らず答えた。
　──……ドキ。
「あ……えと、パスタ作ったんだけど、食べない?」
　わーん。

あたしの意気地なし！
なんでひと言、言えないのよっ。
バカ、バカ！
「……」
　要はピクンと立ち止まって、それからゆっくりと視線をこちらに向けた。
　要は気まずそうに視線を泳がすと「あー……ごめん。食ってきちゃった」と言って、ポリポリと頭をかいた。
「あ……そっか！　そうだよね。いいの、いいの！　あたしが勝手に作ったんだし」
　あたしは、笑顔を作ると顔の前で大げさに手を振ってみせた。
　やっぱり昼間、それを言いにきたんだ……。
　かっこ悪……。
　じっとあたしの顔を見つめている要は、ふっと口もとをゆるめると、あたしの頭にぽんっと手をのせた。
「え？」
　驚いて顔を上げると、あたしを覗き込むように見ている要と目が合う。
「……あ、あの」
　その瞳があまりに綺麗で、不覚にも胸が『キュン』って鳴いた。
　ドギマギしてるあたしなんかおかまいなしに、要はその瞳を細めると、ワシャワシャとあたしの髪をかき混ぜる。
「でも、まだちょっと食い足りないなーって思ってたんだ。

食ってやるよ、もちろんうまいんだろ？」
「……え、あ……な……うっ、うまいに決まってるでしょ」
　そう言って頬を膨らませたあたしを見て「へーえ」って笑う要。
「サンキューな」
　そう言った要は、くしゃくしゃになったあたしの髪を、一度だけ、ふわりとなでた。
　——ドキン！
「……」
　不意に触れた要の手。
　態度とは裏腹に、その手はすごく優しくて……。
　……ずるいよ、こんなの。
　意地悪なのに、意地悪じゃない。
　「着替えてくる」と言って2階へ上がっていった要の足音にすら反応するあたしの心臓。
　ドクドクうるさいその音が、まるで耳もとで鳴ってるみたいに、ずっとリアルに響いていた。
　——あたし、変だ。

「……先に、お風呂借りるね」
　あたしの作ったパスタをペロリとたいらげてしまった要。リビングでくつろぐその後ろ姿に声をかける。
　要は「んー」と顔だけこちらに向けて、片手をひらりと挙げた。
　要と目が合うだけで、あたしの体はピクリと反応してし

まう。
　……ダメだ。
　なんか調子狂う。
　アイツがさっき、あんなふうにあたしの髪を触るからだ。
「はああぁ」
　洗面台の鏡の前で、あたしは両手をついて思わずため息を漏らした。
　鏡に映る自分に視線を向ける。
　これってやっぱ、やばいんじゃないかな。
　仮にも、健全な男女。
　これから夜をふたりきりで過ごすなんて、なにも起きないとは言いきれない。
　あたしは、朝の事件を思い返していた。
　イヤでも思い出すっつーの！
　わーっ！！
　消えて、消えて！
　思い出しただけでよみがえる甘い香りに、あたしはブンブンとそれを振り払った。
　要のタイプは美人さんって噂だし。
　心配しなくても、あたしは圏外か……。
　小さな体についている、まだ成長途中の胸に触れた。
　圏外って……。
　自分で言ってて、なんかへこむし。
　はぁ……。バカみたい。

——ザアアアアアア——……。
——ゴロゴロゴロ……。
いつの間にか外では雨が降り出していた。
雨脚も強く、遠くで鳴っていたはずの雷も、だんだん近づいている。
天気予報は、バッチリ当たったみたい。
……もう出よう。
あたしは、口まで湯船につかると、勢いよく立ち上がった。
浴室から手を伸ばし、ラックの中からバスタオルを手に取る。
その瞬間——。
——ドーーン!!
一瞬の稲光と共に、雷鳴が轟いた。
「きゃっ……わっ！」
驚いて、とっさに耳をふさぐ。
でも、そのせいであたしの体はバランスを崩してしまった。
「きゃぁあああっ」
——バターーン!!
体勢を立て直すこともできず、そのまま足を滑らせた。
「未央!?」
——ガラッ。
言うまでもないよね？
そう。

要が勢いよく開けた扉の向こうには、浴槽(よくそう)に頭をぶつけて伸びちゃってるあたしの姿。
　雷のその音よりも、あたしの足を滑らせた音を聞いて驚いた要は、お風呂場に駆けつけてくれたらしい。
　うぅ……。
　頭打って、マヌケなところ見られるなんて……最悪。

「んん……」
　目を覚ますと、真っ暗な部屋の中は、しんと静まり返っている。さっきの落雷のせいで停電になってしまったようだった。
「大丈夫？」
　すぐ近くで低音がして、あたしの体はビクンと跳(は)ねる。
　び、びっくりした。
　暗闇(くらやみ)に慣れてきた目で周りを見回すと、ソファに寝かされていたあたしのそばで、要が顔を覗き込んでいた。
　頭がボーッとするなか、次第にさっきの出来事が頭の中によみがえってくる。
　そっか……。
　あたし、足滑らせて……。
　まだ、ズキズキと後頭部が痛んだ。
　え？　……あれ？
　ちょ、ちょっと待って？
　ってことは……。ま、まさか!?
　あたしはハッとして上半身を起こすと、体に巻きつけた

タオルの中に目をやる。
　ぎゃー！
　や、や、やっぱり！
　あたしは、ワナワナと震えながら要を見上げた。
　どんどん自分の顔から、血の気が引くのがわかる。
「みっ……みみ……」
　声を出そうとするのに、うまくのどから出てこない。
「み、み、見た、見たでしょっ!?」
　やっとしぼり出した声も、なにを言ってるのかわからないくらい挙動不審になりながら、タオルを持つ手にギュッと力を込めた。
　そんなあたしを見て、要がソファに肘をつき、おもしろそうにあたしを眺めている。
「……っ」
　ドキン。ドキン。
　な、なによ……どうせ、貧弱よぉ！
　もう涙目のあたし。
　真っ暗なのに、さらに視界が濁る。
「……そんなに見てねぇよ。すぐ停電したし」
　少し首を傾げるように、あたしの顔を覗き込む要。
　もう頭から湯気が出そうなほど、顔が真っ赤だろう。
　血の気のなかった顔に、今度はドクンッと一気に逆流する血液。今にも気を失いそう。
　なにも言えないでいるあたし。
　要はふんと鼻で笑うと、いたずらな笑みを浮かべた。

「そんなにイヤ？　俺に見られるの」
　もう、目はしっかり暗い部屋に慣れてきていて、要の表情をクリアに映してる。
「イ、イヤに決まってんでしょ！　だってこんなのかっこ悪……」
　そう言いかけたあたしの言葉は、どこかへ飛んでいってしまった。
　もう、瞬きも忘れてる。
　なに？　……これ。
　要は、まだ濡れたあたしの髪にそっと触れると、そのまま口づけをした。
　その一連の動作が、まるでスローモーションのよう。
　声を出すこともできず、まるでお姫様にキスをするみたいに優しく口づける要から目がそらせない。
　どうしていいか、わからない。
　こんなの、知らない。
　要は見上げるように、あたしを覗き込んだ。
　絡まる視線。
　そらしたいのに、そらせない。
　まるでなにかの呪縛にかかってしまったように動けない。
　だんだん距離を詰める要の顔──……。
　その要の唇が、わずかに動く。
　あたしを見つめるその瞳は、なぜか切なげで。
　なにかを伝えようともしてる。

え？　……なに？
あたし、どうしちゃったの……。
瞬きも許してもらえない、そんな感覚にめまいがした。
前髪が触れる距離。鼻が触れそうな距離。
伏し目がちの要から、ほんの少しのためらいを感じた。
そして……。
　唇に柔らかな感触——。
あたしを包む、甘い香り——。
初めて要の部屋に入った時、あたしを包んだあの香りだ。
スパイスがきいたムスクの香り。
なんだか甘酸っぱくて、苺みたい……。
　要はそっと唇を離すと、放心状態で瞬きすらしないあたしの顔を、覗き込んだ。
「お前見てると、いじめたくなる」
「……」
　そう言うと、要はいたずらっぽく微笑んだ。
なな……なんだそれ！
キスをする前の、切なげな表情は消えていて。
あたしは言い返せずに、開いた口がふさがらない！
そんなあたしを、要はおもしろそうに眺めていた。

朝練の中で

　次の日——。
　あたしは要に会うのが気まずくて、早く家を出た。
　玄関を開けると、ほんの少し冷たい風が頬をなでた。
　あたしはゆっくりと、その中へ足を進める。
　昨日は、ほとんど眠れなかった。
　眠れるわけないよ！
　だって……。
　あたしは、そっと自分の唇に触れる。
　まだはっきり残ってる、要の感触。
　わーっ！
　……もう、いったいなんなのよ。
　小さい頃に会っているとはいえ、昨日初めて会ったような人と、こんなことになっちゃうなんて。
　グルグルとそんなことを考えているうちに、いつの間にか学校が見えていた。

　まだ、朝も早いからか、学校に登校しているのは朝練の生徒くらいだった。
　穏やかな朝——。
　いつもと、なにも変わらない。
　ただ、違うのは……。
　ずっと熱くなった頬が冷めない、あたしだ。

「桜井?」
　ぼんやりと空を眺めていたあたしは、急に名前を呼ばれてハッと我に返った。
　そして、声の方へ視線を向ける。
「はよ。早いな……お前ってなんか部活入ってた?」
　あたしの視線の先にいたのは、首にタオルを巻きつけたジャージ姿の、藤森くんだった。
「藤森くん……おはよ。今日は、たまたま早く来ただけだよ」
　陸上部の藤森くんは、毎日欠かさず朝練に出ているみたい。
「毎朝大変だね」
「そうでもないよ、ただ、もうすぐ県大会だからな」
　そう言って、今まさに練習をしているグラウンドに目を向けた。
　あたしも、藤森くんの視線の先を追う。
　ちょうど、3年の先輩が走り高飛びを成功させた時だった。
「……しゃっ!」
　藤森くんは、小さくガッツポーズを作って見せた。
　あたしは、それを見てさえもまだ夢の中にいるような感覚だった。
「……」
「……」
　お互い黙って、グラウンドの練習風景を眺めているあたし達。

変だな。
　今までのあたしなら、緊張して藤森くんとうまく話せなかったのに……。
　どうして？
　……アイツ……。要と出会ったせいだ。
　要があたしの心の中に無理やり入りこんできたりするから……。
　今もまだ、あたしを見つめる要の瞳が頭から離れない。
「……桜井」
　突然名前を呼ばれ、ハッと我に返る。
　藤森くんは、グラウンドを見たまま言った。
「……なんかあった？」
「え？」
「ほら、昨日。……Ａ組の相田が来てから、桜井の様子おかしいからさ」
「……」
　そう言った藤森くんは、あたしの表情をうかがうように、まっすぐあたしを見つめた。
　まさか、藤森くんの口から要の名前が出てくるなんて思わなくて、心臓は急にドクドクと音を立てる。
　でも、なるべくそれを悟られないように、あたしは平静を装って答えた。
「ああ。あ、あの人はほら、親同士がちょっとした知り合いってだけだし。あたしとはなにも関係ないよ。……関係、ない。でも、ありがとう。心配してくれて」

関係あるわけない。
昨日のキスだって、きっと要の気まぐれなんだ。
気分でそういうこと、できちゃうヤツなんだよ。
藤森くんは、それを聞くと「そっか」と視線をそらして、首の辺りをポリポリとかいた。
でも……。
「でも、なんで？　……なんで、あたしのこと気にしてくれるの？」
「え」
あたしの言葉に、藤森くんは驚いて顔を上げた。
……藤森くん？
あたしは、その藤森くんの顔を見て、きょとんとしてしまう。
え？
——なに？
だってそうだよね？
突然、要のこと言い出すなんて……。
「あー……」
藤森くんは、ちらっとあたしの顔を見た。
そして、またグラウンドに目をやりながら言った。
「俺……桜井が好きだし」
「……」
へーえ。
そっか、そうなんだ。
——ん？

な、なんだって？
　あたしは自分が今聞いた言葉が信じられずに、眉間にシワを寄せて、藤森くんを見た。
　そのあたしの顔を見て、藤森くんは「クッ」と笑うと、今度はまっすぐあたしを見つめて言った。
「俺は、桜井未央さんが好きです」
「ええぇ!?」
　はっきりと聞こえた言葉に、今度は驚きの声を上げてしまった。
　だって、信じられないよ！
　藤森くんだよ？
　藤森くんがあたしを好きなんて……！
　大混乱のあたしに、藤森くんはさらに追い討ちをかけた。
「昨日、相田が桜井を呼び出したろ？　俺、あの時すげー焦(あせ)ってて。桜井を取られるって思ってた。……これは完璧(かんぺき)、恋でしょ」
「……」
　いや……。
　あの、そんな爽やかな笑顔で『恋でしょ』って言われても……。
　開いた口が、ふさがらない。
　息をするのも精一杯。
　なぜか楽しそうに笑う藤森くんから、目がそらせない。
「……やべ。じゃ、俺行くから。また後でな」
　そう言うと、藤森くんは練習に戻っていった。

あたしは、なにも返すことができず、藤森くんのその背中を見送った。
　う、嘘……藤森くんが……。
　あたしを……好き？

ゆらゆらココロ

　藤森くんに告白をされたこと、いまだに実感がわかない。
　あれは、あたしの夢?

　あれからすぐに教室に行く気にもなれず、重い足を引きずるようにして、中庭にたどり着いた。
　誰もいない中庭。そこで少しでも冷静になりたくて、ベンチで頭を抱えていると、太陽のような明るい声が響いた。
「おっはよー!　で?　どうだった?　未央の記念すべき男との初夜はっ」
　だから……早苗ーっ。
『初夜』って言うのやめてよ。
　その言葉で、要の顔が浮かぶ。
　そう、それはキスをする直前のあの顔。
　たしかにすっごく色っぽくて……。
　それに、なにか大切なことを伝えたそうにしていた、あの瞳。
　ドキドキしちゃったのは……事実なの。
「うわぁーん!　早苗ぇ」
　思わず早苗に泣きついた。
　頭パンクしそう。

　あたしは早苗と並んで教室に向かって歩く。

ま、ほとんど早苗に引きずられてるようなものだけど。
「……そっか。相田要に、藤森旬か」
　早苗は、う〜んと腕組みをした。
「未央はさ、今まで藤森が好きだったんでしょ？」
　早苗はあたしの顔を見る。
「……ん」
　力なく、うなずく。
「あたし……おかしいんだ。昨日要といて、すごくドキドキしたの」
　自分が今、なにを言っているのかわからなくなった。
　なんか引っかかる。
　要といると。あの瞳に見つめられると……。
　記憶の奥の深いところがうずく。
　こんな気持ち初めてで、どうしたらいいかわからない。
　わーんっ。あたしはどうしたいんだ？
　朝練を終えた藤森くんは、きっともう教室にいるだろう。
　会うの、なんだか気まずいなぁ……。
「はぁ……」
　あたしはため息をついて、窓の外に視線をずらした。
　この時間になると、登校してくる生徒もまばらになってる。
　要……もう来てるのかな。
　そんなことを考えてると、早苗があたしの脇腹をこづいた。
「え？」

あたしは窓から早苗に視線を戻した。
早苗はあごでなにかを指しているみたい。
ん？　なに？
あたしは早苗の目線を追った。
「……あ」
あたし達の視線の先にいたのは、要だった。
今、来たところなんだ……。
──ドキンッ。
おとなしくしてくれていた心臓が、再び騒がしくなった。
ドクン。ドクン。
──胸が痛い。
なに、これ。
あたし──。
前から友達と数人で歩いてくる要に、ものすごく動揺してる。
さっき藤森くんに会った時は嬉しかったけど、こんなにドキドキはしなかった。
どんどん近づいてくる。
どうしよう。どうしよう。
なにも言わず出てきたこと、怒るかな？
前に進むことも、逃げ出すこともできなくて、あたしはその場に立ちすくんでいた。
なんの話をしているんだろう。
とても楽しそうに笑いあってる。
肩をこづかれながら、少し身をかがめて笑うその顔に、

なぜか目を奪われてしまう。
　あと数メートル……。
　あと数センチ……。
　あと……。
「……」
　え?
　要は、なにも言わず通りすぎた。
　あたしのことなんて、最初から知らないみたいに。
　すれ違う瞬間、一瞬だけこっちを見た気がした。
　でも、それも気のせいなのかもしれない。
　この痛みはなんだろう?
　胸がキリキリと、音を立てて痛んだ。
「なんだろ。あれ。未央に気づいてなかったのかな?」
　早苗が、通り過ぎていった要の姿を見ながら言った。
　ううん。要は気づいてたはずだよ。
　あたしが言ったから。
　『他人のフリをして』って……。
　その約束、ちゃんと覚えていてくれて、それを守ってくれてるだけなんだ。

　教室に入ると、すぐに藤森くんと目が合った。
　藤森くんは片手を挙げ、あたしにあいさつをしてくれた。
　ぎこちなく笑顔を作る。
　告白の返事をしなくちゃ。
　だけど、あたし、変なんだ。

藤森くんのことより、アイツのことを考えてる。
　今、なにしてるのかなとか……。
　なんの授業受けてるのかな、とか。
　それに、ずっと学校の中を目で探してる。
　要の姿を……あたし探してるんだ。

　１日学校にいて、要に会ったのは朝の一度きりだった。
　同じ１年でも、校舎が違う。
　移動とかで、必ずあたし達のクラスの前を通らなくちゃいけない授業もあるのに。
　それでも、要の姿を見つけられなかった。
　会いたいような会いたくないような、不思議な気持ち。
　今日１日、あたしは要の姿を探してた。
　結局、藤森くんともタイミングが合わず、話せる時間が持てないまま、私は家に帰ることにした。

　帰宅すると、もう要は帰ってきているようで。
　要だけじゃないみたい。
　誰かいるの？
　あたしは部屋に入ると、部屋着に着替えた。
　隣の部屋が気になる……。
　話し声は聞こえるけど、はっきりとはわからなかった。
　盗み聞きなんて、いけないってわかってるんだけど。
　どうしても気になって、あたしはおそるおそる壁に耳を当ててみる。

「あははっ、もぅ、要ったらぁ」
　あたしは思わず、壁から耳を離した。
　女の子がいる……。
　『要』って呼んでた……。
　どういう関係なんだろう。やっぱり彼女なのかな？
　あたしはリビングに下りた。
　自分の部屋なんかにいたら、イヤでも要達のことが気になってしまう。
　テレビに集中することで、気をまぎらわせた。

「じゃあね、要！　また来てもいいでしょ？」
「んー、気が向いたらね」
　玄関の方から聞こえてきたのは、甘ったるい女の子の声。
　それに答える要は、なんとも冷めている。
　うわ、要ってば、もう少し優しくしてあげればいいのに。
　そんなんじゃ、嫌われちゃうぞ。
「もーう、意地悪ねっ。でも、そこが好きよっ」
　ええっ？　好き!!?
　めちゃくちゃ突き放す言い方だったのに。
　それが、好き……なんて。
　やっぱり……彼女なんだ。
　あはは、知らなかったな。
　そりゃそうだよね、女の子の扱いに慣れてる感じだったし。
　それに、悔しいけど要はかっこいいもん。

でも……。でも、彼女がいるなら……。
……なんであたしにキスなんかしたの？
——ガチャ。
リビングに入ってきた要。
あたしは動揺して、思わず立ち上がってしまった。
「あれ？　なんだ、帰ってたんだ」
「……帰ってちゃまずい？」
って……うわーん。
あたし、なんでこんなにかわいくないの？
「……」
要はそんなあたしをチラリと見て、冷蔵庫を開けてペットボトルからそのままお茶を飲んだ。
「あの……さっきの人は彼女……なの？」
お茶を飲む要を、ジッと見つめる。
「んー？　違うよ。ただの友達」
"ただ"の？
ただの友達が、簡単に『好き』なんて言うんだ。
わかんない……。
たしかに、あたしも早苗に『好き』って言うけど……。
それと同じなの？
要はキュッとふたを閉めると、ペットボトルを冷蔵庫にしまった。
「へぇ……そう、なんだ」
もごもごと口の中で言って、ぼんやりとその背中を眺めていると、ふと要が振り返った。

「なに、お前……」

 要はあたしを見た。

 そして、ゆっくり近づいてくる。

 ジリジリとその距離を縮める要を前に、あたしは同じように距離をとる。

「もしかして妬いてんの?」

 無造作にセットされた髪の間から、あたしをとらえる要の瞳の奥に、なにやら怪しい光を感じる。

「きゃ……」

 不意に足もとになにか当たる感覚がして、ガクンと体が倒れていく。

 チラッと視線だけを向けると、ソファの背もたれがあって、それ以上逃げられないとわかる。

 顔面蒼白。

 一気に血の気が引くのを感じて、要に視線を戻す。

 『逃げらんないぜ』と言うかのように、フンと鼻を鳴らす要。

 今度は、体中が心臓になったかのように脈を打つ。

 それと同時に耳にまで熱を感じた。

 ひぇ〜! だ、誰か……助けてぇ!

 あたし絶対食べられるっ。

「俺のこと、気になる?」

 要がなぜか、お腹を空かせた狼に見えてくる。

「……っなに言ってんの? あ、あたしはただ……誰なのかなって思っただけだし。そ、それにっ……」

「……お前、うるさい」
 あたしの言葉をさえぎるように、要の手が髪に触れる。
 呆れたような楽しむような、意地悪な笑みを浮かべる要。
 楽しんでる……完璧楽しんでるって。
 でも、そのふてぶてしい態度とは裏腹に、要の大きな手はあたしの頬を優しく包んだ。
 ──ドキン!!
 え……え!?
 ジッとあたしの顔色をうかがう要。
 な……なによ?
 もう、限界だ。心臓もたない。なんなの、この状況はっ。
 めまいがしそうになって、あたしがもう一度文句を言おうと、口を開きかけた時だった。
「──思ったんだけど。未央ってさ、俺のこと好きなの?」
「はあ!?」
 顔を包む手の親指が、答えを促すように唇をなぞる。
「……か……要……く……」
 あたしは……。そ、そんなはず……。
 ──要の顔が近づく。
 伏し目がちに、少し顔を傾かせて。
 抵抗しようとした瞬間、あたしの両手は要のもう片方の手によって自由を奪われていた。
 あたしは反射的にギュッと目を閉じる。
 うわっ、キキ、キ……キスされる!?
 待って、待って、待ってぇぇえ!

「……」
「……?」
　……って、あれ?
　要の気配をすぐ近くに感じるのに、なにも起きない。
　おそるおそる目を開けると、要はまだそこにいた。
　上目づかいで、あたしの顔を覗き込む要。
　ひゃあっ!
　ちっ……近すぎだからっ!
　目の前で、要の長い前髪が揺れている。
　顔を真っ赤にして、おろおろするあたしを見て、要はいたずらっぽく口角を上げた。
「名前、呼んでよ」
「……は? ちょ……ちょっと、ふざけてないで放してよ」
「言わないなら、ずっとこのままだぜ? 要って、ちゃんと言って?」
　要は、子供のように笑っている。
　なによ、なによ、なによ、なによっ。
　その勝手な発言!
　体から湯気が出そうなくらい、ほてってしまっている。
　心臓がドクドクと、今までにない速さで音を刻む。
　そのせいなのか、目の前がぐらりとゆがんで。
　体は震え、鼻の奥がツンと痛む。
　く……悔しい!
「か、要っ……」
　手首が痛い。

要はあたしの手をつかんだまま、さらに抵抗できないように頭の上に持っていく。
「なに？　聞こえない」
「要っ！　もういいでしょ？　放してよ。あたしは別にあんたのことなんてっ……」
　あたしの言葉をさえぎるように、要は強引に唇をふさいだ。
　その強引さとは裏腹に、キスがとても優しくて驚いた。
　あたしの唇のすべてをおおう、要の少しかさついた唇。
　それは温かくて。
　からかわれてるって、わかってる。
　でも……でもあたし……。
「……んっ」
　ソファに深く体が沈んでいく。
　あたしの体からは力が抜けちゃって、もうなにも考えられなくなっていた。
　なんで、要はあたしにキスするのかな？
　こんな……。こんなキス……。
「……んん」
　勘違いしそう。
　これは"愛のあるキス"だって。
　それくらい、要のキスは、あたしをしびれさせた。
　頭の中が真っ白になる。
　何度も、何度もその角度を変えて、あたしの中のすべてを奪ってしまうような、そんなキス。

こんなの知らない。
あたし……どうしちゃったの？
「……未央」
少しかすれた声が、あたしの耳もとをくすぐった。
それをきっかけに、あたしの頭には一気に血がのぼっていく。
なにかを確かめるように深い口づけをくり返していた要は、あたしにもそれを求めるように、熱い舌を差し込んできた。
「……やっ」
我に返って、力任せに要の胸を押しやった。
要が油断していたのか、さっきまでかなわなかったあたしの力で、いとも簡単に要をソファから追い出した。
「おわっ！」
「……はぁ……はぁ」
肩で息をするあたしは、少し乱れた自分のスカートをさっと直す。
「いてぇ……」
頭をさすりながら体を起こすと、要はさも恨めしそうにあたしをジロリとにらんだ。
「……なにすんだよ？」
「な、なにするんだじゃな……ないでしょ!?　要こそなにすんのよっ。サイテー！」
「……チッ」
舌打ち……聞こえてるから。

真っ赤になったあたしのことなんか、おかまいなしって感じで、要は立ち上がった。
　思わず身がまえるあたしを、少し面倒くさそうに見下ろすと、なんだかバツが悪そうに首をポリポリとかいた。
　なによ、今度はなに言う気？
　キッとにらみつけるように、あたしは警戒を解かない。
「……」
　自分でも気がついていた。
　強がってみても、体は震えていることに。
　要はそんなあたしをじっと見つめて、それから大きくため息をついた。
「……ごめん」
「なによ……え？」
　てっきり、バカにするような言葉が降ってくると思っていたあたしは、あっけにとられて要を見上げた。
「震えてんじゃん。怖がらせて……ごめんって言ってんの」
「……あ……う、うん」
　拍子抜け。謝られると、余計に戸惑うんですけど。
　なんだかギクシャクしたまま。
「腹減ったなぁ、なんか食おうぜ」
「……うん」
　それから、要が何事もなかったかのように笑うから、あたしもなるべくそれに応えた。
　まるで、忘れようとしているみたいに。
　なによ、意味わかんない。

——カチカチカチ……。
　規則正しい時計の音に、目を覚ます。
　目を開けると、まぶしい光が、少しだけ開いたカーテンの隙間から差し込んでいる。
　時計に目をやると、針は11時半を指していた。
　もう、お昼かぁ。
　昨日はあれからモヤモヤと考え事してて、結局寝たのは夜明け頃だった。
　今日がお休みでよかった。
　……外から要の声がする。
　いつもは『起こしてくれ』なんて言うくせに、今日はちゃんと自分で起きてるんだ。
　ぼんやりとそんなことを考えながら、あたしは重たい体を起こした。
　あ、れ？
　下から聞こえる話し声の中には、要とは違う声質のものも含まれている。
　誰か来てるんだ。
　のそのそと窓際に行って、カーテンの隙間から玄関の方を覗き込んだ。
　——そこにいたのは、知らない女の子と並んで立っている要だった。

第2部

恋に迷う

　わからない。
　要がわからない……。
　ううん、もっとわからないのは、あたし。
　あたしは……藤森くんが好きなはずでしょ？
　あたし、なにしてんの？
　なにが……したいの？
　窓の外に視線を落とす。
　要と、知らない女の子が笑ってる。
「な……によ」
　すごく胸が痛い。
　――シャッ！
　あたしは思い切り、カーテンを閉めた――。
　あふれそうになっていたこの想いに、ふたをするように。
　――ブーブーブーブー。
「……」
　あたしは窓から離れ、携帯を開く。

【藤森旬：今から会えない？】

　藤森くん……。
　あたしは要に振り回されて、頭がいっぱいになってたけど、藤森くんに『好きだ』と言われてたんだ……。

数日前までは、藤森くんが好きでたまらなかった……。
でも、今はわからないの。
……ダメだ。外に出て、頭を冷やそう。
ワンピースに着替え、パーカーをはおる。
玄関に行き、スニーカーを履いた。
外には要達がいる。
少しためらったけど、あたしは思いきり玄関のドアを開けた。
玄関先にいた要と、それから知らない女の人と目が合った──。
その人も、すっごく綺麗で。
スタイルもよくて……。
あたしなんかと全然違うタイプだ。
「……」
要はあたしの姿を見て、その表情を変えた。
あなたにとって、あたしはきっと、大勢の女の子の中のひとりなんだ。
そう思うと、醜い感情が生まれてしまう。
あたしは、この想いを押し殺した。
要に気づかれないように。
要は、あたしが出てきたことに驚いている。
それもそうか……。
あたしが『みんなには内緒にして』と、お願いしたんだ。
「……出かけんの?」
要の質問に答えず、あたしは女の子に頭を下げる。

そして、そのまま通り過ぎようとした。
「おい、未央？」
　要は、あたしの手をつかんだ——。
　——ドキンッ。
　こんな時にも、胸が騒ぐ。
　違う、違うっ！
　こんなヤツに、惑わされたくないっ。
　——パシッ。
　あたしは要の手をふりほどいた。
　振り返らずに走る。
　風が、ワンピースの中に入り、あたしの体をすり抜けていく。

　あたしは、どこに向かうつもりなんだろう。
　藤森くんが好きなら、会いに行って、告白を受け入れてしまえばいい。
　でも、できない。どうしてもダメなの。
　ほんの数分前……。
　あたしは要のことで頭がいっぱいだった。
　要の仕草ひとつひとつに、ドキドキして、胸が苦しくなった。
　なのに……なんで？
　今は、こんなに要がイヤでたまんない。
　藤森くん……。
　あたしには、あなたに好きになってもらう資格なんて、

どこにもないよ……。

　もうすぐ、太陽が沈んでしまいそう。
　あたしは学校の近くの堤防から、時間が経つのも忘れて、ただぼんやりと川を眺めていた。
　これからどうしよう。
　川から吹いてくる風の中に、雨の匂いがする。
　さっきまで晴れていたのに……。
　まるで、あたしの心の中みたい。
　もう、帰ろう。
　こんなところに何時間いても、どうしようもない。
　あたしは立ち上がって、スカートについた草を払う。
「……ここにいたんだ」
　背後で息を切らした声がして、あたしはゆっくりとその声がした方を振り返った。
「探した」
　……藤森くん。
　肩で息をして、流れる汗を手でぬぐう藤森くん。
　まさか、あたしを探してた？
「メッセージ気づかなかった？」
　そう言って藤森くんは、携帯を振ってみせた。
「あ、あの……ごめん」
「いいよ、別に」
　藤森くんは、流れの速くなった川を見た。
「桜井さ……俺のこと避けてる？」

静かに言った藤森くんは、まだ川の流れを見たままだ。
「な、なんで？　避けてなんか……」
「じゃあ、どうして俺の目を見て話さない？」
　藤森くんはまっすぐにあたしを見た。
　その瞳に吸い込まれそうになりながら、あたしはギリギリのところでそこから逃れた。
「やっぱり変だ。桜井……相田となにかあったの？」
「え？」
　胸がドキリと鳴った。
「そ、そんな人……あたしには関係……ないよ！　うん。関係ない」
　まるで、自分に言い聞かせるように言う。
　でも、どうして？
　そう言ってるそばから、あたし泣きそう。
　鼻がツンとして、あたしはキュッと唇を結んだ。
「……関係ない、か」
　その言葉にあたしは顔を上げた。
　笑ってるけど……。
　藤森くんは、なにかを知ってるのかもしれない。
「前にもそう言ってたよね？　……俺、力になれない？」
　藤森くんはあたしを見つめたまま、まるでガラス細工を扱うように、大事に大事にあたしの頬に触れる。
　その手は要の手とは違う。
「……藤森くん？」
「名前、旬って呼んで……」

藤森くんは、手を離した。
　　——ドクンッ。
　　見つめ合ったまま、動かないあたし達。
　　藤森くんの痛いくらいの視線が、あたしの体を縛りつけてしまっているようで、動けなかった……。
「……しゅ……旬？」
　　——ポツ。
　　——ポツポツ……。
　　雨粒が、あたしの唇を濡らす。
　　空を見上げると、怪しい雲が、いつの間にかここまでやってきていた。
　　——ザァァァ。
　　本格的に降り出してきた、冷たい雨。
　　雨は容赦なくあたし達の髪を濡らし、体を打ちつける。
　　服が体に張りついて、気持ちが悪い。
　　雨という壁で外の世界から隔離されたあたし達。
　　まるでこの世のどこにも、他に人がいないみたいな感覚に襲われる……。
　　なんて永く……なんて短い瞬間だったんだろう……。
　　絡み合う視線が、あたしには苦しい……。
　　その瞬間、旬はあたしの手を取り、雨の中を走り出した。
　　あたしは旬の背中を見つめた……。
　　旬と想いが通じたら……。
　　旬の彼女になりたいって。
　　いつもいつも、想像してたのに。

なんでかな……?
この手を、あたしは握り返すことができないなんて。
あたし、最悪だね。

雨模様 ──要side

　気がつくと俺の周りには、いつも女が集まってくる。
　俺だって初めは、拒否ってた。
　けど。
　いつからかな、それも面倒くさくて。
『さっさとすませてしまおう』
　……なんて、思い始めてた。
　だから、恨まれることも結構多い。
　自業自得。

「……要……今日は家に入れてくれないんだね」
「うーん……、今日はダメ」
　まとわりついてくる腕をそれとなくかわして、俺は笑顔を作った。
「えぇ～！　つまんなぁい」
　あからさまに甘えた声で、さらに体にまとわりつく女。
　あぁ……面倒くせぇ……。
　いつもこうだ。わがまま言われるのがウザくて、それが面倒くさくて、女の誘いを受け入れる。
　ふと、アイツの顔が浮かんだ。
　あー……くそっ。
　アイツはいったい、なんなんだ。
　この家に住んでることは秘密にしたいって言っておい

て、自分から姿見せるなんて。
　意味わかんねーし。
　俺がどんな気持ちでいつもいると……。
　なんか、腹立つ。
　女の子の扱いには慣れてるつもりだった。
　でもその自信を簡単に崩してきたのは、最近うちに居候している女。
　今までの女とは違う反応に、俺は驚いていた。
　目が合うだけで恥ずかしそうにうつむいて、触れようなんて手を伸ばせば、小さな体は強張って固まってしまう。
　そんなに緊張されると、どうしていいかわからない。
　ほんとに、俺のこと全然覚えてねぇんだな……。
　……ったく。
　どんだけ鈍いんだよ、アイツは。
「ごめんね。今日は帰って？」
「なによぉ、つまんない〜」
　俺はにっこり笑顔を作ると、香水の香りがプンプンする女を見た。
　色気ムンムンの彼女は「今度埋め合わせしてよね〜」と言って去っていく。
「はぁー……」
　ため息をつきながら、頭をかいた。
『ヤレるなら誰でもいいのかよ？』
　そう思って、俺は自分にも同じことを問いかけた。
　雨の降り出しそうな空を見つめる。

……どこ行った？　未央……。

　　誰もいない家に入る。
　　しんと静まり返った、無駄に広い空間。
　　ひとりっていうのは、こんなにも心細いことだったか？
　　俺はソファに体を投げ出すと、天井を見上げた。
　　走り去る後ろ姿。
　　つかまれた腕を、無理やり引き離した未央。
　　今にも泣き出しそうな、その表情……。
「……ほんと、意味わかんね」
　　俺はそうつぶやくと、顔の上に腕をのせた。
　　これ以上、考えないように……。

　　――コチコチコチ……。
　　時計の針の音がする。
「ん……」
　　目を開けると、部屋の中は薄暗くなっていた。
　　いつの間にか眠ってしまったようだ。
　　重たい体を起こし、時計に目をやる。
　　今は5時を回ったところだ。
　　未央が帰っている気配がない。
　　外を見ると、今にも雨が降り出しそうだった。
「なにしてんだ、あのバカ」
　　俺は傘を持って、家を出た。
　　どうせ、変な勘違いでもして、家にいない方がいいなん

て思ってんだな。
　顔をなでる風が湿っぽい。
　俺は、人通りのまばらな住宅街を急いだ。

　未央の行きそうな店、公園、学校を見て回る。
　どこにもいない。
「どこ行ったんだよ」
　はあ……はあ……。
　乱れた息を、なんとか整えた。
　そしてまた、走り出す。
　学校近くの川に差しかかった。
　この堤防はいつもなら、学校帰りの学生やキャッチボールなんかして遊んでる子供達で、結構にぎやかな場所だ。
　休みの日なんかは、親子連れもいる。
　今日は雨も降りそうな天気だし、人の姿はなく、川の流れがやけに聞こえる。
　ここにも、いない……か。
　そう思って諦めながら、もう一度堤防を見渡した俺は、人影を見つけて釘づけになった。
「……」
　未央だけじゃない。
　もうひとり……藤森がいる。
　ふたりは親密な様子で、見つめあったまま動かない。
　まるで、ふたりの周りだけ時間が止まっているかのようだ。

低くて真っ黒な雲。
　その雲は我先にと、その流れを速めている。
　遠くに見えるのは、まだ明るい空。
　その隙間から、光の筋がいくつも伸びている。
　不思議だった。
　その様子を、なぜか俺は固唾を呑んで見守っている。
　前にも後ろにも進めず、そこからふたりを眺める俺は、まるで映画館にいる、ひとりの観客のようだ。
　——ポツ。
　不意に鼻の頭になにか落ちてきた。
　我に返り、ふと空を仰ぐ。
　ポツ……ポツ……。
　とうとう降り出したんだ。
　さらに雨脚を強めようとしている雲から、ふたりに視線を戻す。
　……だけど。
　俺が視線を戻した瞬間、未央は藤森に手を引かれ、走り去っていった。
「……ふぅん」
　なーるほど。
　……そういうことか。
　わざわざ来るまでも、なかったわけか。
　……つーか、俺はなにしてんだ？
　俺は手に持っていた傘を、ギュッと握りしめた。
　そして、ふたりが走っていった方に背を向けて歩き出す。

雨は冷たく、俺の体に、容赦なく打ちつけてきた。
　足が重い……まるで鉛でもくっつけているみたいだ。
　ぬかるんだ地面には、すでに大きな水たまりができている。
　その濁った水に浮かぶ、季節はずれの桜の花びら。
　激しくなる雨の雫に打たれては、浮き沈みするピンク色の小さな欠片。
　その花びらをすくい上げると、あの日の記憶がよみがえった。
「……ったく。薄情な女」

それぞれの気持ち

「これで、濡れたとこ拭けよ」
　旬からバスタオルを手渡された。
「あ、ありがとう」
　雨の中、旬に導かれて彼の部屋にいた。
　濡れた髪をタオルで拭きながらチラリと旬を見る。
　……手を引かれるままついてきちゃったけど、こんなの間違ってるよね。
　あたし、あたしは……。
　今、こんな状況なのにアイツのことが頭から離れない。
　今頃、あの女の人と……。
　そう考えただけで、どうにかなりそうだ。
　自分から逃げ出したくせに。
　悔しいけど、要が気になって仕方ないんだもん。
「あ、あの旬……あたし、帰るね？　これ、ありがとう。心配かけちゃってごめ……っ！」
　そう言いかけた瞬間、あたしは旬の腕の中にいた。
「桜井……」
　少しかすれた声が、耳にかかる。
　固まったままのあたしは、身動きひとつとれずに旬の鼓動を聞いていた。
　──間を置いて、少し距離をとった旬。
　その震えた瞳の中に、呆然とするあたしが映っている。

なんで……なんでそんな目をするの？
　濡れたあたしの頬や髪をふきながら、旬は言った。
「俺、なにしてんだろうな」
　困ったように、眉をさげて笑う旬。
　その笑顔を見た瞬間、なぜか泣きそうになってしまう。
　理由なんてわからない。だけど、苦しくて胸がぎゅっと詰まる気がした。
「桜井……」
　雨に濡れた旬の唇が、あたしの唇と重なった。
　ぎこちない、キス。
　肩に置かれた旬の手は、行き場をなくしたように動きを止めている。
　重なった唇は、小刻みに震えていて……。
　あたしを奪っちゃうような、要の強引なキスとはまるで違う……。
「……っ」
　――ドン！
　脳裏に、要の顔が浮かんだ。
　その瞬間、旬の身体をはねのけていた。
　大きく目を見開いた旬が、ぼやけて遠くに見える。
　ユラユラとあとずさるあたし。
「な、なんで……」
　零れ落ちるように出た声は、自分でも情けなくなるほど震えていた。
　青ざめるあたしに、旬は「ははっ」と乾いた笑い声をあ

げた。
「……送ってくよ」
「……」
　旬の顔、見れない。
　こんなことになって気付くなんて……。
　あたし、あたし……。
　顔を上げないあたしに旬は背を向けたまま言った。
「──俺、謝らないから。桜井が好きだし、キスしたいって思った」
「…………」
　お願い旬……。
　それ以上、言わないで……。
「怒ってもいい。キライになってもかまわない。だから、少しでもいいから……俺のこと、考えてよ」
　そう言った彼の言葉に、とうとう涙が頬を伝う。

『俺のこと、気になる？』

　あたし、最低。
　こんな時に頭の中をぐるぐるしてるのが、要のことなんて……。

　旬の家から逃げ帰ると、暗い部屋で要はひとり、テレビを見ていた。
　なんとなく、後ろめたい気持ちを感じていたあたしは、

おそるおそる部屋に入る。

すると、要はテレビから視線をずらし、ゆっくり振り返った。

暗くて、その表情はよく見えない。
「おかえり。飯、どうする？」
「た、ただいま……。うん、今作る」
　……あ、あれ？　普通にしゃべってる。

そういえば、あの女の子はどうしたのかな。
「ん？」
「な、なに食べたい？」
　慌てて電気をつけた。

動揺していることを気づかれないように、さっさと仕度を始めた。

あーもう。落ち着けあたし。

要が近づく気配がして、おさまっていた心臓がまたドクドクと騒ぎだす。

冷蔵庫を開けて中を覗いているあたしの背後に立つと、その両手があたしを囲いこむように、冷蔵庫に置かれた。

――ドクン、ドクン。

すぐ後ろに要を感じる。

背中がどんどん熱を帯びる。

触れてもいないのに。要の手がそばにあるってだけなのに。

苦しい……。

たったそれだけのことで、胸が苦しい。

あたしは思わず、ギュッと目を閉じる。
……すると。
——ゴト。
なにかが目の前を通過した。
「なに作んの？」
へ？
その言葉にパチリと目を開けると、要はペットボトルを出してお茶を飲むところだった。
な、なんだ……。
お茶取っただけか……。
ホッとしたのか、なんなのか、複雑な感情に駆られる。
要を意識しすぎている自分がすごく恥ずかしい。
あたしは質問には答えず、中から挽肉と玉ねぎを取り出す。
バカみたい、バカみたい！
こんなふうに振り回されて……。
要にしてみたらたいしたことなんてなくて。あたしのことだって、きっとその他大勢の女の子たちと一緒なのに。
少しからかわれたからって、動揺して、意識して。
あたし……本当に、バカだ……。
「……なんかあった？」
要はお茶をしまいながら、あたしの様子を見て言った。
……え？
「べ、別に……なにもないけど」
頭の中も、胸の中も、体中がぐちゃぐちゃ。

だけど、それを悟られないようにあたしはあえて冷静を装って言った。
「……あ、そ」
　そう言った要の表情は、はっきりとは読み取れなかった。
　なにそれ……。
　そっけなく言われて、なぜか傷ついてるあたしがいる。
　やっぱり、あたしのことなんて興味ないんだな。
　気まぐれに、かまわれただけなんだ。
　要は「先に風呂入る」と、部屋から出ていってしまった。
　玉ねぎを切っていた手を止める。
「……はあ」
　胸の奥につまったものを吐き出すような、重たいため息がこぼれた。
　誰にでも優しくて、男友達の中で楽しそうに笑う旬が憧れだった。
　——でも。
　学校中の憧れの的で。
　彼氏にしたい男子ナンバーワンで。
　みんなの前では人懐っこい顔で笑うくせに。
『お前見てると、いじめたくなる』
　なんて、あたしには最低で最悪なことを言うアイツのことが……。
　そこまで考えて、あたしはまた包丁を動かした。
　涙が出そうなのを、玉ねぎのせいにして。

「うぅーん」
　眠たい目をこすりながら、伸びをする。
　昨日晩ご飯を食べたあと、あれこれ考えていたら、いつの間にか朝になっていた。
　部屋を出ると、ちょうど要と鉢合わせに。
「はよ」
「……おはよう」
　眠そうに頭をかきながら、Tシャツにスウェット姿で現れた要。
　どんな服を着ていても、さまになっている。
　本当、ずるいな……。
　イヤでも唇にいってしまう、あたしの視線。
「？」
　そんなあたしに気づいた要は、首を傾げた。
　わわわっ。
「お、お腹すいたね〜」
　要を追い越して、小走りに階段をおりた。
　それに続いて、ゆっくりと足音がついてくる。
　要はなにも言わないし、なにも変わらない。
　まるで、あたしたちの間には、なんにもなかったみたいに──。

　ここ最近、あたしの頭の中はパンク寸前。
　あれから、要にからかわれるようなこともなくなっていた。

相変わらず朝は起こしてあげてるけど、寝ぼけながら抱きしめられることもなくなった。
　あれは、なんだったんだろう。
　夢？
　あたしが見ていた幻だったのかな？
　そんなことを思いながら、朝ごはんのトーストをかじり、新聞に目を通す要の姿を眺めた。
　まだ寝癖のついた髪。眠そうな顔。
　こんな姿の要は貴重なんだろうなぁ……なんて思う。
　だって、学校では完璧なんだもん。
「……」
　あたしのは熱々の紅茶をコクンと飲んだ。
　要の家に居候するようになって、もうすぐ1ヶ月が経とうとしている。
　まだ、早苗以外、このことを知っている人はいない。
　要も誰にも言ってないみたいだし、学校では相変わらず他人のフリ。
　要はといえば、毎日のようにいろんな部活から声がかかっていて、朝も夜もほとんど顔を合わさない。
　ま、それで全然かまわないんだけど。
　だけど……なんだか喉のあたりがモヤモヤするのはどうしてかな？

「未央、最近どうなの？」
　学校へ行くと昼休みに入るなり、マナが目をキラキラさ

せて、あたしのもとへ駆け寄ってきた。
「どうって、なにが？」
　自分で作ったお弁当のおかずを、口に運びながら聞く。
「なにがって、わかってるくせに」
「？」
「藤森旬のこと！」
「ぶはっ」
　口に入れた卵焼きが、変なトコロで詰まってしまった。
　それを急いでお茶で流し込む。
「な、なに？　急に……」
　ひと息ついて、マナを見た。
　そんなあたしの様子を、早苗や結衣はおもしろそうに見ている。
　で、出たな。マナの噂好き。
　今度はなにを言い出すんだ？
「噂になってるよ、ふたりが付き合ってるんじゃないかって」
「ええぇっ」
　マナの思いもよらない言葉に驚いて、思わず大きな声を出してしまった。
　クラスメイトが注目する。
　うう、視線が痛い。
　あたしは大げさに、両手を顔の前で振ってみせる。
「んなわけないじゃん。たしかに旬とは普通に話せるようになったけど……それだけだし」

告白された、とは言い出せなかった。
　旬もあれからなにも言ってこないし、そのことにホッとしてる自分がいて……胸の奥に重たいしこりがあるみたいだ。
　旬を見ると、こちらの話が気になるみたいで視線がぶつかった。
　ううう。目が合っちゃった……。
　旬に告白されたことは、早苗しか知らない。
「藤森とはなにもなし、か」
　マナはまるで刑事ドラマのようなセリフを吐くと、苺ミルクを飲みながら旬の方を見た。
　あたしは、ふぅとため息をつく。
　マナは洞察力すごいからな……。
　旬が気になるなぁって思ってた時も、初めにバレたのはマナだった。
「じゃあさー……」
　机に飲みほした空のパックを置くと、足を組んであたしを見つめるマナ。
「相田要は？」
「……へ？」
　油断してた。要の名前が出て思わず変な返事をしてしまった。
「え？　未央って藤森くんが好きなんだよね？」
　結衣が身を乗り出してくる。
「あ、相田って……？」

そう言った声は明らかにうわずっている。
ううう……フォークを持っている手に力が入る。
さすが、マナ！
……じゃなくて。
要のことを今まで隠してこれたのが、奇跡的。
「なんで、あ、相田くんなの？」
あくまであたしは、他人のフリ。
動揺してるのを隠すように、ウインナーを一気に口へ運んだ。
「知ってんだからね？　未央が最近、相田要を目で追ってんのは」
「ぶはっっ」
今度こそ、あたしの口に放り込んだウインナーが、勢い余って飛び出してきた。
「あはは。未央〜、動揺しすぎ！　わかりやすいなぁ」
「……」
目で追ってる？　あたしが!?
なるべく学校では、要を視界に入れないように努力してきたつもり。なのに、マナにはわかっちゃうの!?
「そうなんだぁ。前まで藤森くんと話すのでさえ超緊張してた未央が、普通に話してるからおかしいなぁとは思ってたんだけど。なるほどねぇ」
うんうん、と納得する結衣。
やだ……やめて……。
アイツのことなんて、好きじゃない。

あたしは、要のその他大勢の女の子になりたくない。
「あの……」
「たしかに、藤森の話しなくなったもんね」
　すべて知ってる早苗まで、そんなことを言い出した。
　——ドンッ！
「だから！　絶対絶対、それだけはないんだってばっ」
　両手で机をたたいたあたしに、早苗たちは目を丸くする。
　——シーーーーン。
　再び静まりかえるクラスメイトたち。
　顔が一気に赤くなるのを感じた。
　もう、やだぁ。
　あたしはそこから逃げたくて、お弁当をしまうと、カバンに突っ込みながら立ち上がった。
「……トイレ行ってくるね」
　教室を飛び出すとき、旬と目が合った。
　でも、そのまま走り出す。
　恋愛って難しい。
　片思いの時は、ほとんど自分の妄想で盛り上がっていられたけど、今はその存在が近くにありすぎて、妄想だけではすまなくなっている。
　はあ……。あんなふうに、不自然に全面否定して。認めてるようなものじゃん。
　トボトボと歩いていたあたしは、中庭にやってきた。
　昼時だけあって、ご飯を食べながら楽しそうに話す生徒がたくさんいる。

ここは、ベンチもたくさん設置されているし、いつも綺麗に剪定されている芝生や草木の中に、小さな噴水なんかがあって、フランスの田舎の庭をイメージして作られていた。
　その中を、さらに進む。
　少し行くと、人の姿はなくなった。
　あたしは腰をかがめて、木の間を進む。
　周りは背の高さまである庭木におおわれているけど、その場所だけは、太陽の光がぽっかりと差し込んでいるんだ。
　この場所で、手足を投げ出して空を見上げていると、どんより曇っていた気分が少しだけ軽くなるみたい。
　あたしのお気に入りの、秘密の場所。
　今日もお世話になります。
　なんて思いながら、その場所に顔を出す。
「……ん？」

　あれ？
　おかしいな。今日は先客がいるみたい。

陽だまりの中で

　今まで、ここで他の人に会ったことなんてなかった。
　そう、ただの一度も。
　まぁ、そんな頻繁に来てるわけじゃないから、もしかしたら他にも来ている人がいたのかもしれないな……。
　今日は、諦めよう。
　そう思って引き返そうとした時、寝転んでいた人の顔が見えた。
「あ！」
　思わず声を出し、慌てて両手で口をふさぐ。
　あたしの、お気に入りの場所にいた人物……。
「……要？」
　あたしはまるで金縛りにあったみたいに、その場から動けなくなってしまった。
　嘘……？
　要が、なんでこんなところに？
　はっ！　ま、まさか。
　女の子と、あんなコトやこんなコトしてたんじゃ……。
　こっそり要の周りを見てみたけど、誰かいる気配はない。
　ひとりなんだ……。
　ホッと胸をなで下ろすと、あたしは、よつんばいのまま、音をたてないように、寝ている要に近づいた。
「……寝てるの？」

小さな声で呼んでみる。
「……」
　返事はない。
　返ってくるのは寝息だけ。
　陽だまりの中で、とても気持ちよさそう。
　なんだか嬉しくなった。
　あたしはその横に、腰を下ろす。
　学校で、要にこんなに近づいたことはない。
　家で見る要とは、やっぱり少し違って見えた。
　首にかかっているネクタイは無造作にゆるめられている。
　──ドキン……。
　なんだか胸がドキドキした。
　両足を投げ出して気持ちよさそうに寝息を立てている要。
　少し傾いた顔には、木々の間から光が射している。
　キラキラと光の群れが、要のそばでダンスしてるみたいだ。
　あたしはそっと、要の顔を覗き込んだ。
「……」
　──綺麗。
　いつ見ても、まつ毛長いなぁ。
　お肌つるつるだし。
　あれ？　ちょっと前髪長いんじゃない？
　それじゃ、目にかかってるじゃん。

要の顔から、足もとに視線をずらした。
　学校の売店で買ったと思われる茶色い紙袋と、コーヒー牛乳が置いてあった。
　ひとりでお昼食べてたんだ。
　……意外。
　要にも、ひとりになりたい時間があるのかな？
　いつも、大勢と一緒にいるってイメージなのに。
　あたしは四角く見える青い空を見上げた。
　風に乗って、雲が穏やかに流れてる。
　要の寝息も聞こえる。
「平和だなぁ……」
「ん……」
　あたしのそんな、のんきな発言に反応して、要はうっすら目を開けた。
　ぎゃっ！　起きた!?
　てか、あたし、ココにいるのおかしいよね？
　あたふたしている心とは裏腹に、目を開けた要から視線をそらせない。
「……」
　眩しそうに、顔の上に腕を乗せて、片方だけほんの少し開かれた瞳。
　要はその腕の隙間から、あたしの存在に気づいた。
　その瞬間、一気に目が覚めたみたい……。
　そしてあたしの顔は、ぼぼっと赤く染まった。
「……って……は？　な、なんで未央？」

とにかく驚いている要は、ガバッと上半身だけ起こしてあたしを見た。
「ごっごっ……ご、ごめんなさい！」
　ひえええぇ！
　思わず立ち上がり、そのまま立ち去ろうとすると。
　それは、すぐに制止された。
　要が、あたしの腕をつかんでいたから。
「……ちょ、待ってよ。そんなすぐ逃げることないじゃん」
「……に、逃げてなんか」
　そこまで言って、グッと口をつぐんだ。
　あたしを見上げる要の瞳に、吸い込まれてしまいそう。
　つかまれた腕が熱い……。
　そこから、ふにゃふにゃと溶けてしまいそうになる。
　そのまま、あたしは崩れるようにペタンと座り込んだ。
「いつから、そこにいたの？」
　あぐらをかいて、前かがみになる格好（かっこう）で、その足に肘をのせ、頬づえをついている要。
　そして髪をワシャワシャとかきながら、あたしの顔を覗き込んだ。
「つ、ついさっき」
　要につかまれた腕がまだ熱くて、あたしはそこを、強く押さえた。
　平静を装って、宙（ちゅう）を仰ぎながら答えた。
「……なんで、すぐ起こさねぇの？」
「お！　起こしましたともっ」

って、あたし、なんか言葉おかしいし！
　起こしたよ？　声、かけたもん！
　顔、じっくり見たかったわけじゃないもんっ。
　むすっとして、あたしをジロリとにらんだ要。
　あたしの言葉を聞いて、そのまま顔をそむけてしまった。
「……要？」
　手で半分以上見えなくても、要の顔が赤いのは、なんとなくわかった。
　……嘘。照れてる？
　驚いて目を丸くしているあたしの顔を見て、要は反対を向いてしまった。
「ぐふふ」
　予想外の反応に、笑いが込みあげてきた。
「あははっ、あははは」
　今まで遠くに感じていた要が、急に身近な存在に思えた。
「ぐふふって。ちょっと怖い……」
　ケラケラ笑うあたしを、要は恥ずかしそうににらむ。
「あははっ……」
　笑っていたあたしの口が、ふさがれた。
　唇に、要の手が触れた。
　ただ、それだけなのに……。
「笑いすぎだっつの」
「……」
　──ドクン、ドクン、ドクン。
　あまりにも大きな心臓の音に、自分でも驚いて思わず涙

目になる。

や、やだ……。要に聞こえちゃう!

あたしの口をふさいだまま、じっとあたしの瞳を見つめる要。

——そして、そっと手を離した。

び、びっくりしたぁ。

キス、されちゃうかと思った。

あたしは身動きが取れなくて、要を見つめた視線をそらすこともできなくて、ただ固まりっぱなし。

あたしから手を離した要は、地面を見つめている。

なに？　なにを考えてるの？

あの雨の日以来、要はあたしに触れてこない。

からかわれっぱなしだったのに、それからはなにも言ってこない。

それに……。

頻繁に来ていた、不特定多数の女の子達も、あの日を境に、姿を見せなくなったんだ。

あたしが家にいるから、呼びづらいのかって思っていた。

学校で見かける要も、いつも男友達と一緒にいた。

不思議だった。

聞きたくても聞けずに、いつも、グッと言葉を飲み込んでた。思い切って今、聞いてみようかな。

要を近く感じる今。

「あ、あの……」

「あのさ……」

「え?」
　あたし達は、ほぼ同時に言った。
「なに?」
　あたしは、なんだか気が抜けた気分になった。
　聞かなくてよかったかも。
　第一、あたしに聞く権利はないもん。
　要が言いかけた、言葉の続きを待つ。
「あー……」
　言いにくそうに天を仰ぐ要。
　そして、顔を斜めにしたまま、あたしを見た。
　少し前髪がかかった瞳の奥の、真剣さが伝わる。
　──ドクンッ。
　聞くのが怖くなってしまうくらい、まっすぐに見つめられた。
「お前さ……」
　ゴクリ。
　思わず生唾を飲み込んだ。
「えーと。……お前ってさ、風呂場でいつもなんか歌ってるだろ?」
「へ?」
「あれ、なんて歌?」
　まさかの質問に、間の抜けた返事をしてしまった。
　耳まで真っ赤になる。
「き……き……きき、聞いてたの!?」
　ワナワナと声が震える。

あたしの特技。自作の歌を、湯船につかりながら歌うの。
　浴室で歌うと、とってもうまく聞こえる。
　たぶん誰しも一度は経験ずみなんじゃないかな？
　でもそれは自己満足の世界で、人に聞かれてしまうと、ものすごく恥ずかしかったりする。
「イヤでも、聞こえた」
　要は口の端をちょっと上げて、いたずらっぽく笑う。
　ぼぼぼぼぼっ。また顔が熱くなる。
　最悪、最悪っ！
　恥ずかしくて、穴があったら、入りたいくらい！
「もーっ、信じらんないっ！」
　あたしは両手で要の体を叩いた。
「……いてっ……なんだよ、別にいいじゃん。俺しか聞いてないんだし」
　そう言って、あたしの手をうまくよける。
　それが一番恥ずかしいんだってばっ。
「未央って、ほんとおもしれぇ。お前見てると全然飽きねえよ」
「え？」
　要が楽しそうに笑ってそんなこと言うもんだから、あたしのその手は、止まってしまった。

好きなキモチ

　要の笑顔——。
　こんな間近で見たのは、初めてかもしれない。
　顔をくしゃくしゃにして、笑う要。
　笑うと、子供みたいになるんだ。
　すごく優しそうな要の顔。
　目尻にできる笑いジワが、胸をギュッとつかむ。
　そして——。
　要はあたしの髪に触れた。すごく久しぶりな感じがした。
　胸がどんどん締めつけられる。
　——トクン……。
　やばい。なんか、泣いちゃいそう。
　その気持ちを悟られないように、あたしは要の顔から視線を落とした。
「そろそろ授業始まるぞ？　お前、こんなとこでさぼってんなよ」
「……か……要こそっ」
　あたしは精一杯、強がって言う。
「俺はいいの」
　そう言って、また要は笑った。
　ダメだ……。
「……っ……」
「……未央？」

せっかくこらえていた涙が、せきを切ったようにあふれだした。
「どうしたんだよ？」
　要は困ったように、あたしの顔を覗き込む。
「……ご、ごめ……なんでも……ないから」
　震えた声で、やっと言葉にする。
　自分がなんで今泣いているのか、わからない。
　でも、はっきりわかったことがある。
　――あたしは。

　あたしは要が好き。
　要に、恋してる。

　そう思った瞬間、涙があふれて止まらなくなっていた。
　あたしの涙のタンクは、今まで満タンだったんだ。
　きっと、あと1滴(てき)でも落ちたら、あふれてしまうとこまできてた。
　要でなければ。
　こんな気持ちにはなれない。
「……あー！　もうっ」
「！？」
　大きなため息とともに、甘い香りに包まれた。
　気がつくとあたしは、要の腕の中にいたんだ。
「……」
　……なに？

体が、自由を奪われたように固まってしまった。
「……はぁ。お前なんなんだよ。ほんっと意味わかんねえ」
　かすれた声が、首筋をくすぐる。
　ささやくように言って、要はあたしを抱きしめる腕に力を込めた。
　意味……わかんないのは……要だよ。
　それって、どういうこと？
　これは、どういう意味？
　泣いているあたしを、慰めてくれてるの？
　それとも、別の感情があるの？
「……」
「俺にどうしろっつーんだよ」
　──キーンコーンカーンコーン。
　予鈴が鳴っている。
　でも要の腕の力は、変わらない。
「あ……要……泣いたりしてごめん。もう大丈夫……」
　あたしは、遠慮がちに要の腕に触れた。
　要は、急に泣き出したから驚いたんだ。
　だから、慰めてくれてるんだ。
　うん。もう、大丈夫。
　だって、わかったんだもん。
　ちゃんと自分の"本当の気持ち"が。
　要は、ゆっくり体を離した。
　そして、あたしの顔を見つめたまま、頬を両手で包んで、涙のあとを優しくぬぐってくれた。

ドキン。ドキン。
　息がかかりそうな距離。
　その瞳の中に、まるでりんごみたいに真っ赤なあたしが、映ってる。
　要の柔らかな前髪が風に揺れるたびに、頬をくすぐる。
　心臓がまた高鳴る。
　ドクンドクンッて、力の限り、体全部にその血をめぐらせている。
　そのせいかな？
　あたし、すごく熱い……。
　だんだん近づく要の顔……。
　伏し目がちの要の視線は、なぜかあたしの口もとを見てる。
　顔を少し傾け、要の唇がちょっとだけ開いた。
　そこから覗く白い歯が、余計に色っぽくて……。
　あたしは、めまいを起こしそうになる。
　目を開けていられなくなって、あたしはギュッとまぶたを閉じた。
「……」
　あれ？
　いつまで待っても、なにも起こらない。
「ぷっ」
　突然吹き出した要の息が、唇にかかった。
　びっくりして、目を開ける。
「なんつー顔してんの」

「は?」
 目の前には、肩を震わせて、笑いをこらえる要の姿があった。
「……んな……なっ」
 さ、最低ーっ!
 あたしは勢いよく立ち上がると、要に背を向けて走り出した。
「今日は白か。俺は青い方が好きだけどぉー」
 背後から、そんなセリフが飛んできた。
 あたしは、バッとスカートを両手で押さえる。
「ばかあああ!!!」
 思いっきり叫んで、その場を立ち去った。

 マジ、最低っ!
 要なんて大っキライ!!
 もう、前言撤回だああっ!
 誰もいなくなった中庭を走り抜け、階段も勢いよく駆け上がり、教室までの道を全速力で走った。
「はあ、はあ、はあ」
 教室の扉を開けると、ちょうど今、授業が始まったところだった。
 ……セーフ。
「なんだ桜井。遅いぞ。早く席に着け」
 数学担当の『よこやん』こと、横山先生があたしをにらんでいる。

うわ。数学だったんだ。
あたしは頭を下げると、そそくさと自分の席に着いた。
斜め前の席の早苗が、振り返る。
「大丈夫?」
と尋ねながら、続いて小さな声で『さっきはごめん』というように両手を合わせてきた。
あたしは、笑顔で首を横に振り、今度は後ろを見る。
まるで当然のことのように、旬と目が合った。
あの返事をしなくちゃ……。
あたしは前に向きなおりながら、要の笑顔を思い浮かべた。
要……あたしのこと、だませたと思ってる?
なにかを言いかけて、はぐらかしたの知ってるんだから。
ねえ……。
ほんとは、なにを言おうとしたの?

キミとふたり

「さっきはびっくりしたよぉ。未央、全然帰って来ないんだもん」
　早苗はあたしの前の席に座ると、そう言った。
「ごめん……それがね……」
　あたしは要がいたことを早苗に言おうとしたけど、そこで口をつぐんだ。
　さっきのことは、秘密にしておこう。
　要とあたしの、ふたりだけの秘密に。
「……未央、怒ってる？」
　心配そうにやって来たのは、マナだった。
「？」
　あたしは、マナを見上げた。
「あたしが変なこと言ったから……」
　しゅんとうなだれるマナは、あたしの顔色をうかがいながら、上目づかいで話す。
　そんなマナの姿を見ていたら、思わず笑みがこぼれた。
「怒ってなんかないよ。全然気にしてないってばっ」
　あたしはそう言うと、マナのお尻をポンッと叩く。
「ほんと？」
「うんうん！　マナは勘が鋭いっ」
　あたしはにっこり笑って、マナを見上げた。
「……へ？」

「……てことは……」
　早苗とマナが顔を見合わせる。
　あたしは、ピースサインをしてみせた。
　要を好きだと実感した。
　今まで雲がかかってた空が、スーッと晴れわたっていくような、そんな感覚が訪れる。
「ついに!?」
「いつから!?」
　ふたりが同時に身を乗り出す。
「あはっ」
　それがおかしくて、思わず吹き出してしまう。
　要に出会って、たった1ヶ月。
　でも誰よりも、あたしの中で大きな存在になった。
　あたしは嬉しくて、また笑う。
　人を好きになるって、こんなにも苦しくて、切なくて。
　あったかい気持ちになるんだね。
　要でなければ、味わえなかった気持ち。
　すごく、すごく愛しいと思えた。

　学校の帰り。
　あたし達4人は近くのファミレスにいる。
　全国展開のチェーン店で、どこにでもあるようなお店。
　この時間は、学校帰りの学生で、店内がにぎやかだ。
　店の奥の窓際の席が、あたし達のいつもの場所。
　ジュースを飲みながら、お互いの恋の話とか、今日の出

来事を報告し合う。
「で？　いつから、相田要が好きなの？」
「ってか、あんたら、接点ないよね？　未央がひと目惚れなんてありえなぁい！」
　案の定、マナと結衣から質問攻めにあっていた。
　旬に告白されたこと。親の事情で要の家に居候してること。
　あたしは早苗にしか言ってなかったことを、ふたりに話した。
　いつものあたしなら『今日は何回、旬と目が合った』とか言って盛り上がってるとこ。
「好きって、実感したのは今日だよ」
　へえ〜、とマナ達は、興味津々といった表情をした。
　あたしは顔が赤くほてるのを感じながら、持っていたカルピスを口に運ぶ。
　マナがお皿に盛られたポテトを食べながら、あたしをじっと見て、真剣に言った。
「相田要に、藤森旬か。どっちも捨てがたいイケメンだね」
　捨てがたいって……。
「でも、要は完璧あたしの片思いだから……」
　そう言って、はあ……とため息をこぼす。
「なんで？　わかんないじゃん」
　早苗があたしを見る。
「そうに決まってるよ。要の周りには綺麗な女の人ばっか、集まってくるんだよ？」

あたしは、要の家に来ていた人達を思い出した。
　セクシーで、綺麗で……あたしとはまるで正反対のような人達。
「んー……たしかに未央はセクシー系でも綺麗系でもないもんね」
　マナが笑って言う。
　ううう。気にしてることを、そんなはっきりと……。
　あたしは、身長も４人の中で一番低い。
　少し前まで、童顔で髪もボブだったあたしは、よく中学生だと思われた。
　今は少しだけ化粧をして、髪も胸の下辺りまで伸ばしてるから、さすがに間違われなくなったけど。
「そっちを狙っちゃ勝ち目ないけど。でも、未央は魅力あると思うなあ」
　早苗は、うーんと腕組みをした。
「魅力って？」
　あたしは、思わず身を乗り出す。
　早苗はそんなあたしの顔を、じーっと見た。
「……。いや、ほら！　……ねっ結衣！」
「え!?　……あ、うん！　未央ってほら、妹的な存在っていうか。守ってあげたいっていうか？　ねっ、マナ」
「そ、そうそうっ。守ってあげたくなるよ。からかいたくなるっ」
「……」
　褒めてる？　ねぇ、それって褒め言葉？

顔を見合わせて、楽しそうに……いや、ちょっと焦って言う親友たち。
「……ありがと……みんなの愛はしっかり受け取ったよ」
　あたしはポテトをつかめるだけつかんで、口に放り込んだ。
「でもさ。そしたら早く藤森に言わないとね」
　早苗が頬づえをつきながら言う。
「……うん」
　あたしは、そっと窓の外を見た。
　街を行きかう人は、足早に通り過ぎていく。
　季節はもう梅雨に入ろうとしていた。

「……ただいまあ」
　あたしは誰もいない家に入る。
　慣れたとはいえ、やっぱり他人の家に上がるのは緊張してしまう。
　部屋に入り、カバンを置くと、そのままあたしはベッドに倒れこんだ。
　時計を見る。
　6時か……。
　要、遅くなるって言ってたっけ。
　……なんで？　また部活の助っ人？
　あたし、要のこと、なにも知らないんだな。
　誕生日も、好きな音楽も、好きな映画も。
　なにも知らない。

一緒に住んでから1ヶ月経つ。
　唯一わかってきたのは、食べ物の好みかな。
　要は、お肉の脂身がキライ。好きなものはツナ缶だったりする。
　ぷくく。
　あの顔で、ご飯とツナがあればいいなんて、想像できない。
　あたしは、春とか、苺とか……犬と猫なら犬だとか。
　キラキラ光るものとか。かわいい雑貨とか。
　いろいろあるけど……。
　要の好きなものって、なんだろうな……。
　そんなことを考えながら、あたしの意識はだんだん遠のいていった。

「ん……」
　目を開けると、いつの間にか部屋が暗くなっていた。
　やだ。寝ちゃったんだ……。
「はぁ……」
　ゆっくりと、仰向けになって天井を見上げる。
　その時——。
「……未央」
　誰もいないと思っていた部屋で、急に声がした。
「!?」
　慌てて体を起こすと、誰かがあたしの横に座っていることに気づく。

暗闇に目が慣れないせいか、その人物の輪郭がようやくわかるようになると……。
「……要？」
「うん、俺」
　口の端を片方だけ上げて、要がいたずらな笑みを浮かべたのがわかった。
　うっ、嘘!?　な、なんで要が……。
　って、あれ？
　ここは要の家だし、いてもおかしくはないんだけど。
　要は放心状態のあたしに向き合うと、ちょっとだけその距離を詰めた。
　すぐ隣に要がいる。ひとつのベッドの上で。
　ドキン、ドキン。
　——変な雰囲気。
「……あ、お、起こしてくれればよかったのに」
　って、このセリフ。
　前に要の口から聞いたかも。
　寝てるとこ見られてたかと思うと、恥ずかしくてたまらない。
「気持ちよさそうに寝てたから、起こしちゃもったいないと思って」
　へ？
「よだれ」
　要は自分の口もとを指さした。
「うまいもんの夢でも見た？」

「な……なな……」
　あたしは慌ててぬぐった。
　ひええええええっ。
　恥ずかしすぎるっ！
　ほんとあたしって、色気の欠片もないな……。
　自分がみじめになって、あたしは、しゅんとうなだれた。
　──暗い部屋の中。
　あたし達はベッドに座っている。
　甘くあたしを見つめる要……。
　じゃなくて。
　慌てて口もとをぬぐっているあたしを、おかしそうに眺める要。
　……なんなの、この笑いあふれるムード。
　あたしがいけないんだ。
　あたしにもっと色気があったら、きっと、こんなシチュエーションに健全な男子の要が黙っていられるはずがない。
　だ、誰か。助けて……っ。
　逃げたい。あたしは、とっくに逃げ出したくなってる。
　要がこんな至近距離であたしを見つめるから。
　ちょっと前の自分なら、こんなに近づいてることすら、考えられなかった。
「未央？」
　うなだれるあたしに気づいて、要はあたしの顔を覗き込む。

——ドキン！
　うぅ。また胸が、ギュッと締めつけられる。
　もう、痛くて死んじゃいそうだよ。
　この暗闇にも目が慣れて、要の顔がしっかりとわかるようになった。
　要との距離は20センチもない。
　横に置かれた手とあたしの手の距離は、たった数ミリ。
　全神経が今、そこに集中している。
　もう、他になにも考えられない。
　要に触れたい。
　まだ、あたしを捕らえたままの視線に、すべてを見透かされてしまいそうで、どうしていいかわからなくなる。
　このまま。要の手に触れてしまおう。
　そしたら、この気持ちも楽になるはず。
　あたしのこと、変な女だと思うかもしれない。
　でも。
　もう、この気持ちを抑えることなんてできない。
　隠すことなんて、できそうにないよ。
　あたしはギュッと目を閉じた。
　そして左手を、要の右手にそっと重ねた——。
　——バシッ！
「……」
「……」
　——え？
　重ねたはずの手は、思いきり振り払われていた。

目を開けて、要の顔を見る。
要は肩の高さまで、手をあげていた。
その顔はとても驚いているようで、切れ長の目が、いつになく見開かれている。
あ……あはは。
そ、そんなに、イヤがらなくても……。
どうしよ、泣きそう。
予想外の要の態度に驚いて、あたしの体も固まる。
振り払われた……。
最近、要とはろくに話もしないくらいだった。
心の片隅で、もしかして避けられてるのかなって思ってた。
でも怖くて、認めたくなかったよ……。
だけど、だけど……。
いつも意地悪言いながら、ほんの少し覗かせる優しい笑顔が。
あたしを抱きしめた、腕の温もりが。
あの日のキスが……。
あたしを突き動かした。
うぬぼれ、だったの？
やっぱり、あれは要が誰にでもする行為(こうい)のひとつだったの？
もしそうなら……慣れてるんだよね？
だとしたら──。
……要。

「あたしのこと、キライ？」
「はぁ？」
　心の中でつぶやいたつもりだったあたしの言葉は、要の耳に届いたらしい。
　要の呆れたような、怒ったような声に、あたしはビクッと体を震わせた。
　そして、大きく息を吐き出しながら、要はガシガシと頭をかいた。
「あのなぁ、俺は……。と、とにかく……別にそんなんじゃない」
　暗くて、よく表情がわからない。
　要の顔を覗き込もうと、身をかがめた瞬間——。
　——カチ！
「！？」
「なにしてんだ？　お前達」
　突然、あたし達は光に包まれた。
　ベッドの上で見つめあったまま固まっていたあたし達は、ドアの方へ視線を送った。
「……父さん」
　ドアから怪訝そうな顔でこちらを覗いていたのは、なんと要の父親だった。

「……お前ってヤツは……父さん、未央ちゃんにどうやって謝ったらいいんだ」
　３ヶ月の予定だった出張が、急きょ早く終わったおじさ

んは、おばさんと一緒に帰ってきた。
　私達を驚かせようと、内緒で帰ってきたらしいんだけど……。
　ほんと、ナイスタイミング。
　あたし達は、リビングのソファに向かい合って座る。
　ダルそうに、ソファの背もたれに身を投げ出す要の隣で、あたしはまるでつかまった猫のように体を縮めて座る。
「あ……おじさん、あたし達、別になにも」
「要！　未央ちゃんに謝りなさい！」
　ダメだこりゃ。聞いてないな……。
　あたしは「はぁ」と、ため息を漏らした。

第3部

夏の午後、図書室で

　要の両親が出張から帰ってきてからというもの、あたし達を監視する目がいっそう光ってる。
　ますます、要とふたりで話す機会が減った。
『あのなぁ、俺は……』
　あの夜——。
　もし、おじさんがタイミングよく部屋を開けなければ。
　そして、要の言葉を最後まで聞けたのなら……。
　あたし達は、なにか変わっていたのかな？
　要……。
　あたしは、キミが好きだよ——。

　——キーンコーンカーンコーン。
「あ〜、やあっと終わったあ〜」
「この後、カラオケ行かね？」
　ホームルームを終えるチャイムと共に、クラス中がざわめきだす。
　あれから、あっという間に時は過ぎた。
　明日から夏休み。
「未央っ、どこ行く？」
　早苗が、笑顔であたしに話しかけてきた。
「桜井」
　それと同時に、違う声が。

「？」
　早苗がいる方の反対側を見る。
　──ドクン。
「……旬」
「ちょっと話したいんだ」
「行っといで。今日は先に帰るよ、またメールする」
　早苗が、コクンとうなずいて見せた。
　返事……しなくちゃ。
　ずっと曖昧(あいまい)にしてきたんだ。
　あたしは教室を出る旬に、ついていった。

　あたし達は、図書室に来ていた。
　明日から夏休みということもあり、図書室に寄っていく生徒は誰もいない。
　静まりかえった図書室。独特の、印刷物の匂い。
　そして、耳に届くのはセミの旋律(せんりつ)とグラウンドから聞こえる楽しげな声、それから自分の心臓の音だけ。
　──夏の午後。
　気温が高いこの時間帯でも、この空間は、少しだけひんやりとしているようだった。
　旬はあたしに背を向けたまま、窓から校庭の様子を眺めている。
　そして、少しだけ顔をこちらに向けると、照れた様子で口を開いた。
「桜井さ……、俺が告(こく)ったの覚えてる？」

——ズキン。
　——胸が痛い。
　旬は改めてあたしに向き直ると、いつになく真剣な表情で言った。
「俺、もっとお前のこと知りたいんだ。だから俺と付き合わない？」
　まっすぐな瞳。あたしはその瞳に吸い込まれそうになりながら、それを必死で耐える。
「……旬、あのね？」
　あたしは、意を決して口を開いた。
　言わなくちゃ……ちゃんと。
　でなきゃ、旬に失礼だ。
　旬は、あたしに気持ちを伝えてくれた。
　だから、あたしも……。
　口の中の水分が全部飛んでいった。
　カラカラの状態で、なんとかあたしは言葉を紡ぎだす。
「あ……あの、あたし……」
　——ゴトッ。
　突然、誰もいないはずの室内に、何かにぶつかる音が聞こえた。
「……ってぇ」
　この声は——まさか。
　心臓がドクンと激しく波打った。

彼と彼と、あたし

　振り返ったあたしの瞳に映った人。
　それは、要だった。
「……な、なんで」
　今の、聞かれちゃった？
　——要に？
　あたしは言葉にならない声を出し、まるで金魚のように口をパクパクさせた。
　一番不釣り合いに思える図書室に、どうして要がいるのかわからない。
　要はその表情を歪めて、頭をさすりながら、本棚の陰から姿を現した。
　そして、あたしと旬にちらっと視線を向ける。
「あー……俺、なにも聞いてないから」
　要はそのままあたし達の横をすり抜けようとしたけど、それを旬が引き止めた。
「お前が……相田？」
　旬が要に声をかけたことに、あたしは飛び上がりそうになった。
　要は一瞬ピクリと震え、それから足を止めると、ゆっくりとこちらに向きなおった。
　ちょうど、あたしと要、そして旬の立っている位置が三角形になっている。

あたしは、旬がいったいなにを言おうとしているのかがわからなくて、スカートをギュッと握りしめた。
「……えーっと？　ごめん、誰だっけ？」
　要は質問には答えず、少し首をひねりながら、ポケットに手を突っ込んだ。
　うわ、面倒くさそう。
「……俺は、藤森。前に俺達のクラスに来てたよな？」
「さあ、そうだっけ？」
　要はうーんとあごに手を当てながら、思い返すように宙を仰いだ。
　——ううん……思い出す"フリ"をしている。
「あれから……薄々気づいてたんだけど……」
　旬があたしの顔をちらっと見た。
　——なに？
「桜井と相田って……その、付き合ってるのか？」
「えええ！？」
「相田の家に出入りする桜井を見たってヤツもいるらしいし。……それに会話がおかしいって……まさか、同棲（どうせい）……とか」
「……え」
　——バサッ。
　あたしはそこまで聞くと、手に持っていたカバンを思わず落としてしまった。
　どうしよう。どうしよう。
　顔から、みるみる血の気が引いていくのがわかる。

旬は、あたしをじっと見つめたまま。
　要も動揺しているあたしを見た。
「な、なな、なに言って……」
「なんで知ってんの？」
　へっ？　い、い、今の要!?
『なんで知ってんの？』って言った？
　なんで？　秘密なはずでしょ？
　あたしは信じられない気持ちで、要の顔を見上げた。
　本棚に背中を預けた要は、きょとんとしてあたしの顔を覗き込んだ。
　今この中で、状況に一番ついていけてないのは、あたしだろう。
　なんて、ふと思った。
「こいつの親、海外出張とかで今いなくてさ、その間未央の親父さんの知り合いに当たる、俺んちに居候してんだよ」
「……出張？」
　旬は『そうなの？』という目であたしの顔を見た。
　その視線に気づいて、慌てて首を縦に振った。
「——そ。だから俺の親も一緒だし、あんたが心配することなんてないと思うけど？」
　旬が、なんとも複雑な表情をしている。
「つーわけだから。俺、行っていい？」
　要は親指を立て、自分の後ろにある扉をさした。
「え……あ、あぁ」
「じゃね」

そう言って、要は出入り口へと向きを変えた。
　その一瞬……。
　ほんの一瞬だけど、要の瞳があたしをとらえたような気がした。
　それで……。
　笑った気がしたのは、気のせい？
　旬は、まだ納得がいかないという顔で、図書室を出ていく要の背中を見送る。
「桜井、ごめん。俺、勝手に勘違いして。大変なんだな」
　旬は気まずそうに、頭をかいた。
「ううん、黙っててごめんね。でもきっと、両親もすぐ帰ってこられると思うんだ」
　あたしは、足もとに落ちていたカバンを拾い上げた。
　あたし達の会話、聞こえてなかったわけないよね？
　でも、要は関係ないと言っているかのように、さっさと行ってしまった。
　興味……ないのかな？
　あたしのことなんて、やっぱりどうでもいいのかな。
『よかったな』
　まるで……さっきの要はそう言ってるようだった。
　なんで？
　胸がギュッとなって、締めつけられる。
　今すぐ要を追いかけたい。
「……旬……ごめんなさい。あのね。あたし……」
　――要が好きなの。

「きゃっ」
　そう言いかけたあたしを、旬は強引に引き寄せた。
　突然感じる温もり。
　要の甘い香りとは違う旬に、あたしは包まれてる。
　なにが起こってるの？
「しゅ……旬？　……痛いよ」
　その腕から逃れようと身をよじってみても、びくともしない。
「その先は言わせない」
　そう言って、強引にあたしのあごをつかんだ旬は、その唇を重ねようとした。
「……つや！」
　近づく距離に、とっさにその胸を押しやる。
　でも、力の強い旬にはとうてい及ばない。
　グイッと両腕を掴まれて、痛くて、怖くて……。
「やだっ！　離して」
　うつむいたまま、そう叫んでいた。
　要……！　要、助けて！
　と、その時。
「なんでだよ……」
　小さな、小さな声が聞こえた。
　おそるおそる顔を上げると、ゆっくりと顔を上げた旬と視線が絡まる。
　今、自分になにが起こったのか理解したくなくて、あたしも呆然と旬を見つめ返す。

さっきまで聞こえていた外の喧騒も、今はまったく耳に入ってこない。
　　……旬？
　　優しい旬。笑顔が大好きだった旬。
　　その彼が、今あたしになにをしたの？
　　自分でも気づかないうちに、体が震えていたらしい。
　　抵抗しても、とうてい及ばない力。怖かった。
　　旬に本気を出されたら、あたしなんかじゃきっとかなわない。
　　旬の顔が、涙でぼやけて見えなくなった。
「……あいつが好きなんだろ？」
「え？」
　　旬の手が、あたしの頬に触れようと伸びてくる。
　　旬が動くだけで、あたしの体は反射的に後ずさりする。
「……俺は、桜井を見てきた。だから、桜井の目がいつも誰を追ってるかなんて、すぐわかる」
　　旬はそう言うと、哀しげに笑った。
　　いつの間にか、あたしの頬にはポロポロと涙があふれていた。
「……あ……あたし……」
　　そしてとうとう、旬の両手があたしの頬を包み込んだ。
　　それに反応して、体がビクンと跳ねる。
「怖がんなって。もう、なにもしないよ」
　　見上げると、そこにいたのは、優しい瞳をしたいつもの旬だった。

「相田がここにいるの……俺、知ってたんだ」
「へ?」
　頬を挟まれたままで、うまく言葉にできず、変な返事をしてしまった。
　そんなあたしの頬は、左右に引っ張られる。
「ら、らりしてんろ?」
　旬は、ククッと肩を揺らして笑った。
　その旬の顔を見て、あたしはあっけに取られるばかりだ。
「さっき用があってここの前を通った時、たまたま相田がサボってるの見つけたんだよ」
　ニヤリといたずらっぽく笑うと、旬はパッと手を離した。
「正直、俺すっげえ腹立ってた」
　…………。
　そりゃあそうだよね。
　旬の告白、ずっと曖昧にしてきたんだもん。
　怒って当たり前だよ……。
「むかつくんだよ、相田要」
　?
　要? え、あたしじゃなくて?
　たしかにあたしたちは、一緒に住んでる。
　でも、それは本当に親の都合だし、第一学校では絶対バレないように、お互い知らないフリしてきたんだから。
「桜井のこと、見つめすぎ」
「……へ?」
　誰が?

思わず首をひねってしまう。
　誰が誰を見つめてるって？
「相田も桜井も他人のフリしてんのかもしれないけど……全っ然、できてねえよ」
　旬はそう言って、あたしのおでこをこづいた。
「い、いた……」
　ちょっと待って、話が見えない。
　いたずらっぽく笑う旬。あたしの頭はパンク寸前だ。
　呆然としているあたしに、旬は瞳を細めて優しい笑みをこぼす。
「ちゃんと確かめてみな。逃げてないでさ」
「……旬」
「俺、やっぱり桜井には笑っててほしいんだわ」
　旬はそう言って、あたしの頭を少し乱暴になでる。
　そして、最後にふわりと髪をすき、そのまま抱き寄せられた。
　さっきとは違う、優しい抱擁。
「しゅ……旬？」
「……3分。や……1分でいいんだ。もう少しだけこのままでいさせて」
　そう言って、旬はさらに腕の力を込めた。
「怖がらせてごめん。これで、終わりにするから……」
「……っ、」
　少しだけ震えている旬の声に気づかないフリをして、あたしはギュッと目を閉じた。

旬……。
旬……、ごめんなさい。
ありがとう……。
あたしはあなたに、恋をしていました。

苺キャンディの約束

　旬と別れたあたしは、要の教室まで行ってみる。
　だけどそこは、からっぽだった。
　旬はああ言ってたけど……要はあたしのことなんてきっと、どうでもよくて。
　他の誰と付き合っても、関係なくて……。
　要があたしにしてきたコトってやっぱり、その他大勢の女の子にするのと同じなんだ。
　心にぽっかりと空(あ)いた穴。
　誰もいない教室はあたしの心を表してるようで、視界をぼんやりと濁した。
　あたしは仕方なく、すっかり人通りがまばらになった校門を、ひとりで出た。
　明日から夏休み——。
　真っ青な空には、入道雲(にゅうどうぐも)が上へ上へと伸びている。
　どこまでも続く、めまいがしそうなほどの青空。
　髪をなでる風の中に、夏を感じた。
　本格的な夏が来る。
　あたしが要の家に居候し始めて、もうすぐ３ヶ月がたとうとしてる。
　——通いなれた道。
　あたしはいつまで、この道を歩くことができるんだろう。
　ふと、そんなことを思った。

家に帰ると、まだ誰も帰ってなかった。
おじさんは仕事だし、おばさんもパートに出てる。
先に帰ったはずの要は……友達と出かけたのかな。
あたしは自分の部屋に入ると、窓を開けた。
むっとする風が、頬や髪、制服の中をすり抜けてゆく。
──ジジジー。
セミの大合唱がどこからともなく聞こえてきて、あたしの体にまとわりついた。
今年も暑くなりそうだな……。
そんなことを思い、ふぅとため息を漏らして視線を落とした。
「……」
あれ……なんで？
窓の下に目をやると、要があたしを見上げて立っていた。
要は、人さし指でチョイチョイと下をさした。
『下りてこいよ』
そう、ジェスチャーしているようだ。
──なに？
あたしは、言われるまま、勢いよく階段を駆け下りた。
てっきり、どこかへ行ってしまったと思ってただけに、あたしの心臓は激しく波打った。

玄関を勢いよく開けると、まだ制服姿の要があたしを待っていた。

「ちょっと俺に付き合ってよ」
「え?」
　要はそう言うと、当たり前のようにあたしの手を取って、歩き出した。
　あたしは要の行動の意味がわからないまま、その背中を見つめた。
　要は、ただ黙って歩いていく。
　一歩一歩ゆっくり歩く要の足音に、あたしの小さな足音が続く。
　頭ひとつ分より少し大きな要を見上げて、やっぱり男の子なんだと実感。
　大きくて、でも指はすらっとしてて、とても綺麗な手。
　見るたび、うらやましいなって思ってた。
　でも、こうして手をつなぐと、ゴツゴツしていたことに気がつく。
　——あれ？
　つないだその手に、遠い昔、この温もりを知っているような気がした。
　なんだろう、この感じ。
　懐かしい……のかな？
　……あたし、この手を知ってるの？

　要はあたしの手を引いて、小さな公園までやって来た。
　真ん中には大きな桜の木がある。
　その桜の木を取り囲むように、恐竜のすべり台とブラン

コ。
　それにささやかな砂場があった。
　要は恐竜のすべり台に近づくと、つないでいた手を離す。
　そして、あたしを見つめた要は、なにかをうかがっているみたいだ。
「かわいいとこだね。要、なんでこんなとこ知ってるの?」
　離された左手が熱い。
　なんだか切なくなって、あたしは、わざと大げさに公園を見渡した。
　その言葉に要は、あたしの髪をグイッと引っ張った。
「イタタ……なにすんのよー!」
「お前、ほんとに俺のこと覚えてない?」
　髪をツンツン引っ張りながら、あたしの顔を覗き込む。
「……へ?」
　覚えてないって??
　あたしは必死に過去の記憶を呼び起こす。
　なに?　なんかこの場所であったっけ?
　しかも、要と?
　うーん。うーん……。
　うーんと……?
「……ごめん」
　さっぱり思い出せない。
　要は「はあ」とため息をついた。
「未央って薄情なヤツだよなあ」
　そう言って、小さなブランコに座る。

そして要は昔を懐かしむように、ほんの少し目を細めた。
「この公園は、俺と未央が初めて会った場所なんだけど」
　……え？
「えええ？！」
　驚きすぎて、あたしは大声を出していた。
「お前……うるさい」
　要は、揺らしていたブランコを止めた。
　耳を押さえて、あたしをジロリと見る。
　慌ててあたしは、口を押さえた。
「ご、ごめん。でも……いつ頃？」
「５歳くらい？」
「５歳って……そんな小さい時なんだ」
　要の家に居候になる前、パパ達があたしは昔、要と遊んだことがあるって言ってたっけ……。
「親父達が仲よかったろ？　俺も未央もときどきこの公園に連れてこられたんだ。あんま覚えてねーけど」
「そう……だっけ」
　そう、たしかに……この公園にママと来たことがある。
　一緒にいつも遊んでくれた子。
　小学校の中学年にもなる頃には、パパ達も仕事の関係でなかなか会えなくなってしまったようだった。
　……あの時の子が……要？
　まるで記憶の扉が一気に開かれたように、次々に当時のことが浮かんできた。

木漏れ日の中。
　ふわふわ舞う、淡いピンク。
　やわらかい風が揺らすのは、ちょっとだけクセのある真っ黒な髪。
　木々の隙間を抜けて、差し込む光の筋。
　その光のシャワーを浴びて、微笑むのは……。
　頬をピンクに染めた、色素の薄い、まるでお人形のような顔——。
　じゃあ、やっぱり記憶の片隅にいた"あの子"は、要だったんだ……。
　そっか……。
　そうだ。あの頃のあたしは……。
　少し大人びたあの男の子に、小さな恋心を抱いてたんだ。
　小さいながらに真剣に好きだった。
　あの子はいつも笑ってた。
　そして、この公園の……。
　そう、あの桜の木の下で、あたしはあの子に愛の告白をしたんだ……。
『要くん！　あたし要くんのことが好き!!!　だからあたしをお嫁(よめ)さんにして！』
　要の手を握り、あたしは苺キャンディを彼にあげたんだ。
　今さら、全身が熱くなっていくのを感じた。
　そんなあたしの様子に気づいた要は、ニヤリと口の端を上げた。
「やっと思い出した？」

あたしの初恋の相手が要だったなんて!!!
でも、なんであたしは忘れてしまっていたんだろう。
甘く、優しいこの想い出を……。
あの後、どうなったんだっけ？
あたしは首をひねった。
うーん……。
「ダメだ。思い出せない。……ねえ、あの後、要はなんて言ったの？」
　ブランコに座ると、要の顔を見た。
　要は『え』という顔をしたけど、すぐに視線をそらした。
「？」
「……さあ、どうだったかな」
　そう言った要がどんな顔をしているのか、よくわからなかった。
　──ガシャン。
　ブランコから立ち上がると、要は桜の木の方へ歩いていった。
　その後を急いで追う。
「小学生になって、俺達会わなくなったろ？」
「……うん。たぶん」
「なんでか覚えてる？」
　要はあたしを見た。
「……なんで？」
「未央が、俺に会いたくないって言ったの」
　木にもたれるようにして立つと、あたしを眺める。

「え？　あたしが？　なんで？」

　要の顔が、木漏れ日の中でゆらゆら揺れている。

　黒髪がその光のシャワーを浴びて、ほんの少し茶色く染まる。

　そう、あの日も今日みたいな、抜けるような青空だった。

「未央、まだ俺のこと……キライ？」

　要の長い前髪が、風に吹かれている。

「『まだ』ってどういうこと？」

「未央が俺を拒んだんだろ？　俺に熱烈プロポーズしといて、急に『キライになったから会いたくない』は、ひどいよな。ガキながらに、人間不信におちいるとこだった」

　あたしは耳を疑った。

「俺は、この高校に入学した時から未央のこと知ってたよ。あぁ……この女かって。俺のこと少しは覚えてると思ってたけど、何度すれ違っても、何度、売店で近くに並んでもお前、気づかなかった」

　そう言って、要は笑った。

「あげく、好きな男まで作って、そいつのこと見てキャーキャーわめいてたもんな」

「わ……わめいてなんかない！」

　要の胸を叩こうと、腕を振りかぶってみたけど、いとも簡単にその腕はつかまった。

「ほら、今みたいに」

　要はあたしの手をつかんだまま、笑ってる。

　ああ……やばい……。

あたしは顔が、赤くなるのを感じた。
　そうだったの？
　あたしのこと、ずっと見ててくれたの？
「まあ、あんなガキの頃の話だし、未央が忘れてても仕方ないって思ってたけど」
　要の手が、ゆっくりと伸びてきた。
　——ドキン……。
　優しく髪に触れる手……。
　ダメだ。あたしは、この瞬間に弱すぎる……。
　要は、そのままあたしの髪をすくい上げ、そっと口づけた。
「うちに来た時は正直、信じらんなかった。未央が俺を思い出すまでは、なにも言わないし……なにもしないつもりだった。でも、やっぱダメだな。手ぇ出さないって決意なんか、すぐどっか飛んでった」
　もう、あたしの心臓は爆発しそうだった。
　要から、こんなカミングアウトを受けるとは思わなかったから。
　だって……。
「でも……でも要、たくさん女の子いたじゃん。家にも連れてきたじゃん」
　あたしは、なにもかもが信じられなくて、声がうわずっていた。

Home

　必死に涙をこらえる。
「あれは……俺の意思(いし)じゃない」
「なにそれ」
　ポリポリと頭をかく要を見て、口を尖らせる。
「俺の存在忘れてたヤツが言うことかぁ？」
　あたしの尖った唇を指でつまんで、要が言う。
「だ！　だって、みんな……綺麗だし大人っぽいし、胸だってあったし、それにっ」
　あたしは、ムキになって言った。
　そんなこと、ほんとはどうだっていいのに。
「それに、要、笑ってたじゃない……」
　要の顔が涙でにじんで。
　あふれ出した瞬間——。
「……」
　あたしの体はすっぽりと要の胸に収まっていた。
　キュッと力が込められた腕は、とても温かだ。
　そして、少し体を離すと、要はあたしの瞳を見つめた。
「未央……」
　長いまつ毛。薄い唇。真っ黒な髪。
　ちょっとだけ、首を傾げるクセ。
　少しかすれた低い声。
　全部、あたしの好きな要。

「あの約束、まだ有効(ゆうこう)?」
　要のポケットから取り出されたのは──。
「……苺……キャンディ?」
「俺は、未央が好き。だから、俺のになってよ」
　そう言って要は、一番甘い笑顔をくれる。
「へ……」
　理解できなくて。
　ただただ、ポカンと口を開けたまま、気の抜けた返事をしてしまった。
「ダメ?」
　子供のように潤(うる)んだ瞳で、あたしをまっすぐ見つめる要。
　あわわわっ!
　要はエサを待つ子犬のように、あたしの言葉を待っている。
「……でも、でも……あたし」
　あたしはまだ、信じられずにいた。
　だって。だって、要が……だよ?
　要が、あたしを好き?
「俺は、ガキの頃から未央が好きなわけ。だからいい加減、俺のこと幸せにしてよ」
　「ね?」って言って目を細めた要は、あたしのおでこにふわりとキスを落とす。
　ひゃああっ。
　どうしよう。どうしよう。
　思いっきり動揺してるあたしの口に、要はキャンディを

放り込んだ。
「……んっ!?」
　口の中に広がる甘い香り。
　それでようやくあたしは、パニック状態から脱出できた。
「ほんとに……ほんとにぃ？　……もう１回言って？」
「……なんで？」
　要は眉間にグッとシワを寄せて、顔をそむけてしまった。
「なんでって、なんでぇ？」
「アホ。こんなの何度も言えるか。……つか、未央の返事は？」
　照れたように、ほんの少し頬を染めた要は、ちらりとあたしに視線を落とす。
「……す……好き」
「え？　聞こえないっ」
　消えちゃいそうなくらい小さなあたしの告白。
　でも要は目を細めると、あたしに、耳を寄せた。
　……わざとだ！　最低だーっ！
「あたしも要が好きぃ！」
「はい。よくできました」
「……」
　要はあたしの答えを確認すると、嬉しそうに「にゃはは」と笑ってはにかんだ。
　うぅ……。もう、要はずるいよ……。
　あたしは要の胸に顔をうずめた。
「……ケチ」

「……」
　あたしは要の胸に、顔をうずめた。
　胸がギュッてなって、涙が出た。
　涙は、悲しい時や寂しい時だけじゃなくて。
　嬉しい時にも出るんだね。
　これって、何倍もステキだよ。
「未央、俺にもちょーだい」
「？」
　なにを？
　そう聞こうと思い、見上げた瞬間、要の顔が降ってきた。
　不意に重なる唇。あれ。……なに？
　ちょっと――！
「……ん？　……んんーっ！」
　要は、ペロリとキャンディののった舌を出した。
「ごちそーさま☆」
　ひ……。ひぇーーっ！
　要ってば、要ってば！
　まるで子供のように、楽しそうに笑う要。
　その屈託のない笑顔に、急に照れ臭くなって、視線をそらした。
　意地悪言ったり、あたしをしびれさせちゃうような甘い言葉をささやいたり。
　要ってヤツには、かなわない。
　最初に会った時の印象と、全然違う。
　要はあの時、なにを思ってたの？　なにを考えてたの？

あたし、全然覚えてなくて……ごめんね？
「……」
　ちらりと要を見上げる。
　ほとんど真上にある要の顔。
　いったい、身長何センチあるのよ？
　あたしの視線に気づいて「ん？」と首を傾げる要。
　その動きにあわせて、柔らかな前髪も一緒に揺れた。
　それは、幼い日の記憶と重なる……。
　あたしの好きな要だ……。
　目を細めて微笑むその視線を受けて、あたしはさらに体温が上がるのを感じた。
　……うぅ。なんでこんなに綺麗なのよ。
　そんな顔で見つめないでよ。
　……反則、でしょ？
　あたし、こんなに幸せでいいの？
　嬉しくて、信じられないよ。
　夢……じゃないよね？
　要はあたしの背中に回していた腕をほどいて、距離を取りながら言った。
「おし。じゃあ……帰りますか」
「へ？　……か、帰るの？」
　あたしはあっけにとられて、差し出された手を見つめた。
　少し強引にあたしの手をつかむと、要は少しだけ腰をかがめて、耳もとでそっとささやいた。
「未央とふたりきりになりたい」

……え？　つまり、そ、それって……。
　あたしは頭の中に膨らむ妄想を、慌ててかき消した。
　大丈夫っ！　そんなわけないよっ！
　でも……。そんなわけあってほしい……かも。
　って、あたし、なに考えてんだっ！
　頭の中はもう、再びパニック状態。
　要はあたしを混乱させる天才だ……ほんとに。
　浮かんでは消え、また浮かんでは消える妄想にあたしが困惑しているうちに、あたし達は、いつの間にか家に戻ってきていた。
　まだ昼間。みんな仕事で帰ってこない。
　あたし達は、誰もいない家の中へ──。
　や、やっぱ怖いかも──！
　助けて～～～！
　心ではそう叫んでいても、あたしはすでに要の部屋。
　なぜだかとても長い間、この部屋に来てなかった気がする。
　入った瞬間に感じる、甘酸っぱいような、ちょっとだけスパイスのきいた香り。
　男の子の部屋なのに、すっごくいい香り。
　相変わらず、きちんと片づいてる部屋。
　木目調(もくめちょう)のチェストの上には、キラキラ輝くシルバーアクセサリー。
　その横に、カラフルなキャンディの袋。
「……」

……好きなのかな。なんか、意外かも。
　なんて、部屋を眺めていると。
「未央？」
　いつの間にかベッドに座った要が、手招きをした。
「こっちおいで？」
　そう、満面の笑みで――。
　うぅっ……。どうしていいのかわからず、とりあえず要のそばへ歩み寄る。
　固まった体で、なんとか要の横へ、ちょこんと腰を下ろした。
　すぐ隣からは、強烈な視線を感じる。
　そして――。
　要の手が、あたしの髪をすく。
　耳の辺りからゆっくりと移動していくその手に、あたしの全神経は一気に集中する。
「……」
「……」
　なにも言わない要は、ただあたしの髪に触れて、そっと口づけをした。
　ビクンッ。
　たったそれだけなのに、敏感(びんかん)に反応してしまうことがすごく恥ずかしくて、あたしはさらにうつむく。
　体は、火がついたみたいにほてってる。
　どど……どうしようっ!?
　あたし達、本当に……しちゃうの？

髪にキスなんて……エロいヤツ。
そんなことされたら、どうしていいかわかんなくなる。
もう、これ以上抵抗しても無駄って、そう思えてしまう。
——ドクン、ドクン。

髪に口づけたまま、あたしの顔を覗き込んだ要と、一瞬視線が絡み合う。
わわわっ！
ギョッとして顔をそむけたその時、楽しそうに唇を離した要。
「俺、未央の髪好きだなー」
「へ？」
そう言って「にゃはは」と笑うと、クシャクシャと髪をなでた。
「なな、なんで？」
髪が好きなんて、言われたことがない。
ネコっ毛のクセっ毛で、胸まである髪もあちこちにはねてしまってる。
あたしのコンプレックスのひとつ。
「ピョンピョンはねてて、なんか、目が離せない」
そう言うと、前髪をクイッと引っ張った。
「いたっ。もぉ、やめてよ……」
引っ張られた髪も、実はちっとも痛くない。
だけどひと言、言ってやりたくて、文句を口にしかけたあたしは……。
いつの間にか、要の腕の中。

本当に自然な力で、抱き寄せられた。
　それは強引なんかじゃなくて、優しくて、ドキドキした。
　キュッと腕に力を込めて、あたしを抱きすくめる要。
　そして、耳もとでそっとささやく。
「あー……なんかすっげぇー幸せ」
　微かに触れた唇。
　かすれた低い声。
　あたし、泣いちゃいそうだよ。
「やべ、俺……もう我慢の限界かも」
　え？
　そう聞こえたのも、つかの間。
　あれ？　なな、なにっ!?
　見えるのは、天井？　なんでっ!!?
　今の状況を理解しようと、思考をフル回転させていたあたし。
　視界の中に、いやにマジメな顔した要が滑り込んできた。
「未央……」
　重なる体。
　つかまれた手首に、グッと力が加わる。
「え？　ちょ、ちょっと！　要っ、要……ま、待って……」
「待てない」
　ぎゃー！
　首筋に感じる、要の熱い息遣い。
　ドクンドクンって、すごい速さで鼓動を刻む心臓。
　これってあたし？

それとも……要なの?
　　　要の熱いキスは、頬に落ちる。
　　　そしてそれは、さらに耳たぶを焦がした。
「んっ……」
　　　要に触れられてるところから、熱を帯びる。
　　　知らないあたしが、顔を出す。
　　　逃げたい。
　　　こんなの、耐えられるわけがない……。
　　　だって、だってこんなにドクドクいってるんだもん。
　　　絶対死んじゃうよっ!
　　　そう思うのに、要の両腕に囲まれたあたしは、身動きがとれない。
「ね、ねぇ。要? 我慢って、なに?」
　　　なんとか要の気を引こうと、しどろもどろになりながら言う。
　　　それでも、要の力がゆるむことはなくて。
　　　少しだけ顔を上げると、いたずらに口の端をクイッと上げて、怪しげな笑みをこぼす。
「要?」
　　　な、なに? その顔っ……! 恐いんだけどぉー!
　　　もう、半分涙目。
　　　だけど、そんなあたしの反応を楽しむかのように、要はつかまえていたあたしの腕を、さらに持ち上げながら鎖骨にキスをした。
「こういうこと」

「え?」
　首筋、頬、おでこ、そしてまた首に、次々とキスをされる。
　ひえ～～～っ。
　これって。これって、つまり……。
　やっぱり、そういうことなのぉ!!?
　助けてぇー!
　要が、お腹を空かせた狼に見える。
「ちょっ、ちょっと待ってってば！」
「お前、ちょっと黙れ」
　いつまで経っても受け入れないあたしにしびれを切らした要は、眉間に深いシワを寄せた。
「は？　だ、だから……やっ、やだぁあー！」
　そして。
　――ガシャーン！
　大きな物音と共に、体がふっと軽くなる。
「……ってぇ」
　はっ！　やっちゃった！
　あたしは慌てて体を起こすと、床を覗き込んだ。
　うわー。あたし、また要のこと突き飛ばしちゃったんだ。
　顔を歪めて、頭をさすっている要。
「……」
「要っ、大丈夫？　あの、えと……ご、ごめんなさい」
　要は恨めしそうにあたしの顔を見上げた。
「……ったく、どこにそんな力があんの？」

「……」
　唇を尖らせて、あたしから視線をそらした要。
　あれ？　なに？　もしかして、すねてるの？
　あたし、おかしいな……。
　変なのかな？
　いじけてる要が『かわいい』なんて。
　ぷくく。
　だって、ツムジ見えちゃってるし。
　上から見下ろすなんて、初めてかも。
　あたしよりも、ずっとずっと大きな要。
　だからなの？
　その、黒くて無造作にセットされてる髪に触れたいと思うなんて……。
「？」
　要が、そんなあたしを不思議に思ったのか、首をひねった。
「つーかさ、男突き飛ばすなんて、色気なさすぎ」
「へ？」
　"色気"……ですか？
　そう言って、思い出したように肩を震わせ、笑っている。
　「ククククッ」って笑う要を見てたら、急に我に返って、あたしはグーパンチをお見舞いした。
「な、なにそれ！　どういう意味よっ」
「じゃあ未央には、色気があるとでも？」
　それを簡単にかわしながら、要は目を細めた。

「あ、あるもんっ！」
「へーえ。たとえば？」
「たっ……たとえば？　たとえばって……」
　……。
　うぅっ。見当たらない。
　色気……ゼロ、かも。
　がくーんとうなだれたあたしを眺めていた要は、とうとう我慢できずに、吹き出した。
「ぶはっ！　冗談だよ、そんな真剣に考えんなって」
「……うるさい」
　楽しそうな要から、あたしは顔をそむけた。
　からかわれた……。

もっともっと甘いキミ

「怒ってんの?」
「……怒ってない」
　要は、同じ目線になるように身をかがめると、ベッドに座ったままのあたしを逃がさないように、両手をついた。
　真っ黒なその前髪の間から覗く、少しだけ茶色がかった瞳の中に、リンゴみたいに真っ赤になったあたしの顔。
　素直じゃなくて、ほんとにかわいくないあたし。
「怒ってんじゃん」
「怒ってないって」
　そんな自分の顔が見たくなくて、あたしはうつむいた。
　もっと、自分の気持ちに素直な、かわいい女の子になりたい。
　そしたら、要はあたしに色気を感じてくれたかな?
　あーあ……。
　やっと、要と両想いになれたのに。
「怒ってないんだ?」
「……うん」
「からかってごめんな?」
「……うん」
「じゃあ、俺にキスして?」
「……うん」
　……ん?

「えええええっ!?」
　バッと顔を上げると、すぐそばであたしを見上げる要と目が合う。
　あたしの返事に満足そうに、口の端をクイッと持ち上げた要。
　てゆーか！
　いい、今……な、なんて言った!?
　あたしは、言葉が出なくて口をパクパクさせた。
　要は目を細めて、おもしろそうに眺めている。
「いいじゃん、キスくらいしてくれても」
　要は、あたしの手首をつかんだ。
「俺のこと、忘れてた罰。それから、からかったのは、その仕返し」
　そう言って、ニヤリ。
　ううう！　なんてヤツ！
「……」
　――ドクン、ドクン。
　ジッとあたしを見つめる要。
　その中に、呑み込まれちゃいそうな感覚になる。
　熟れた果実みたいに、綺麗な唇。
　長いまつ毛に隠された、まっすぐな瞳。
　ふわふわの、真っ黒な、艶のある髪。
　男の子なのに、綺麗な……要。
　ずるい。
　あたしなんかより、よっぽど色気があふれてる。

そして要は、甘い香りがほんのりとする。
これ、なんて香水かな？
クラクラする。
「……」
『キスしろ』と言ったわりに、要はあたしの腕を引き寄せた。
もう片方の手は、優しくあたしの耳辺りに伸びる。
要の顔が、だんだんと近づく。
唇に触れるか、触れないかの微妙な位置まできて、要はその動きを止めた。
ん？
あたしはどうしていいかわからず、目をパチクリさせた。
「……目ぇ閉じねえの？」
「……あ」
要が呆れたように言った。
はっ！
そういえば、ずっと目を開けたまま、要の顔見てたんだ。
あたしは、顔が赤くなるのを感じた。
「だ、だって……」
って、見惚れてたなんて、絶対言えない……。
「未央って、ほんとおもしれぇ」
あたしの焦りようを見て、要は吹き出した。
下を向いたまま、肩を震わしている。
「ひ、どい……、あたし……もうわけわかんなくて……だって、要とこうしてるなんて、信じられなくて……なのに、

からかうなんてひどいよぉ」
　鼻の奥がツンと痛い。
　やば、本当に泣いちゃいそう。
「……未央」
　あたしの名前をつぶやいた要は、もう笑ってなんかなかった。
　スッと伸びてくるその手を、思わずよける。
　それでも、要はあたしの耳の後ろから髪をすくい、そのままグッと自分の方へ引き寄せた。
「ごめん。……未央が必死になる姿がかわいくて。それが俺のせいだって思うと、もっとその顔が見たくて……マジでごめん。俺……重症だわ」
「……」
　消えちゃいそうな、かすれた声でささやく要。
　ドクンッて、全身の血液が一気に押し出されていく。
　「はぁー」って大げさなほどのため息をついた要は、最後にもう一度、ギュッと腕に力を込めてから、あたしを解放した。
「以後、気をつけます」
「……あ、はい」
　目を閉じて、まるで誓いを立てるみたいに右手を挙げた要に、思わず頬がゆるんだ。
「あ」
　なにかに気づいたように、ハッとその瞳を開けた要は、あたしの顔をジッと見た。

「ちなみに未央にとって俺は、"初彼氏"になんの?」
「え? う、うん」
　そっか。彼氏……か。
　なんだかその単語、くすぐったい。
「じゃ、俺がもらえるわけだ。未央のバージン」
「へ?」
　思わず顔を上げると、ニンマリ笑う要がいた。
　さ……さ……最低——っ!
　要は「にゃはは」と笑うと、あたしの髪をクシャクシャとなでた。
「超嬉しー」
「えっ……」
　要は、またあたしの唇にキスをした。
　そして、何度も何度もキスをする。
　固まっていたあたしの体も、要のキスの魔法でどんどん力をなくしていく。
　要の口づけのひとつひとつに反応して、まるで甘いキャンディのように溶けてしまいそうだ。
　初めはついばむような、優しくてくすぐったいキス。
　頭がボーッとする。
　もう、なにも考えられない。
　ただ、必死に要に応えてる自分がいた。
　小さな頃の想いを埋めるように、そのキスは深くなる。
「……」
　いろんな角度から、あたしの唇を味わう要。

なにかを確かめるように、要の熱い舌があたしの唇を割って滑り込む。
　気持ちと一緒に、どんどん絡まっていく。
　吸い上げるような、深い、深いキス。
「……ん……」
　こんなキス、あたし……知らない。
　気づいたら、またベッドに沈んでいく体。
　だけど、全然怖くなくて。
　このままどこまでも、要と沈んでしまいたいって、そう思えたんだ。
　要の手が、そっとあたしの太ももに触れた。
　それだけで、ビクンッと反応してしまう。
　まるで壊れものを触るように、優しく触れる要の手が嬉しくて、恥ずかしくて、あたしは思わず顔をそらした。
「未央？」
　そんなあたしに、要はそっとささやいた。
「ちゃんと俺を見て」
　そう言って、あたしの顔を見つめる要。
「……見てるよ？」
　胸がギュッて音を立てて、締めつけられた。
「やっとつかまえた」
　そう言って、極上のスマイルをあたしに向ける要。
　そんなこと、要の口から聞けるなんて思ってもなかった。
　あたしは要の首に手を回して、強く抱きしめた。
　トクントクン……って、ふたつの鼓動が重なって、とて

も温かな気持ちになる。
「あたしね？　要が……好き……大好き」
「うん。知ってる」
　目を細めて、少しだけ顔を傾けた要。
　──そして。
　あたしの首筋を、要の熱い舌がはう。
「……んっ」
　あたしの反応を楽しむようにキスをしたり、舌をはわせたりする要に、あたしの意識はだんだん遠くなる。
　……あぁ。
　もう、なにも考えられない。
　あたし、このまま要とひとつになるんだ。
　そう思うと、目がうるうるしてきて、涙があふれそうになった。
「要……」
　要に、触れてもらいたい。
　誰かに触れてほしいなんて、これまで思いもしなかった。
　その上、あたしは今。
　要が欲しいよ。
　要の全部が欲しい。
　心も体も、ぜーんぶなんだよ？
　あたし、欲張りかな？
　こんな気持ちになるなんて、知らなかった。
　でも。
　嬉しいのに、あたしの体は反比例して、ガチガチに固まっ

ている。
　あたしの首筋にキスをしていた要は、少し顔を浮かしてあたしを見る。
「あのさ、俺……無理やりどうこうしたいって、そんな趣味ないんだ。こう見えて、ちゃんと、気持ち確かめ合ってからする主義でさ……」
「……え？」
　目を丸くしたあたしからふっと視線をそらすと、少しだけ照れてるみたいに、はにかんだ。
「イヤなら、今じゃなくてもいいから」
「……要」
　あたしは、嬉しくて恥ずかしくて、要の口から出た優しい言葉に思わず笑みがこぼれてしまった。
「なんだよ、笑うこと？」
　口を尖らせて、不満そうな顔をした要。
　あたしは、要が愛しくて愛しくてたまらなかった。
「あたし……あたし、要ならいいよ？　あげる。あたしの全部」
　そっと耳もとに唇を寄せて、そう言った。
　真っ赤なあたしが映ってるその瞳を、さらに大きく見開いた要は、急に力つきたみたいに、バフッとあたしの髪にその顔をうずめた。
「え？　ど、どうしたの？」
　や、やっぱ引いた？
　堂々と宣言することじゃないもんね。

ひーんっ。
　最悪だよぉ、どっか見えないとこに隠れたいっ！
　そして要は、顔をうずめたまま、視線だけをあたしに向けた。
「……それ、殺し文句」
「へ？」
　そう言って、またあたしの上におおいかぶさると、要はそっとあたしの唇をふさいだ。
　優しくしたと思ったら、あたしの中に深く入ってくる。
　その熱に、今にも溶けてしまいそう。
　キスがこんなに気持ちいいものなんて、知らなかった。
　要に出会って、初めてのことばかり。
「ただいまぁ」
　玄関のドアが開く音とともに、おばさんの声が響いた。
「いないの？　未央ちゃん、要？」
「!?」
　階段をゆっくり上がってくる足音。
　あたしのシャツに手をかけていた要の手が止まり、体をガバッと離した。
「やべ……」
「どど……どうしようっ！」
　お決まりの展開に、頭は真っ白になる。
　あたしは、外れかけていたボタンを急いではめ直す。
　近づく足音が、部屋の前で止まった。
「要？」

——ギイイ。
「……いるなら返事してくれないかしら、ふたりとも」
　ドアを少し開けて顔を覗かせたおばさんが、なんだか、怪訝そうな顔をしている。
「……お、おかえりなさい。べっ、勉強を教えてもらってて。……それで……」
　テーブルの上に教科書やノートを広げたあたしは、しどろもどろになりながら、必死で平静を装った。
　要はあたしの斜め後ろでベッドに寄りかかって、頭をかいている。
「……そう。ま、いいわ。要、未央ちゃんに変なこと教えないでよ」
　そう言って、ドアを閉めるおばさんは、最後まで、あたし達から目をそらさなかった。
「はあああ……」
　あたしは、肩の力をふうっと抜いた。
　本当にびっくりした。
「……気づかれたな」
「へっ!?」
　要は、教科書を手に取りながら言った。
　あたしは、要の言葉に驚いて振り返る。
　教科書のページをパラパラめくる要は、平然そのもの。
　あたし、全然普通だったよね？
　バレちゃう要素、どこにもなかったよねっ？
　……ねっ!?

「ま、続きはまた今度な☆」
　そう言って要は、ニヤリといたずらっぽく笑うと、軽くあたしの髪にキスをした。
「な、な、な……」
　信じらんないっ！
　ありえないしっっ！
「未央……おいっ!?」
　頭に血が昇ったと思ったら、急に目の前が真っ白になった。

第4部

となりにいる幸せ

　太陽の陽射しが眩しい——。
　世の中にあふれている光のストロボ。
　キラキラしていて、その粒子に思わず手をかざしたくなる。
　体にまとわりつく熱。
　日陰にいても、汗がしたたり落ちてくる。
　そんな、夏休み真っ最中。
「おめでと〜」
　あたしの肩をがっちりと抱き、耳もとで叫んだ早苗。
「……ありがと」
　あたしは、早苗の顔をチラッと見て、顔を真っ赤にして言う。
「でも……マジウケるよね〜、相田要のお母さんに見つかりそうになって倒れるなんて、未央らしいな〜」
　そう言って、お腹を抱えて笑う早苗を恨めしげに眺める。
　あたし達は、夏休みの課題を片づけるために、普段はあまり行かない図書館に向かう途中だった。
　早苗には、要と付き合うことになったと、報告をした。
「未央に、彼氏かあ〜。先越されたって感じだな……さみしいなあああ!!」
　大げさに、泣きまねをしてみせる早苗。
「ちゃんと、あたしにも時間作ってよね！」

「当たり前だよ、早く終わらせてカラオケ行こ！」
　あたし達は、照りつける太陽の陽射しを避けるように、図書館へ急いだ。

「くぁぁああ〜、最高!!」
「涼しい〜〜」
　図書館に入るなり、歓喜の声を上げた。
　本当に、この時期の図書館というのは、お金のないあたし達には天国のような場所だ。
　なるべく、人が来ない所を選んで座った。
「もう、さっさとやっちゃお」
　早苗は、早速ノートを広げた。
　あたし達はなるべく早く終わらせたくて、無言でペンを走らせていた。
　静かな時間が流れる……。
　ふう、とひと息ついた早苗は、不意に顔を上げた。
「……あれ？　あれって……ねぇ。未央……」
　早苗が、あたしの後ろを見てて、合図する。
「？」
　あたしは、ゆっくり振り返った。
「あ……」
　……要？
　って……ね、寝てる!?
　振り返ると、一番奥のテーブルで、要は気持ちよさそうに顔をつっぷして眠っていた。

「あんたの彼氏……こんなところでなにしてんの？」
　早苗が、眉間にしわを寄せた。
「さ、さあ？」

　──朝、要とばったり洗面所で会った。
　夏休みに入ってから、要はだいたい昼頃まで寝ていることが多かった。
「今日は要、早いんだね。どっか行くの？」
　あたしが歯磨きを終えて、口を拭きながら聞くと。
「……俺、バイトなんだわ」
　そう言って、眠たそうに、首の辺りを手でさすりながら「ふあ」とあくびをした。
　その髪には、ピョンと寝グセがついている。
　その寝グセがおかしくて、あたしは、髪に触れようと背伸びをした。
「バイトなんてしてたっけ？」
「んー？」
　背伸びしても届かずに諦めたあたしを、要は、じいっと見つめてくる。
　……へ？
　そして、手がゆっくり伸びてきたと思ったら、あたしは要の腕の中にすっぽり収まっていた。
　え？　なに？？
　その腕に力が入る。
　ちょ……ちょっと──！

「ちょ……要?……なにしてんの? おじさん達に見られたら……」
　この間の悪夢が、頭の中によみがえって来た。
「いいじゃん、別に」
　要は余裕の表情でニヤリと笑うと、あたしを見下ろした。
　よくないっつの!
　……この顔、なんかやだー!
　悔しい!
　あたしだけ、いつもいつもドキドキしてるみたい。
「未央ちゃーん、ごはん食べるでしょ?」
　おばさんが、キッチンから顔を出して言った。
「は、はーい」
　ひゃあ!
　あたしは急いで要の腕の中から逃れた。
　その後も要は、ふふんと鼻で笑うと、自分も歯を磨き始めていて……。
　つ……疲れるっ。

「あんた……なに、赤くなってんの?」
「へ?」
　眠っている要を見ていたあたしは、早苗の方へ向き直った。
「今、なんか、やらしいこと考えてたでしょ?」
　早苗は、あたしの顔を覗き込んだ。
「な! なに言ってんの? は……早く課題やっちゃ

おっっ」
　あたしは、目の前の教科書を当てもなくめくった。
「……未央ってさ、ほんと嘘つけないタイプだよね」
　早苗は、必死に笑いをこらえている。
「さーなーえ〜〜」
　その姿を見て、机にペンを置くと、消しゴムのカスを早苗に投げつけた。
「あたし、ちょっとトイレ行ってくんね」
　ひとしきり早苗はあたしのことを笑うと、カバンを持って行ってしまった。
　……。
　後ろを見てみる。
　要……まだ寝てるのかな。
　でも、なんで図書館なんかに——？
　……あれ？
　さっきまで、そこにいた要の姿が見当たらない。
　帰ったのかな？　周りを見渡してみても、誰もいない。
　あたしに気づかなかったのかな……。
　なんかショック……。
　いつも家にいれば、顔を合わせてるのに。
「はあ……」
　あたしはため息をついてうつむきながら、向き直った。
　向かいに誰かが座る気配がする。きっと早苗が戻ってきたんだ。
　あたしはうつむいたまま、向かいに座る人物に話しかけ

る。
「要ってば、あたしに気づかないで帰っちゃったみたい」
「……誰が？」
　その声に驚いて顔を上げる。
「か……要!?」
「未央が勉強ねぇ……」
　要はそう言って、あたしのノートを手に取ると、パラパラめくった。
「バ、バイトじゃなかったの？」
　頬づえをついている要を見る。
「うん。だけど、もう終わった」
　あたしを見上げると、要は口の端を上げて笑って見せた。
「そうなんだ……あれ？　なんのバイトしてるんだっけ？」
　あたしは、要がいったいなんのバイトをしてるのか、知らないことに気づいた。
「言わなかった？　駅前のカフェ」
「ええええ!?」
　あたしの声に驚いて、要は、一瞬体を強張らせた。
　静かな図書館にあたしの声が響いて、近くにいた人達がなにごとだというように、あたし達をジロジロ見ている。
　カアアア……。
　顔が赤くなるのを感じて、あたしは慌てて口を手でふさいだ。
「ばぁか」
　要はそんなあたしを見て、呆れたような顔で笑うと、そ

う言った。
　だって！
　あそこのお店、制服がかわいいって、うちの学校じゃ結構憧れのお店だったりする。
　でも、高くてなかなか行けないんだよね……。
「駅前って……、CAFÉ＆BAR jiji？」
「知ってんの？」
　ちょっと待って？
　──てことは、ウエイター？？
　あたしは、黒の細身のパンツ姿に、膝下まであるエプロン、それに少しはだけた白いシャツの要を想像した。
　に……似合いすぎるっ!!
　あんな姿の要がいるなんて、犯罪だっ!!!
　あたしは、想像して、生唾をゴクリと飲み込んだ。
　見てみたいっ！
「また、変な想像してるだろ」
　要は笑いながら、シャーペンを手にとると、あたしのおでこをツンとつついた。
「なっ……なにも想像してないってばっ」
　あたしは、急いでウエイターの要をかき消すと、ブンブンと頭を振った。
「でも、なんで図書館にいるの？　よく来るの？」
「まさか」
　要は背もたれに体を投げ出すと、うーんと伸びをしている。

「じゃあ、なんで?」
　用もないのに、来るわけがないし、周りを見ても要の知り合いがいる様子はない。
「未央がいるから」
　……へ?
　あたしは、聞き違いかと思って、目をパチクリさせた。
「デートしようぜ」
　顔の横でピースをして、要はにっこり笑った。
　え?　要があたしを待ってた?
　や、やばい。嬉しすぎるっ!
　なんか、ちゃんと付き合ってるって感じ?
「あ……でも、ごめん。あたしこの後早苗と約束してるんだ」
　あたしは、帰りの遅い早苗を思った。
「早苗、遅いな……」
「未央の友達なら、帰ったみたいだぜ?」
　要はきょとんとして言った。
「え?」
「さっき俺とすれ違った時、『帰るから未央よろしく』つって」
「えええええ?」
　早苗はそんなこと、なんにも言ってなかった。
　なんでそんな気い遣うのよぉ～。
　あたしは、親友の親切に、なんだか心がチクッと痛んだ。
　──ピリリリ。
　その時、携帯からメッセージの着信を示す、バイブが鳴っ

た。
　あ、早苗からだ……。

【早苗：先に帰ってごめんね（´д｀;）
あたし今日合コンだったんだっ（汗）
絶対いい男ゲットするから↑↑
また、今度カラオケ行こぉ】

　ご、合コン……!?
「友達？」
　要が、ペンを指でクルクル回しながら、あたしの顔を見ている。
「うん……ほんとに帰ったみたい」
　携帯をカバンにしまって、要を見上げた。
「どこ行くの？」
　あたしは、机に広げられた教科書やノートをしまった。
「んー……」
　要はそう言って、窓の外を眺めた。
　あたしは、要の言葉を待って、その表情をうかがう。
　実は、まだあたし達ふたりで出かけたことがない。
　唯一、一緒に行ったのは、おじさん、おばさんと近くの和食屋さんに食事に行った時くらいだった。
　しばらく考えて、要は視線だけをこちらに移した。
　……？
「じゃ、ホテル行く？」

「……」
　あたしは言葉も出ない。開いた口がふさがらず、ただ要を見つめた。
「おし。んじゃ決まりね」
　は？
　要はにっこり微笑むと、あたしの腕をつかんで歩き出した。
　へ？　なんで？　いつあたしが了承したぁ？
　あたしは要に引きずられるまま、図書館を出た。
　ずんずん歩く要。
　ねぇ……。本気で言ってんの？
　ホテル……ホテルって……!?
「助けて——っ!」

「……最悪」
　あたしは結局、強引に要に引っ張られて、ホテルの中、ベッドの上に座っている。
「怒んなよ……そんなに、や？」
　要は横に座って、哀しそうにあたしの顔を覗き込んでる。
　目に少しかかる前髪の間から、強烈な熱い視線を感じる。
「やだっ」
　負けるもんか!
　あたしは、プイッと反対側を向く。
「そっか」
　要の落胆した声がする。

これじゃまるで、あたしが悪いみたいだよね？
「だって……」
　あたしの声に要は顔を上げた。
「だって初めてがホテルなんて……やなんだもん」
　要の顔を見上げる。
　その瞬間――。
　あたしは、軽い衝撃を感じて目を閉じた。
「未央……」
　要のちょっとハスキーな声が、耳もとに響く。
　要はあたしに馬乗りになっていて。
　うう……。背筋がゾクゾクしてしまう。
　あの……今の話、聞いてました？
　真剣な表情の要の手が、あたしの頬を包む。
　――ドキン。
　要の潤んだ瞳に吸い込まれそうになる。
「ちょ……」
「あーもう……無理だ」
　そう言って、要の熱を帯びた唇があたしの唇をふさぐ。
　無理って？　なにが無理なのっ？
　早まんないでよ～～！
　要の手があたしの太ももに触れ、腰のあたりまで動く。
　相変わらず要の唇はあたしの唇をふさいだまま、手だけは別の生き物みたいに動く。
　慣れてる……。
　要は、よく他の女の子を連れていた。

あの子達とも、こんなことをしてたんだろうか……。
そう思うとあたしの体は、勝手な行動に出てしまった。
　——どんっ。
「……てぇ」
　あ、あれ？
　あたしは片目を少しだけ開けて、おそるおそる様子を見る。
　要の姿が見えない。
「……要？」
「ったく……つか、これ何度目？」
　ベッドの下から、頭をさする要が顔を出した。
「ごめん、つ……つい」
「……」
　その言葉に、半分呆れたような怒ったような表情の要は、じっとあたしを見つめた。
　わわっ、怒ってるよね？
　しゅんとうなだれてると、要はあたしの隣に座りなおした。
「先は長そうだな……」
「へ？」
　そう言った要は、振り向きざまにあたしにキスをした。

CAFÉ and BAR　jiji

　まだまだ、夏の日差しがジリジリと降り続けてる。
　あたしは、下敷_{した じ}きでささやかな風をつくる。
　もぉ、暑い〜。
　9月も終わろうというのに、いっこうに涼しくなる気配がない。
　あたしは、クーラーの効きが悪い教室で、英語の授業を半分死にかけで聞いている。
　早く冬にならないかな……。
　なんて考えていると、不意に背中をつつかれた。
「未央、未央ってば」
「なに〜？」
　そう言って振り返ると、早苗があごでなにか指している。
「なによ、早苗？」
　あたしが眉間にシワを寄せて体をひねったと同時に、別の声に呼ばれた。
「桜井、えらく余裕だなあ」
　頭上からの野太い声が、あたしの体をしびれさせる。
　早苗は「あちゃ〜」と頭を抱えた。
　ブルッと身震いをして、あたしはその声の先に視線を送る。
　ひえ——!!!
　あたしの目の前には、学校中の嫌われ者、生徒の間で命

令されたくない人ナンバーワンの"笠田センセ"がいた。
　笠田は、あたしと目が合うとニヤリと気持ち悪い笑みを浮かべ、その口から煙草の匂いをまき散らした。
「桜井、このページ全部、訳してみなさい」
「……」
　あたしは笠田の匂いを嗅がないように、教科書に視線を落とした。
「……」
「どうした？」
　無理っ。
　無理、無理、無理！
　ぜんっぜん、わかんない……。
　しかも、今ほとんど授業聞いてなかったし。
「……わかりません」
「なんだ？」
　笠田めっ！　聞こえないフリなんかしちゃってさ！
　さっきより、大きな声で言う。
「わかりません！」
「わからんことを自慢するなっ。……わからないなら、しっかり聞いとれ！」
　笠田はあたしの頭を教科書でポンポン叩くと、その異様な体臭を残して、教卓に戻った。
　クスクスと、みんなが笑っている。
　笑えないんだってば。
　はあ……。

暑さに加えてサイテー……。
　あたしはため息をついて、イスにもたれかかった。
「未央、ごめん〜」
　早苗が、小声であたしに囁いた。
　いいの、いいの。
　とあたしは前を向いたまま、早苗に見えるように、Ｖサインをして見せた。
　要のいるクラスは進学クラスで、うちの普通科より授業が１時間多いらしい。
　勉強のキライなあたしには、本当に信じられない。
　学校は好き。大好きな友達もいるし、要だっている。
　ときどき、移動の時にすれ違うのが、嬉しくてたまらない。
　要はいつも、片手を挙げて、にこっと笑ってくれる。
　前のあたし達からは、想像つかないけど……。

「未央〜、帰ろ〜」
「うん」
　授業が終わり、あたしは早苗と教室を出た。
　帰宅したり、部活だったりする生徒達で、正門はごった返している。
　いつもの光景。
　でも、正門に近づくと、いつもとは少しだけ違うことに気づいた。
　たくさんの生徒の中、ひとりだけ違う学校の生徒がいた。

彼女は、門の外から校舎の方を何度も覗き込んでいる。
誰かを探してるみたいだ。
あたしの視線に気づいたのか、早苗が言った。
「あ、あれ……たしか華ノ宮女子の制服じゃん。あそこ、超頭よくて金持ちしか行けないんだよ？ そんなお嬢様が、うちになんの用だろ」
早苗は、キョロキョロしている彼女をあごで指した。
「ふぅん」
あたしもなんの用だろうなと、すれ違いざまチラッと見た。
え？
その瞬間、ばっちりと彼女と視線がぶつかった。
その子は、なにか言いたそうにあたし達に歩み寄ってきた。
「あの……すみません」
早苗も「え？」と振り返る。
「ちょっと、お聞きしたいんですけど……」
彼女はうつむきがちに話す。
わわわ。声までかわいいな。
肌なんて真っ白くて……向こう側が透けちゃいそう。
なんて、はかなげな女の子なんだろう。
と、あたしはその子を眺めた。
「なに？ 誰か待ってんの？」
早苗は、にっこりと答える。
「……はい」

そう言った彼女は、頬を赤らめて、はにかんだ。
　白い肌がほんの少し紅色に染まる。
　ひゃあ……。
　なんてかわいいの？
　あたしまで、溶けちゃいそう……。
　そして彼女は、嬉しそうに口を開いた。
「相田要くん……なんですけど」
　え？
　そう言った彼女は、あたし達の顔を見た。
「知ってますか？」
　え……。
　や。知ってるもなにも……。
　早苗はあたしの動揺を感じ取ったようで。
「相田ならまだ授業中だと思うけど……あなた誰？」
「知ってるんですね？」
　彼女はあからさまに嬉しそうな顔をして、目の前で両手を揃えた。
「あ！　……ごめんなさい。あたしは菅野美咲です」
　菅野美咲さん……。
　要とどういう関係なんだろう……。
　あたしは、彼女から目を離すことができなくなっていた。
「美咲!?」
　あたし達のすぐ後ろで、聞き覚えのある声がした。
　その声に、あたし達は振り返る。
　振り返ったあたしの視線の先には……。

「要……！」
　美咲さんは表情をパアッと明るくして、あたし達の横をすり抜けた。
　要は、目を丸くして美咲さんを見つめている。
「おま……どうして……」
　美咲さんはあきらかに動揺している要に抱きついて、ピョンピョンと飛び跳ねた。
「会いに来ちゃった！　よかったぁ。要、いなかったらどうしよぉかと思った〜」
　……。
　はぁ？
　なんか、さっきと別人なんですが？
　要っ、それ誰!?
　あたしの顔には、青筋がピクピクと立っているはず。
　要はあたしの存在に気づくと、ハッと我に返った。
「……なんの用だよ」
　そう言うと、要は首にまとわりついてる、美咲さんの華奢な腕をつかんだ。
「なんの用って……会いに来ちゃダメ？」
　美咲さんは、クリクリの大きな瞳で要を見上げた。
　そんな顔は反則でしょ〜!?
　ってか、あたしやだ！　こーゆうタイプ！
　手にじっとりとイヤな汗をかいて、スカートでそれをぬぐう。
　要の表情からは、今なにを感じてるのかわからない。

美咲さんは、要に腕をつかまれたまま、ムッとした顔をした。
「だって、要ってばせっかくバイト一緒にやってるのに、全然時間作ってくれないんだも……むぐぐっ」
　え？
　それ以上先を言わないように、美咲さんの口はふさがれていた。
　要は美咲さんの口を手でおおったまま、とても冷たい瞳で彼女を見下ろしていた。
「なあ。俺が言ったこと忘れたの？　いいから帰って」
　要はそう言うと、美咲さんの口から手を離した。
「……だって……でもあたし……」
　美咲さんは今にも泣きそうだ。
　そして、大きな瞳から涙があふれる前に、美咲さんは振り返り、逃げるように走り去ってしまった。
「……」
　要は、美咲さんが走り去った方を、ただ黙って見つめていた。
　どういうこと？
　あたしは、なにがなんだかわからず、ただ前を見すえている要を、じっと見つめた。

美咲と要？

　あたし達は、気まずいまま家路についた。
　どうしても、さっきの光景があたしの頭から離れてくれないんだ。
　だって、どう見たって、ただごとじゃない。
　はっきり聞きたくて要の顔を見ても、なんだかそっけなくて……。
　のどまで出かかった言葉は勢いをなくして、ため息となって吐き出されるだけだった。
　なにも核心をつくことのないまま、家の前にたどり着く。
　あたしは、煮え切らない気持ちで、玄関の門を開けた。
「未央……」
　学校からずっと、あたしの一歩後ろを歩いていた要が、重い口を開いた。
　その声に、あたしの体はビクンッと跳ね上がった。
　胸がザワザワする。
　そんな感覚を抑えて、あたしは笑顔で後ろを振り返った。
「なに？」
「あー……」
　そこまで言って言葉を詰まらせた。
　要はガシガシと頭をかくと「やっぱいいや」と言って、先に玄関の戸を開けて中に入ってしまった。
「……」

なによ、なによ。
　なんなのよっ!?
　言いたいことあるなら、はっきり言ったら!!?
　あたしは、無性(むしょう)にイライラして、乱暴に玄関のドアを閉めた。

「どうかしたの、あんた達」
　心配そうに、あたしと要の顔を覗き込んだおばさん。
　あたし達は、夕食を4人で囲んでいる。
　せっかくのおいしいおばさんの手料理も、今のあたしにはなにも感じられなかった。
「え？　なにが？　……あっ、おばさん、この煮物おいし～。今度あたしに教えてください」
　あたしは、嘘をついた。
　ごめんね、おばさん……。
　でもね、その原因がこの隣にいる限り……。
　ましてや、さっきの一連の出来事を忘れてしまったかのように、悠々(ゆうゆう)とご飯を口に運んでいる要がどうしても許せなくて……。
　この場所にいるのが、今は苦痛なの。
　あたしはさっさとご飯をすませて、2階に上がった。
「はあ……」
　自分の部屋の前まで来ると、一気に緊張がとけ、大きなため息をついてしまう。
「お前……わかりやす……」

「ひゃあっ!?」
　急に背後からつぶやくような声がして、あたしは軽く跳び跳ねた。
　振り返ったあたしの視線の先に、首をポリポリとかいて、呆れたような顔をした要の姿。
「……」
　あたしは聞こえてないフリをして軽く要をにらむと、部屋のドアを開けた。
　その瞬間——。
　——バンッ。
　開きかけていたドアは、要によって再び閉められた。
　そして、あたしの目の前には要の手が伸びている。
「……な、なに？」
　あたしは精一杯の抵抗をする。
　思い切り、要をにらんだ。
「俺に聞きたいことあんだろ？」
　要はその顔をグイッと寄せると、ささやくようにあたしの耳もとで言った。
　ずるいよ……そんな言い方。
「……要こそ」
　あたしだって、これくらい言う権利はある。
　要はいつもと変わらない余裕のある表情で、あたしを見下ろしている。
「……」
「……」

どれくらいの間、あたしは要を見ていただろう。
　　要は、はぁとため息をつくと、ドアから手を離した。
「あのさ。なんか誤解してるみたいだから言うけど……」
「……」
「美咲とは、なにもないから」
「……」
「まだ……なんかある？」
　　要はいたずらっぽく口の端を上げると、あたしの目を覗き込んだ。
　　なんでも、ないなら……。
　　玄関で言おうとしたのは、なんだったの？
　　そう思って、むくれているあたしをおもしろそうに眺めている要を見上げた。
「……バイト、一緒なんだね」
「ああ。たまたまバイトで入った日が同じだったんだ。だからなにかと相談されんだけど、それがどうでもいいことばっかでさ」
　　そう言った要は、ふわふわの前髪を揺らしながら、面倒だと笑った。
「そうなんだ……」
　　あたしは、要のその笑顔を見て、もうなにも言えなくなってしまった。
　　聞いてはいけない気がした。
　　要が『なにもない』と言うのなら、あたしは信じるしかない。

たしかに、要とは幼なじみだった。
　でも、あたしは今までの要のことを、なんにも知らないんだって思い知らされる。
　要から話してくれるまで待ってみよう。
　そう思って、あたしは眠りについた。
　その日、あたしは夢を見た。
　とてもとても冷たい瞳で、あたしのことを見つめる要の夢を──。
　怖かった──。

「ふぅん。美咲ねぇ」
　頰づえをついて、目の前の紅茶をひと口飲んだ早苗は、なにか考え込んでいる様子だ。
　あたしは、いつものファミレスで、昨日早苗と校門で別れた後のことを話していた。
　しばらく、紅茶の入ったカップに視線を落としていた早苗が、顔を上げる。
「相田って、未央と付き合う前は結構荒れてたからねぇ。そんな女がいてもおかしくはないんだけど……」
「……荒れてた？」
　早苗の言葉が、グサッと胸に突き刺さる。
「あ……でもさ、相田って未央にかなりマジだと思うよ？ だから、もう少し信じてみていいんじゃないかな」
　あたしの表情が曇ったのを見逃さず、すかさずフォローを入れてくれた。

「そ、かな。……そうだね、信じてみないとね」
　あたしは半ば、自分に言い聞かせるように言った。
「そうそう。まずは信じてみなくちゃ。疑いから入ったらなんも始まんないよ？」
　窓の外に視線を移すと、街路樹(がいろじゅ)の葉が色づき始めていた。
　もう夏も終わりを告げようとしている。
　短い秋が、始まろうとしていた。

第5部

信じる心の弱さ

　あたしは甘い香りのするベッドの中で、なにもできずに固まっている。
　いつものように要を起こしに来たところまではよかったんだけど……。
　また寝ぼけた要に抱きすくめられていた。
「……んー」
　耳もとで聞こえる、少しかすれたハスキーボイス。
　あたしの体はその声に反応して、どんどん熱を帯びる。
　もっと。
　もっとあたしを求めて。
　もっと抱きしめて。
　こんな感情に飲み込まれてしまう……。
　あたしは目の前の愛しい人を見上げた。
　長いまつ毛。綺麗な肌。薄い唇。
　全部独り占めしたい。
　穏やかに寝息を立てている要の頬に、そっと触れた。
「んー……やめろって」
　あれ？　起きてたの？
　あたしは要を見つめる。
　や。違うみたい。
　寝言か。
「ふふ」

あたしはおかしくて、ひとり笑いをかみ殺した。
「……み……き」
「……」
　え？
「み、き？」
　あたしの体が、要の言葉にみるみる固まっていく。
　今、その名前を口にしたの？
　美咲って……？
　あたしは思わず要のベッドから抜け出した。
「……」
　体がガタガタと、音を立てて震えだす。
　なにもなかったように眠る要の顔を、見つめることしかできない。
「ん……」
　綺麗に閉じられていた要のまつ毛が、一瞬ピクリと動いた。
　そして、眩しそうに片目だけをうっすらと開けた。
　その瞳が、目の前に立ちつくしているあたしをとらえる。
「……未央？」
　要はうーんと伸びをすると、体を少し起こした。
「……はよ。起こしに来てくれたの？」
「……あ……あぁ。うん、そだよ」
　あたしは、ぎこちなく笑顔を作る。
　無意識に要から発せられた『みさき』という名前。
　これが、答えなんじゃないの？

「そか。……んで、おはよーのチュウは？」
 要は、いたずらっぽく笑って見せた。
 その笑顔に、あたしの視界はぼんやりとにじみ始める。
 ──ズキン。
 あたしの心臓が音を立てる。
「ばぁーか」
「……つまんねぇの」
 あたしは必死に自分の感情がバレないように「べー」と舌を出して、要の部屋を出た。
 要はフッと鼻で笑って、あたしの背中を見送る。
 あたしは要の部屋を出て、そのまま自分の部屋に勢いよく戻った。
 ドアを閉めて、そのままズルズルとその場に座り込んだ。
「要……信じていいんだよね？」
 あたしは、涙があふれてしまわないように、顔を手でおおった。

 午後8時──。
 要はバイトに行った。
 8時から11時半までのシフトらしい。
 あたしの頭の中は、あの美咲さんが発した言葉でいっぱいに埋めつくされていた。
『バイト一緒にやってるのに』
 そう言った美咲さんの言葉に、要はかなり動揺してた。
 あんな要は見たことがない。

あたしは時計をチラッと見た。
時刻はすでに、9時を回っている。
……てか、高校生が夜のバイトなんかしてもいいの!?
あたしは意を決して立ち上がった。
こうなったら、要のバイト先に潜入調査だっ!!
あたしは持っている服の中で、比較的大人っぽく見える白いシフォンワンピースと茶色のジャケットを着て、メイクもばっちりした。
よしっ!
あたしは普段履きなれないヒールのパンプスを履いて、外に飛び出した。

潜入調査開始!!

　街灯に照らされた夜道を歩く。
　要のバイト先の、"CAFÉandBAR jiji"までは歩いて20分の距離。
　結構かかるなぁ……。
　あたしは、パンプスで少し痛くなった足を見つめた。
　駅前まで来ると、夜の街がにぎやかにあたしを迎える。
　あたしは、あまり夜の駅前通りに来たことがない。
　酔っぱらっているサラリーマンや、仲よさげに肩を並べて歩くカップルの姿。
　飲み会や合コンだろうか……。
　何組かの男女のグループとすれちがった。
　うう……。場違い……かなぁ。
　あたしは早くお店に着きたくて、足を速めた。

　にぎやかな通りの角を曲がると、そのお店が見えた。
　オレンジの優しい光に照らされた一角。
　白いクリーム色の壁。
　木で造られた窓枠やドアが、落ち着いた雰囲気をかもしだしている。
　『welcome！』と小さな黒板に書かれた文字。
　その下には『本日のおすすめ』なんて書かれている。
　ここがあたしの憧れの店であり、要のバイト先だ。

あたしは店の前に立ったものの、ドアを開けて中に入る勇気を失っていた。
　夜はおしゃれなBARになってるんだ……。
　初めて知ったな。
　あたしが店の中にも入らず、小さなウェルカム・ボードを見つめていると、不意にその足もとに影が落ちた。
「入らないの？」
　声をかけられ、ビクッと振り返る。
　あたしのことを不思議そうに覗き込んでいる男の人と、目が合った。
「え……」
「だから。中、入んない？」
　その人は、もう一度言うと、お店のドアを指さした。
「あー……あの」
　どどど……どうしよっ!!
　あたし、あきらかに変な人だよね!?
　ん？
　よく見ると、目の前の男の人はこのお店で働いているらしい。
　白いシャツに黒のパンツ姿で、エプロンを身につけている。
　年は……20代後半だろうか。
　落ち着いた、大人の雰囲気がある。
　あたしがあたふたしていると、にっこり笑った。
「中に入れない理由があるの？」

そう言って、あたしの顔をジッと見つめた。
そして急にハッとした顔をして、またにっこり笑った。
「ま。とにかく入んなよ」
「え？　……あっ、でも、あたし……」
あたしの言葉を無視して、その人はあたしを店内に連れこんだ。
ぎゃー！
今バレたら、潜入調査になんないじゃん!!
「ここに座ってて」
なぜか、名前も知らない男の人に……いやいや、お店の人なんだけど、あたしは無理やり店の中に連れてこられ、一番奥のテーブル席に通された。
あたしをソファに座らせると、彼はカウンターの奥に消えていった。
なによ……。
あたしはむぅっとして、その姿を目で追う。
やっぱり、昼間見る雰囲気とちょっと違うな……。
お店に来たことはないけど、今はしっとりとした大人の雰囲気。落ち着いたＢＡＲだ。
客も、カップルや常連さんだろう……カウンターにひとりでお酒を飲む人達もいる。
あたしは、少し薄暗い店内を見渡した。
店内に要の姿は見当たらない。
いないんだ……よかった。
胸をなで下ろした瞬間、あたしの目にあの人の姿が映っ

た。
　思い出したかのように固まる、あたしの体。
　そう。カウンターの中にいて、お客と笑い合っている人。
　美咲さん、だ……。
　あたしはまるで、なにかにつかまってしまったかのように、彼女から目をそらすことができなくなっていた。
　薄暗い店内の、美咲さんのいる場所にだけ、花が咲いたようなふんわりとした雰囲気を感じる。
　美咲さんに気をとられていると、さっきの男の人が飲み物を持って現れた。
「はい。どーぞ」
　テーブルの上にコトリと置かれた小さなグラスには、ピンクと白のグラデーションがかわいい飲み物が注がれていた。
「あの、あたしお酒は……」
　慌てて彼を見上げると、彼はにっこり微笑んで言った。
「大丈夫。これ、お酒じゃないから」
「え？」
「だから、どうぞ」
　そう言って、チョコレートもすすめてきた。
「あ……ありがとうございます」
　あたしはペコリと頭を下げる。
「では、ごゆっくり」
　彼は綺麗にお辞儀をすると、またカウンターに戻っていった。

いいのかな……？
　あたしは目の前のグラスを手に取って、ひと口飲む。
「甘い……」
　なんだか胸がキュンとなるような。
　甘酸っぱい苺味がした……。
　それからしばらく待ってみたけど、要は現れなかった。
　本当にここにいるんだよね？
　あたしは、にこやかに仕事をしている美咲さんを、ぼんやりと眺めた。
　いったいふたりは、どんな関係なんだろう。
　あたしの思い過ごしなのかな。
　時計に視線を落とす。11時か……。
　もう、そんな時間だったんだ。
　もうすぐ要も帰ってくるだろうし、今日のところは帰らなくちゃ。
　優しいお兄さんにも会えたし、おいしい飲み物も飲めたし。
　収穫がなかったわけじゃないもんねっ！
　美咲さんも……なんか、悪い人じゃなさそう。
　あたしがカバンを引き寄せて立ち上がろうとした、その時だった。
「お客さま」
　不意にお店の人に声をかけられ、その声につられるように顔を上げた。
　笑顔であたしを見下ろしている人物。

「……あ」
「なにしてんの？　お前」
　器用に両手で料理を持ったウェイター姿の要。
　彼は片眉をピクリとけいれんさせながら、口だけで笑った。
　ぎゃー！
　ばばっ、バレた──！
「あ、あの……これは……そのっ」
　あたしの動揺を見た要は、はぁーっと大きなため息をついた。
「……もう少し待ってろ」
　そう言って要は、料理を運んでいった。
　見たことないスマートな笑顔で接客している。
「……」
　バレた……。
　あたしは、慣れた手つきで仕事をする要を、口を開けてぽかんと眺めたまま、その場から動けずにいた。

以心伝心の反対

　薄暗い夜道。
　あたしの足音と、もうひとつ。
　要の足音が響く。
　はあ……。
　結局あたし、なにしに行ったのかな。
　思い切って家を飛び出したわりに、すぐ見つかっちゃったわけだし。
　あれからすぐ、私服に着替えた要があたしの前に現れた。
「帰るぞ」
「はっ、はい」
　そう言った要は、慣れた手つきであたしのカバンを持つと、さっさとお店を出た。
　そして……。
　要の後ろをトボトボとついていく。
　要は振り返りもしないでただ、黙々と歩いていて。
　やっぱり怒ってるんだ。
　そりゃ、そうだよね。
　あたしのしたことは、まるでストーカーだ。
　こんなことされて、気持ちいい人はいないだろう。
　あたしは要を見上げた。
　振り返りはしなくても、しっかりとあたしの足音に耳を傾けて、あたしの重い足取りに合わせてくれている。

それがわかるからこそ、あたしは胸が苦しくてたまらなかった。
　その背中に近づきたくて、必死に追いつこうと足を速める。
「……いっ」
　足に感じる痛みに、思わず身をかがめた。
　足を見ると、靴ズレを起こしていて、赤く血がにじんでいる。
「未央？」
　要があたしに気づいて、振り返った。
「どうしたんだよ」
　そう言って、あたしの顔を覗き込んだ要は、あたしの足に気がついた。
「大丈夫か？」
「……うん。履きなれない靴だから。ゆっくり歩けば平気」
　あたしは、要を見上げ、にっこり笑った。
　あたしと目が合うと、要は一瞬黙ってため息をついた。
「……なんでそんなの、履いてきてんだよ」
「？」
　そして要は、あたしに背を向けてしゃがんだ。
「ほら」
「へ？」
「早く乗っかれ」
　要は早く背中に乗れと、あたしをにらんだ。
「……えぇ!?　そんなのいいよっ。大丈夫だって、このく

らい」
　顔を真っ赤にして、あたしは要の横を追い越した。
　その瞬間、あたしは腕をつかまれていた。
　要はあたしの顔を覗き込んで、少し怒ったような呆れた顔をした。
「アホ。意地張んな」
「……」
　意地ってゆーかさ……。
　なんてゆーか……。
　あたしを見つめる要の視線から逃れることもできなくて、あたしは遠慮がちに、要の広い背中に身を預けた。

　薄暗い夜道。
　要の足音だけが響く。
「……」
「……」
　気まず――！
　なんで、なにも言わないの？
　あたしも、なに黙ってんだぁ？
　心臓がドキドキと、すごい速さで鼓動を打つ。
　こんなに密着してるんだもん。
　要は、あたしの気持ちに気づいてるだろう。
　それでも、なにも言わない要が、今どんな顔をしてるのかすごく不安になってしまう。
　あたし、要と付き合ってるんだよね？

あたしを好きって思ってくれてるんだよね？
心の中で要に言う。
こんなに近くにいるのに、どんどん遠くに行ってしまうような……。
そんな感覚に呑み込まれそうになって……。
あたしは、要に回した腕に力を込めた。
「お前……」
「へ？」
押し黙っていた要が不意に口を開いた。
「なんで言わなかったの？」
「……え？」
「今日来ること」
「あー……」
要はまっすぐ前を向いたまま歩く。
あたしは要のその表情を探ろうと、身をかがめた。
「もしかして、俺のこと疑ってんの？」
そう言った要は、やっぱり怒ってるみたい。
どうしよう。
疑ってるわけじゃなくて……。
ただ気になって。
彼女の存在がなんなのか知りたくて……。
美咲さんと一緒にバイトしてるのがイヤで。
これって、疑ってるってことになるのかな？
「あ……」
素直に言おうとした瞬間。

「……俺さー、束縛とかキライだから」
　……怒ってた。超怒ってた。
　無理ないけど、でもそこまではっきり言わなくてもいいじゃない。
　ちゃんと心はつながったって、思ってた。
　でも、人の心は簡単には通じ合わないわけで。
　あたしは、要の背中で、ただ要を見つめてた。
　頑張っておしゃれして。
　かわいいワンピ着て。
　そんな自分がみじめに思えて。
　どんどんぼやけて見えなくなる要を、瞬きをしないようにじっと見つめた。

　今、瞬きしたら……ダメ。

第6部

ジンさんとチョコレート

　あたしはあれから家に着くまで、なにも言えなかった。
「未央、もうちょっとやせろよな。ま、プニプニしてて気持ちいいけど」
　笑ってあたしをからかう要。
　その笑顔は本当にあたしが欲しい笑顔なのか、もうわからない。
　玄関のドアを開けると、心配していたおばさんが迎えてくれた。
「未央ちゃん！　よかったぁ。なにかあったらどうしようかと思ったわ」
　ギュッと抱きしめられて、その温もりを感じる。
　久しぶりに感じる温もりだった。
「バカ要！　あんた未央ちゃんに変なことしてないでしょーね」
　あたしを抱きしめたまま、要をにらむおばさん。
「……してねぇよ」
　要は、面倒くさそうにおばさんを見た。
　——プッ。
　要とおばさんのやり取りがおもしろくて、あたしは思わず笑ってしまう。
　さっきまでの、要とあたしの間に流れていた冷たい空気が、嘘のようだった。

「アハハ」
「なに笑ってんだよ。未央もなんとか言えよ」
　要は呆れてあたしを見た。
「人のせいにしないの！」
　おばさんは、すぐさま要に言った。
　あたしはホッとして、おばさんの豊満な胸に顔をうずめた。
　──しばらくして、おばさんの抱擁から解放されて、あたし達はそれぞれの部屋の前にいた。
「……お、おやすみ」
「未央」
　ドアノブに手をかけて部屋に入ろうとしたあたしを、要が引き止めた。
　あたしは名前を呼ばれて、一瞬体を強張らせた。
　凍りついたあたしの体を、要は自分の方に引き寄せる。
「……未央がなにを気にしてるのか、俺にはわかんないけど。でも、未央が心配してるようなことは、なんにもないから」
　あたしを抱いた腕に、ギュッと力がこもった。
「俺は、未央だけだから」
　そう言った要はそっと体を離して、あたしの顔を覗き込んだ。
　要は今にも泣き出しそうなあたしの顔を見て、フッと柔らかく笑うと、「ばぁか」と口パクで言った。
「要は……ずるいよ」

そんな顔をされたら、信じるしかない。
　あたしの不安な気持ちとか、ぐちゃぐちゃになっちゃいそうな感情とか。
　要には、全部わかっちゃうんだね。
　あたしを見つめる要の甘い瞳が、だんだん近づく。
　そしてその瞳に吸い込まれるように、あたしは目を閉じた。
　あたしは、その夜、安心して眠りに落ちた。

　それからも、要は週３日のペースで夕方からバイトに出かけていった。
　そりゃ、美咲さんのことが気にならないなんて嘘。
　要が、出かけていって帰ってくるまで、あたしの胸の中はモヤモヤと霧がかかったみたいになる。
　でも、それは要が帰ってきて、あたしにキスをする瞬間、スーッと消えてなくなるんだ。
　あたしって本当に単細胞。
　そんな日々がしばらく続いて、あたしの中から、美咲さんの影は薄くなっていった。
　本格的な冬到来。
　コートの中に滑り込んでくる風が寒くて、身をかがめる。
「さむーっ」
　あたしと早苗は、寄り添うように家路についていた。
　学校帰りの、いつもの帰り道。
「あ、最近できた駅前のお店に、おいしい豚まん屋がある

んだって。食べにいかない?」
「いいね〜! 決まりっ」
　あたし達は、少し遠回りをして駅前に向かった。
　そのお店は、つい最近オープンしたばかりで、この寒いのに行列ができる程だった。
「うま〜!」
「寒さも忘れるねっ」
　その列に並び、ようやく豚まんをゲットして、熱いうちに頬張る。
「……」
　あれ?
　豚まんを食べていたあたしは、目の前の光景に、一瞬目を疑った。
「要だ……」
　『今日は用事がある』と言っていたはずの要が、目の前にいる。
　そして、その横にいる人物から、あたしは視線をそらすことができなくなっていた。
　だって……。
　だって、嘘でしょ?
　要の横にいて幸せそうに微笑んでいる人……。
　それは、美咲さんだった。
　この寒い中、お互いに寄り添って歩いてる。
　その姿はまるで、恋人同士だ。
　あたしは、身が削られるような思いがした。

今すぐ、あのふたりの前に行って、どうして一緒にいるのか問いただしたい。
　あったかいはずの豚まんは、いつの間にか冷めてしまっていた。
　なんで……。
　なんでなの要……。
『俺は、未央だけだから』
　そう言ってくれたよね？
　あたし信じていいんだよね？
　ポツリとできた真っ黒な感情が、じわじわと心の中を侵食していく。
　なにもかも遠のいていく感覚に、めまいがしそうだ。
「未央？」
「……」
　早苗の声で、あたしは我に返った。
　そして、隠していた感情が次々と暴かれていく気がした。

　その次の日も、要はバイト。
　隣の部屋で準備をする要が気になって、あたしは全神経をその動きに集中させる。
　最近は、バイトに行く回数も増え、ほとんど毎日仕事をしていた。
　帰りもどんどん遅くなっている。
　そんな時間まで、本当に仕事をしているのかはわからない。

あたしにそこまで聞く権利は、ないんだよね。
『束縛とかキライだから』
　要の言葉があたしの中の感情に、ブレーキをかけていた。
　毎日、どんなに遅くても、あたしはその帰りを待っていて、要もちゃんとあたしの部屋に来て、優しくキスをくれた。
　でも……。
　なぜか心は晴れなくて、ずっとずーっと苦しくて。
　あたし、病気かな……。
　——カチカチカチ。
　そして、ぼんやりと時計の針の音を聞きながら、今日もあたしは要の帰りを待つ。
　美咲さんと要の姿が頭にチラついて、あたしは眠くなんかならない。
　おばさんも寝てしまい、家の中は静寂に包まれている。
　——ガチャ。
　玄関の開く音がした。
　要だ。
　帰ってきた。携帯の時計を見る。
　今日も12時を回ってる……。
　その足音は、階段をゆっくりと上がってきた。
　耳を澄ます。
　そして、あたしの部屋の前で足音が止まると、ドアが静かに開いて、暗い部屋の中に光の筋が差した。
「未央？」

要がベッドの中のあたしに声をかける。
「……ん」
　あたしは起きていたのがバレないように、眠そうに目をこすりながら要を見た。
「要……おかえり」
　あたしは、小さく笑ってみせた。
「ん。ただいま」
　要の大きな手が、あたしの髪をなでた。
　要の顔を見ようと見上げてみたけど、廊下から差しこむ光で逆光になった要の表情はわからない。
　ただ……その声はとても疲れているようだった。
「大丈夫？」
　あたしは思わず、そう言ってしまった。
「なにが？　なんともないよ」
　要がフッと笑ったのがわかる。
「要……」
　聞きたい。
　ちゃんと美咲さんのこと聞きたいよ。
　あたしは、顔の横に置かれた要の手を、ぎゅっと握る。
　でも、あたしのその言葉は、要のキスでさえぎられていた。
　甘く甘くキスを落とす要。
　そして、最後にチュッと軽く唇に触れて。
「大丈夫だって」
　と、笑った。

「これで充電完了」
　……うう。だから、そういうのは反則だよ！
　逆光にも慣れたあたしの目は、要の甘い笑顔をとらえていた。
「……なら、いいんだ」
　それ以上聞けなかった。
　きっと、顔が見えなかったら聞けたんだと思う。
　あんなに甘くキスされなかったら。
　あー！　もうっ。
　要の、バカ。バカ、バカ！
　あたしのバカ！
　本当は、ぜーんぶわかってるんじゃないの？
　わかってて、あたしに質問する隙を与えないようにしてるんじゃないのかな。
「……」
　あたしはその思いをかき消すように、ガバッと頭まで布団をかぶった。

　――翌日、いつもどおりの帰り道。
　コートに身を包み、冷たい北風を避けるように歩く。
　友達と別れてから、駅前通りをふらふらと歩いてみる。
　いつもは通らない道。たまには寄り道もいい。
　そんなことを思っていた。
　12月に入り、街はだんだんとクリスマスの準備を始めている。

「キレー……」
　赤や緑や青に点滅する、イルミネーションに彩られた街路樹を見上げた。
　どうしてかな？
　クリスマスって、わくわくしてすごく楽しいイベントなのに、心のどこかに穴が開いたみたいにキュッて切なくなるのは……。
　あたしだけかもしれない。
　みんな、準備に大忙しだもんね。
　"シアワセ"って、そんな顔をしてる。
　目をそらし、空を見上げた。
　風が木々を揺らし、あたしの髪をなでる。
　どんよりと暗い雲が、いつの間にか、手を伸ばせば届きそうなところまできていた。
　──雨、かな？
　ううん、これだけ寒いんだし、雪になるかも。
　首にぐるぐる巻かれたマフラーを、もう一度巻きなおした。

「あ。……ここって」
　あたしの足は無意識のうちに"あの店"の前へ来ちゃってたんだ。
　お店はまだ開いてないみたいで、店内は薄暗い。
　あたしはこっそりと、中を覗き込んだ。
　今日は要、バイトじゃないもんね。

最近では、ほとんど毎日バイトを入れているようで、あまり顔を合わせることがなくなっていた。
　きっと、疲れてるんだ。
　あたしはいつも、そう思うようにして、夜もふけてギラギラに冴え渡る瞳を、無理やり閉じていた。
「はあ……」
　ため息をついて、店の窓から顔を離した時。
「あれ？　キミはたしか……」
「きゃ!?」
　すぐ後ろで声がして、思わず体がビクリと跳ねた。
　おそるおそる振り返ると、あの日あたしを無理やりお店に連れ込んだ男の人が「また会ったね」と微笑んで立っていた。
「今日はお店も休みだから、要はいないんだけど……」
　彼は黒目が印象的な瞳で、あたしをまじまじと見つめて言った。
「え!?　……あ、いえ……今日は別にっ」
　あたふたしているあたしを見て、彼はクスリと笑った。
「ま、とりあえず中入る？」
「え!?」
　あたしの前に立つと、ポケットの中から鍵を取り出した。
　いくつもある鍵の中から、一番大きな鍵でドアを開ける。
「さ。どうぞ」
　そう言って、さっと手を出すと、あたしを中へと招き入れた。

彼に誘導されながら、誰もいない店内へ渋々入る。
　電気もついてないお店に入った瞬間、フワッと甘い香りに包まれた。
　これ、きっとこの店で売ってるチョコレートの香りだ。
　あたしも、前に来た時、もらってる。
「適当に座ってて。今日はいい物出せないけど、お茶くらいはごちそうするよ」
　カウンターに入ると、彼は小さな照明をつけた。
　まるで、そこだけスポットライトに照らされたみたい。
　あたしは、そのカウンターに座った。
「あの……おかまいなく。なんかすみません」
「要のお友達だから、トクベツ」
　あたしの言葉に彼は柔らかく笑って、おいしそうな紅茶をいれてくれた。
　そこには、クマの形をしたチョコレートも添えられていて。
「キミの名前、聞いてもいいかな」
　彼はカウンター越しにあたしの顔を覗き込んで言った。
「あ！　未央ですっ……桜井未央」
　あたしは慌ててぺこりと頭を下げた。
「ミオちゃん……か。俺は木村ジン。この店のオーナーやってます。どうぞ、ごひいきに」
　そう言って、人のよさそうな顔で笑ったジンさん。
「……お？」
　オーナー!!??

どう見ても20代後半くらいなのに……。
　憧れのこのお店は、こんなに若い人が中心になってやってたんだ。
　あたしは思わず、尊敬の眼差しで彼を見つめた。
「それで？」
「え？」
　不意打ちのジンさんの言葉に、紅茶を飲む手を止めて顔を上げる。
「この前はどうして、あんなところにひとりでいたの？」
　あたしはあの日、ジンさんにお店に通されたことを思い出し、恥ずかしくなって手もとの紅茶にまた視線を戻す。
「あ、えっと……な、なんてゆーか……散歩みたいなものです」
「……へぇ」
　彼はあたしの様子をうかがっていたけど、一瞬クスリと笑って、カウンターの中でチョコレートの整理を始めた。
　あたしはしばらく、キラキラと宝石のように輝くチョコレート達と、それをいちだんと魅力的に並べるジンさんを見つめていた。
　このところ、あたしはずっと、のどに刺さって取れない小骨のような気持ちを抱えている。
　それを、この人なら……。助けてくれるかな……。
「あの……」
「ん？」
　口の中でモゴモゴと言う、あたしの言葉を聞き分けて、

ジンさんは顔を上げた。
「菅野……美咲さんって……どんな子ですか？」
　あたしはジンさんと紅茶を交互に見ながら、遠慮がちに聞いた。
　ガラスのショーケースが反射する光で、ジンさんの顔は七色にその顔色を変えているようだった。
　でも、あたしは見逃さなかったよ？
　美咲さんの名前をあたしが出した瞬間、ジンさんの澄んだ瞳が一瞬曇ったの。
「美咲ちゃん？　……俺はてっきり要のことが聞きたいのかと思った」
　ジンさんは、あたしの顔を見つめたままそう言うと、柔らかく笑った。
　その顔は、さっきまでのジンさんと変わらなかった。
「でも、どうして？」
　そう言うと、再びチョコレートに手を伸ばしたジンさん。
「……あ……えと、この前来た時、彼女の雰囲気がよかったというか……」
　そう、彼女の周りにだけ、まるで花が咲いたような、そんな華やかな雰囲気があったのをあたしは思い返していた。
　接客をしている美咲さんから、視線がそらせなかった。
「そうだね。美咲ちゃんはうちの評判の子だよ。要が１ヶ月くらい前に紹介してくれてね。すごく頑張り屋だから、助かってるよ」

そう言った、ジンさんの表情はわからなかった。
でも、もう十分だよ。
知りたいことは聞けた。
あたしはそれからジンさんと他愛ない話をして、お店をあとにした。

隙間を埋めるモノ

「未央、今度の日曜、デートしよ?」
「へ?」
　いつものように、あたしは洗面台に立って歯ブラシを口にくわえたところだった。
　突然の申し込みに、思わず変な返事をしてしまう。
　声のした方へ視線を向けると、そこにはまだ髪に寝グセがついたままの要が立っていた。
　あたしは、要と目が合うと、瞬きをくり返した。
　最近は休みもなくて、ずっとバイトしていた要。
　要と付き合うことになってからも、デートなんてしたことない。
　面倒くさがりの要は、家でまったりするのをいつも望んでたんだから。
「……」
　あたしは要の言葉が信じられなくて、疑いの眼差しを向けた。
「バイト休みなんだ。つーか、たぶんこれからは週に2回程度入ればいいと思う」
　あたしの考えに気づいたのか、要は頭をポリポリとかいた。
「そう、なんだ」
　そっか。そうなんだ。

それなら、美咲さんと会う回数も減るんだ。
　あたしは、なんとなくホッとして、要を見上げる。
「うん。今まで全然かまってやれなかったからなー。だから、いっぱい遊ぼ?」
　要はにっこり笑うと、そのままあたしをすっぽりと抱きすくめた。
「……あ、ちょっと……おばさんに見つかっちゃうよ」
　そう言って、要の腕をグイッと引っ張ってみる。
　でも、要はさらに腕の力を強めた。
「見つかったっていいよ……もう。親父達も気づいてるって」
「えええぇぇ?」
　驚いて顔を上げたあたしを見て、要はおもしろそうに笑った。
　なんだか、久しぶりにその笑顔を見る気がして、あたしの胸はキュッと音を立てた。
　要……?
　その笑顔が本物だって、あたし信じていいのかな?
　とろけちゃいそうなほど、甘ったるい眼差し。
　寝癖のついた要の髪。
　すべてが、キラキラしてて。
　あたしの目には"特別"な存在として映る。
　あたしは、その瞳を直視できなくなって、慌てて視線を落とした。
　ごめんね?

勝手に要のお店行って。
　でも、どうしても聞きたかったの。
　要と美咲さんのこと。
　要、この前あたしにこう言ったでしょ？
『たまたまバイトで入った日が同じだった』って……。
　それ、嘘なんだよね？
　どうして嘘ついたの？
　どうしよう……あたし……。
　要のこと信じられなくなってる――。

　日曜日――。
　今日は、要とデートの日。
　まるで、あたしの心臓は初めて好きな人と出かける時のように、ドキドキと高鳴ってる。
　鏡の前に座ると、あたしはピンクのグロスを唇に塗った。
「よし」
　切り揃えた前髪を手ぐしでそっとなでて、長い髪をお団子に結った。
　このワンピ、ちょっと短いかな？
　あたしは、鏡の前でくるりと回った。
　うん。大丈夫。
　ってゆーか……なんだ？　あたしのこの気合いの入りよう。
　自分で自分が恥ずかしくなりながら、あたしはバッグをつかむと部屋を出た。

そして、隣の部屋の前に立つと、大きく深呼吸をした。
「……要？」
　ドアを軽くノックして、中にいる要に呼びかける。
　しばらくして、ドアがゆっくり開くと、中から要が顔を覗かせた。
「準備できた？」
「うん」
「よし、んじゃ行くか」
　そう行って部屋から出てきた要に、思わず心臓がドキリと跳ねた。
　わわわっ！
　その装いは、まるでファッション雑誌からそのまま抜け出たようだった。
　緑と赤、青の入ったカラフルなダウンジャケットに、ゆるすぎないダメージジーンズ。
　真っ黒なふわふわの髪が、ワックスで無造作にセットしてあって。
　か、かっこいい……。
　やっぱり要はずるい。
　こんなことで、あたしの心を当たり前のように奪っていく。
　あたしがぽけーっと見上げていると、要は「なに？」と小首を傾げた。
「な……なんでも、なんでもない！」
　そう言って、慌てて階段を降りるあたしの後ろから、ク

スクス笑いながら「変なヤツ」と、声が聞こえた。
その言葉にさらに顔が赤くなる。
ううぅ。
こんなんで今日、あたし大丈夫？

「この映画観たい！」
「……ヤダ」
あたしが指さしたのは、ベタベタの恋愛映画の看板。
要はそれを見上げ、うんざりした顔をしている。
だって、観たいんだもん。
ほら、このキャッチコピー見てよ！
『甘い時間を過ごしたいあなたへ』
これを観て、要と一緒にいられなかった時間を取り戻すんだ！
「絶対観たい！」
興奮気味のあたしを見て、要は「はあ」とため息をついた。
そして、クイッと口の端を上げて、いたずらっぽく笑うと、要はこう言った。
「そんなに甘い時間が過ごしたいワケ？　だったらこんなの観なくても。今からホテル行く？」
「はぁ!?」
——ぼぼぼぼ！
な……。
な……なな……なに言って！

あたしは顔を真っ赤にして口をパクパクさせていると、突然電子音が鳴り響いた。
——ピリリリリー、ピリリリリー、ピリリリリー。
にぎやかな街の騒音で、その音だけが、なぜかクリアに耳に響く。
——ドクン——。
急に胸が鈍く脈を打った。
それは、要の携帯だった。
要はポケットから携帯を取り出すと、ディスプレイで相手を確認している。
「……」
その表情が、一瞬曇った気がした。
要は、あたしの顔をチラッと覗き込むと「ごめん」と言って電話に出た。
「……はい」
あたしは、見てちゃいけない気がして、思わず視線を落とした。
でも、あたしの全神経は要の声に集中しちゃってる。
「……はぁ？　……今から？　……うん、うん……どこ？わかった」
不機嫌な要の声。
でも、そのトーンは、途中からなだめるような口調に変わった。
通話を切ると、そのまま携帯を見つめたままの要。
——怖い。

あたしは、震える手をグッと握りしめた。
「未央……ちょっとだけ待ってて？　すぐ戻ってくるから」
　要は、申し訳なさそうにあたしの顔を覗き込むと、両手を顔の前でパチンと合わせた。
　あたしは、じっとその瞳を見つめてた。
　要の本心が知りたくて。
「……うん。いいよ。あたし、待ってる」
　あたしは笑顔を作って、要に言った。
　その言葉を聞いて、要はホッとしたように「はあ」と深く息をついた。
「ほんと、ごめん！」
　そう言って要は、あたしに背を向け、人混みの中に走り去った。
「……」
　ほんとは、行ってほしくなんかない。
　でも、そう言ったら要、困るよね？
　あたし、見ちゃったんだ。
　電話の相手――。
　――美咲さんだったね。
　慌てて、走り去った要。
　あたしに手を合わせた要。
「……バカ」
　あたしは目にたまったしずくがこぼれてしまわないように、空を仰いだ。

それから寒空の下、日が落ちるまで要を待った。
　吐く息が白くなって体を包むコートが冷たくなっても、あたし待ってたよ？

「桜井？」
　要を待ち続けて街が暗くなりかけた頃、あたしを呼ぶ声に思わず体が震えた。
　あたしは声のした方を、ゆっくりと振り返る。
「……旬」
　視線の先には、驚いた表情であたしをじっと見つめる旬がいた。
　部活帰りなんだろうか、ジャージ姿の旬は大きなカバンを肩から下げている。
　音楽を聴いていたらしく、イヤホンを外しながら自転車を押して、あたしに歩み寄った。
「なにしてんの？　こんなとこで。……ひとり？」
　そう言った旬は、あたりを見渡した。
「んー……ひとりではないんだけど……今はひとり……かな？」
　あたしは両手で持っていたホットココアを、握りしめた。
　旬は眉間にシワを寄せて、首を傾げた。
　やだな……。
　こんなところ、旬に見られるなんて……。
　あたしは足もとに視線を落とした。
　旬はしばらく黙ってあたしの様子を眺めていたけど、な

にを思ったか脇に自転車を停めると、そのままあたしの横に腰を下ろした。
「……旬？」
「ひとりより、ふたりの方がましだろ？」
　旬はあたしから顔をそむけたまま、そう言った。
　そして、チラリとあたしの表情を確認すると、ため息を「ふう」とついた。
「待たせてるのって……どーせ相田だろ？　あいつ、なにしてんの？　こんなとこにお前ひとり残して」
「え……」
　旬の言葉に、あたしは驚いて目を見開いた。
　まさに『図星』という顔をしてるだろう。
　旬は、あたしの言葉を待っている。
　じっとあたしを見つめたまま、視線をそらそうとしない。
　その瞳から逃れられなくて、なぜか意味もなく瞬きをくり返した。
　なんとかうまく言ってごまかそうとも思ったけど、きっとすぐに嘘だとわかってしまうだろう。
「……あ……あのね。要の携帯に突然電話が入って……すごく急いでたから、なにか急用なんだと思う……」
　そこまで言うと、急に胸がギュッと締めつけられた。
　視界がにじんで見えて、あたしは唇をかみしめた。
　でも……旬にこんなこと、言ってもいいのかな……。
「だから？」
「え？」

静かな口調で旬はそう言った。
　旬は、あたしを覗き込むように見た。
「だからなんだよ？　急用だかなんだか知らないけど、お前、ずっとここで待ってるんだろ？　こんなに長い時間待たせて、いったいどんだけ大事な用なんだよ」
「……旬」
　旬はそこまで言うと、ちょっとだけ顔をしかめて、また視線を足もとに戻した。
「今日は帰れよ。俺、送ってくし」
　旬はさっと立ち上がると、あたしを振り返った。
　見上げると、眉を八の字にして笑った。
　時計に目をやると、時間はもう6時を回っている。
　要……。
　どこ行ったの？
　あたしはキュッと唇を結んで、重い腰を上げた。
　要が行ってしまってから、あたし……3時間も待ってたんだ。
　ずいぶん時間が経っていたことに、驚いた。

　旬は、あたしののろまな歩幅に合わせて、ゆっくり歩いてくれた。
　ときどき振り返っては、優しい笑顔を向けてくれる。
　気を遣ってくれてるのが、すごくわかった。
　旬は変わってないな……。
　心の中の、ぽっかり開いた穴。

旬の優しさで、その隙間を埋めようとしている自分がいて、すごくイヤだ。
「今、ここに住んでるんだ。……相田も」
　旬は、あたしを家の前まで送ると、そう言って「ふーん」と言いながら見上げている。
「うん。まあ……。でもここは要の家だから」
　あたしも旬の視線を追って、大きな要の家を見上げた。
　だって無駄に広いんだもん。
　あたしが来る前は、3人で住んでたんだよね？
　部屋、余りすぎだよね。
　うらやましい……。
　気をまぎらわせようと、そんなことに思いをめぐらせていると「桜井」と、旬があたしを呼んだ。
　あたしは慌てて視線を戻した。
「あんま、深く考えんな」
「……」
「結構、ネガティブ思考だろ？」
「……そ、そんなことないよ！」
　旬はむくれたあたしの顔を見て、いたずらっぽく笑顔を浮かべると「またな」と右手を挙げた。
「……旬！」
　思わず呼び止めると、旬は顔だけこちらに向ける。
「あ……ありがとう！　送ってくれて……」
　旬はピースサインをして、にっこり笑った。
「おう。じゃ、明日なー」

そして自転車を勢いよくこいで、あっという間にその姿を消してしまった。

　それからしばらくして、要から携帯に連絡が入った。

【要：今日はほんとにごめん。
この埋め合わせは絶対する。
クリスマスは一緒に過ごそうな】

　同じ家に住んでいながら、メールでやり取りするなんておかしいよ。
　あたしは、要のメールに返事をせずに、携帯を閉じた。
　明日、ちゃんと話をしよう。
　その日の夜は、風のない静かな夜だった。
　静寂に包まれ、雲のないビードロの夜空が広がっていた。

旬の告白

　翌朝、あたしが朝ごはんを食べていると、要がリビングに入ってきた。
　すぐにあたしと目が合って、ほんの少し口を開く要。
　でも、おばさんもいるから、なにも言わず、あたしの斜め向かいに腰を下ろした。
　もうすぐ終業式。冬休みは目の前だ。

「行ってきまぁす」
　あたしは、いつも要より先に家を出る。
　いまだに親しい人しか、あたし達が一緒に暮らしてることは知らない。
　寒さが身にしみるこのごろ。
　最近では、庭の芝生に霜が降りるようになった。
「さむ……」
　あたしはマフラーを巻きなおして玄関を出た。
「未央！」
　いつもならホームルームの始まるギリギリに登校してくる要が、今日はあたしを呼び止めた。
　振り返ると、鼻までマフラーを巻いた要が寒そうに立っている。
　なにか言いたそうに目を泳がすと、要はふわふわの髪をくしゃりとすいた。

「あー……のさ」
　眉間にぐっとシワを寄せた要は、意を決したように顔を上げた。
「……」
　その瞳の中に映りこんだ瞬間、心臓がドクンって跳ねる。
「昨日は、ごめん」
「え？」
「あんなとこに、ひとりで待たせたりして……」
「……」
　要はそう言うと、口をつぐんでしまった。
　あたしはなんだか、泣きそうだった。
　泣いて『なにがあったの？』って言っちゃいたい。
　でも——。
「なぁーんだ、そんなこと気にしてたの？　大丈夫、大丈夫。あたし、平気だよ？」
　気づいたら、あたしはとびきりの笑顔を向けていた。
　苦しいなぁ……。
　自分に嘘つくのって、こんなに苦しいものなんだ。
　あたしの笑った顔を見た要は、あからさまに安心したように「……未央」ってつぶやいた。
　大丈夫。あたし、間違ってないでしょ？
　それから、あたし達は、当たりさわりのない話をして学校に向かった。

　学校に着くと、ちょうど旬も登校してきたところだった。

旬はあたし達に気づくと「よぉ」と手を挙げて声をかけてくれた。
　昨日のことがあるから、あたしはなんとなく気まずくなって。
「……お、おはよ」
　なんて、どもってしまった。
　そんな様子に、要はあたしの顔を覗き込む。
「なんかあった？」
　その瞳にすべてを見透かされてしまいそう……。
　じっと見つめられて、思わず視線が泳いでしまった。
　理由なんて、言えるわけないじゃない！
　昨日、要を待ってる時に一緒にいてくれたなんて……。
「ううん。なんにもないよ？　……なんで？」
　あたしがあえて明るく言うと、要が「ふーん」と言いながら、チラリと旬を見たのがわかった。

　そこからあたしたちは、それぞれの教室に向かった。
　その日の授業なんか、もちろん集中できるわけもなく。
　あたしはぼんやりと一日を過ごした。
　茜色の空がもうじき紺色に染まる頃……。
「桜井！」
　校門から出ようとしていたところを突然呼び止められて、思わず体がビクリと跳ねた。
　振り返ったあたしの視線の先にいたのは、旬だ。
　自転車にまたがった旬は、あたしの目の前で止まった。

「今帰り?」

　自転車を降りながらそう言うと、あたしの顔を覗き込む。

「……う、うん」

　その光景が、昨日の旬の姿とリンクしていく。

　あたしは、慌てて足もとに視線を落とした。

「相田は?　一緒じゃないんだ」

　旬は、周囲に視線をめぐらせながら尋ねた。

「うん。今日はバイトなんだって」

　——そう。

　帰る時、あたしの教室に来た要は「今日は遅くなるかも」……と言って、先に帰っていったんだ。

　そんなことを考えながらぼんやりしてるあたしを、じっと見つめていた旬は、なにか考えるような表情をして、こう言った。

「じゃあ一緒に帰ろ。俺、送ってくし」

「え?」

　旬はいたずらっぽく笑うと、自転車の荷台をパンパンと叩いた。

「いっ……いいよ、そんな。悪いよ」

　あたしは慌てて、目の前で大げさに手を振ってみせた。

　無理、無理!　旬と一緒に帰るなんて……。

　しかも、自転車ふたり乗り?

　絶対無理だから——!

「いいから。ほら、早く」

　そんな無言の抵抗もむなしく、旬はあたしの手からカバ

ンを抜き取った。
　そして無理やりあたしを荷台に乗せると、自転車はスムーズに滑り出す。
「しっかりつかまってろ〜」
「わっ」
　あたしはバランスを崩しそうになって、慌てて旬の体に腕を回す。
　はっ！　これは、まずいでしょ〜？
　楽しそうな旬の声が、あたしの耳に届く。
　あたしは、そんな旬の笑顔を見て、なにも言えなくなってしまった。

　４時を過ぎる頃には、ビルの合間に見えていた太陽はその姿を消し、代わりに街灯が商店街を照らし始めた。
　頬をなでる風は冷たくて、あたしは旬の肩越しに町並みを眺める。
　クリスマス独特の華やいだ色が、冷えた心をほんのりと包み込むようだ。
　気がつくと12月も半ばを過ぎ、クリスマスまであと数日。
『クリスマスは一緒に過ごそうな』
　要の言葉が、頭の中で何度もくり返される。
　要と過ごすクリスマスか……。
　ぼんやりとそんなことを考えていると、自転車が不意に止まった。

「……どうしたの？」

　自転車を止めたまま固まっている旬。

　あたしは不思議に思って、旬の顔を覗き込んだ。

　旬は、ある一点を見つめたまま微動だにしない。

「……」

　あたしも、旬の視線の先を追った。

　え？　……な、なんで……。

　その先にいたのは……。

「……要？」

　二度あることは三度ある。

　そう言うけど……こんな光景は見たくないよ……。

　思わず、旬の体に回した腕に力を込めた。

「……未央……お前……なんで」

　要も信じられないというような表情で、大きなその瞳をさらに見開いた。

「……どういうこと？」

　あたしは要の言葉には答えず、震える唇でそう呟いてた。

　だって……。だって、要の横には当たり前のように並んで立っている美咲さんの姿。

　彼女もあたし達を見つめたまま、不安の色を隠しきれない様子だ。

　旬はそんなあたし達を、ただ黙って見つめている。

　なんでだろう……。

　どうして、要は美咲さんと歩いてるんだろう……。

　どうしてあたしは、その瞬間を見ちゃうのかな？

神様って意地悪だな。
　あたしはなんだか、すごく冷静な気持ちでその場所にいた。
　要がなにか言ってたけど、あたしの耳にはなにも届かなくて……。
　ただ……。
　どんどん冷たくなっていくあたしの手を……。
　旬の大きくてあったかい手が、ずっと包み込んでいてくれていた。

「……桜井」
　その声に顔を上げると、あたし達はすでに家の前にいて、旬が心配そうにあたしの顔を覗き込んでいた。
　その瞳は、まっすぐにあたしを見すえている。
「大丈夫か？」
　そう言って、旬の大きな手があたしの冷たくなった頬を包んだ。
　あったかい……。
　旬の長い指は、あたしの瞳から流れるしずくに濡れていて。
「……え……え？」
　その瞬間、ハッと我に返り、あたしは旬から視線をそらして慌てて涙をぬぐった。
　わわ。かっこ悪い……。あたし、いつから泣いてたの？
　自分が涙を流していたことにさえ、気づかなかったなん

て……。
　どれだけぼーっとしてたんだろう。
　あたしは旬に背を向けると、大きくため息をついた。
「ごめんね。こんなとこ見せちゃって……もう大丈……夫」
　精一杯の笑顔を作りながら振り返ったあたしは、そのまますっぽりと、旬の腕の中に収まっていた。
「……」
「……」
　今、自分に起こっている事態に反応できず、あたしは身動きがとれない。
　な……なに？　これ……。
　旬は、あたしを抱きしめたまま、その腕にギュッと力を込めた。
「……もう限界」
「……え？」
　旬は大きくため息をついた。
「……なんなんだよ。こっちは必死で諦めようとしてんのに……お前ら……全然うまくいってないじゃん」
「……」
　旬はそう言うと、ゆっくりと体を離して、あたしの顔を覗き込んだ。
　そしてにっこり笑うと、こう言った。
「やっぱ、諦めるのやめた。俺、自分に正直に生きるよ」
「……え……え？」
　旬はまるで子供のように笑うと、あたしの髪をくしゃく

しゃっとした。
　あ……あの？　理解できないんですが？
　きょとんとしたまま、まるで金魚のように口をパクパクさせてるあたしを見て、旬は満足そうに笑った。
「じゃあ、また明日な。……それと、余計なこと考えそうになったら俺にメールして。いい？」
　なにかが吹っ切れたような爽やかな笑顔で、自転車にまたがって去っていく旬のその姿を、あたしはただ、ぼう然と見送った。

　……え？　ええぇぇええ!?
　旬の姿が見えなくなっても、あたしはその場から動くことができなかった。
　……落ち着け、あたし。もう一度よく考えて？
　旬がなんて言ったか。
『諦めるのやめた』
　……だから、どうゆうコト？
　ヤメタってなにを？？
　頭の中にいくつもの"?"を浮かべたあたしは、いつの間にか、すぐそばまで来ていた人影に気づかなかった。
　街灯に照らされて、長い影があたしの影に重なり、あたしはようやく顔を上げた。
「……あ……」
　顔を上げた瞬間、あたしは固まってしまった。
　持っていたカバンを思わず落としそうになって、なんと

かそれに耐える。
　や……やだ……いつから、そこに……？
「……要……」
　あたしの視線の先には、要の姿があった。
　その表情は、逆光になっていて、すぐに確認することができない。
　あたしは、なにも言わない要を、見つめることしかできずにいた。
　もしかして、今の見られてた？
　そう思うと、心臓は急にドクドクと脈打つ。
　その音が自分の耳にリアルに届いて、背中には冷たい汗が伝う。
　どうしよう……。なんて言おう……。
　なんて言えば不自然にならない？
　あたしは脳みそをフルに回転させる。
　もう、めまいさえ起こしそうだった。
　その時、要の唇がピクリと動いた。
　ダメ！　なにも思いつかない!!
　あたしは、反射的にギュッと目を閉じた。
「なにしてんだよ。こんなとこで」
　……え？
　いつもと変わらない要のハスキーな低音。
　その声に、あたしはハッとして顔を上げた。
　見上げた先には、きょとんとした要の顔。少し首を傾げてあたしの顔を覗き込んでいる。

「お前のことだから、鍵でもなくしたとか？」
　そう言って、固まっていたあたしの前を横切ると、ポケットに手を突っ込んだ。
　要はいつものように慣れた様子で鍵を開けると、いつまでも動かないあたしの方を振り返った。
「……入んないの？　急遽(きゅうきょ)バイト早く上がれたんだ。久しぶりに一緒に飯でも作ろうぜ」
　要はそう言うと、さっさと先に家の中に上がっていってしまった。
　絶対に見てたのに……なんでなにも言わないの？
　見てないフリするの？
　要は、なにを考えてるの？
　あたしは階段を上がっていく要の後ろ姿を見つめて、なにも言えなかった。
　胸がドキドキして……。なんだかわからない感情が、グルグルと回ってるようだった。

　家にはふたりきり。おじさんは会社の忘年会で遅くなるって言ってたし、おばさんは町内会の行事に参加していて、帰りは早くても９時を過ぎるって言ってた。
　おじさん達が出張から帰ってきてからは、毎日おばさんがうちにいたし、要とふたりきりになるのは本当に久しぶりだ。

「要って料理できたんだ……」

手際よく包丁を扱う要を、あたしはさっきから尊敬の眼差しで見つめている。
　小気味よいその音を聞いている限りでは、つい最近始めましたって感じじゃない。
「まあね。ガキの頃からよく手伝いしてたから。バイト先でも教えてもらってるし」
　そう言いながら、要はチラリと視線だけを向けた。
　へ〜え……意外。
　でも、キッチンに立つ姿、すっごくさまになってる。
　かっこよくて、運動神経もよくて……。
　勉強もできて……料理もできるなんて……。
　すごすぎ……うらやましい……。
　あたしは要の横顔を、気づかれないようにこっそり見つめてみる。
　でも、あたしのその視線に気づいて、要は「なんだよ？」と首を傾げた。
　わわっ！　見てたのバレた……。
　火がついたように一気に赤くなっていく顔を見られたくなくて、あたしはとっさに視線をそらした。
　そんなあたしを見て要は、なんとも複雑な表情になった。
　うぅ……。絶対呆れられた！
　さらに熱くなる顔を、両手で押さえた。
「ぶはっ……」
「……」
　耐えきれないとでもいうように、要はとうとう吹き出し

た。
　そして、ひたすらお腹を抱えて笑った後、目尻にたまった涙をぬぐいながら言った。
「……もしかして、ホレ直した？」
「……なっ!?」
　口をパクパクさせたまま、要の発言に言い返せない。
　だって、図星なんだもん。
　やっぱり要はかっこいい。
　好き……。大好きだよ……。

　グツグツと、お鍋からはおいしそうな音と匂い。
　要特製のビーフシチュー。
　でも、そのいい匂いはいつの間にか、あたしの鼻にまったく届かなくなった。
　あたしの全神経は、目の前であたしを見つめる要に集中しきっている。
　ふわふわで、無造作にセットされた黒髪。
　長めの前髪の間から覗く、少し茶色がかった瞳。
　今にもその中に吸い込まれそう。
　ドクン――……。
　ドクン――……。
　要とただ目が合ってるだけなのに、あたしは、まるでキスされてる時みたいに胸が高鳴ってる。
　緊張で、唇が小刻みに震えだす。
　要はそんなあたしを、ただじっと見つめている。

１分を永遠に感じた瞬間——……。
　あたしは息さえできずにいた。
「……」
「……」
　ねえ、要……。あたし、キスしたい。
　——今すぐ。
　あたしの不安とか、醜い感情をすべて。
　その唇で溶かしてほしいよ……。
「……あ、もう鍋の火止めて」
「……え？　……ああ、うん」
　あたしのそんな想いに気づいてか、気づいていないのか、要は不意に視線の呪縛からあたしを解放した。
　それから要は、再び包丁を握った。
　あたしは、コンロのガスを止めながら、唇をキュッと結んだ。こうしていないと、涙があふれてしまいそうだった。
　その後、要はなにかを考えるように黙ったままで。
　なにも言わなかったけど、それで要がさっきのあたしと旬のやり取りを見ていたと気づいた。
　まだ、責められた方が楽だよ……。
　心臓がつぶれちゃいそう……。
　シチューの味は、ただ苦くて、あたしの舌を滑っていくだけだった。

ココロの声

　お互いになにも言えないまま、あたし達はそれぞれの部屋に戻っていた。
　いい加減、自分の不甲斐なさにうんざりしてしまうあたし。
　美咲さんのこと、さっさと要に聞いちゃえばいいのに。
　もしかしたら、あたしの勘違いかもしれないじゃない。
　だったら、こんな苦しい気持ちから解放されて、今までみたいに楽しく要を好きでいられる。
　要が好きだと気づいて、やっと付き合えたのに……。
　これじゃ、今の方が、要が遠いよ……。
　あたしは抱えていたクッションをギュッと抱きしめた。
　ふと、時計に目をやると、時間はもう11時を回っている。
　おじさん達、遅いな……。
　あたしは、布団にもぐり込んで体を丸めた。
　こうしてると、すごく落ち着く。
　人間って、お母さんの体の中にいた時のこと、無意識に覚えてるって聞いた。
　これも、そのせいなのかな？
　暗い部屋。
　時計の音だけが、静かな部屋に響いた。
　——コンコン。
　突然ドアを叩く音がして、あたしはビクリと体を起こし

た。
「……まだ起きてる?」
　その声は要だった。
「……う、うん!」
　あたしは慌てて手ぐしで髪を直し、ドアを開けた。
　急に光が差して、思わず目を細める。
　見えるのは、黒い要らしきシルエットだけ。
「……ちょっと、いい?」
「……うん」
　あたしはそう言いながら、体を少しだけ反転させた。
　その開いたスペースから、要は先に部屋に入る。
「おじさん達、遅いよね」
　なんて言いながら電気をつけようとスイッチに手を伸ばした瞬間、あたしは後ろから要に抱きすくめられていた。
「……か、要? どうしたの?」
　あたしは自分の背中から伸びる要の腕にそっと触れた。
　耳もとにかかる甘い吐息（といき）。
　それと同時にあたしを包む、甘ったるくてちょっとだけスパイスの効いたムスクの香り。
　ああ。要だ……。
　あたしは立っていられなくなりそうで、要の腕をギュッとつかんだ。
　暗い部屋の中。
　要はなにも言わずに、あたしを抱きしめたまま。
　心臓の音だけが、リアルに耳に響いてくる。

ずっと、こうしてほしかった。
要に触れてほしくて、仕方なかった。
でも、そんなこと言ったらきっと、要は軽蔑するよね？
一度は要を拒絶したのに、いつの間にか、あたし、こんなにも要を求めてる。
こうして触れ合ってるところから、熱を帯びる。
どうしよう……。
めまいに似た感覚に、あたしはキュッとまぶたを閉じた。
あたしを抱きしめていた要の腕が、不意に力をゆるめる。
「……なんでアイツなの」
「え……きゃっ!?」
そう言うと、要は乱暴にあたしを押し倒した。
あまりの衝撃に、あたしは少しの間、なにが起こったのかわからなかった。
なに？　なんで？
目の前には要の顔。
ベッドの上で、両手を押さえつけられたあたしは、身動きが取れない。
「……や……」
――怖い。
その感情だけが、あたしの心を支配していくのがわかった。
体に感じる要の重さ。
苦しい……。
「……ッ……」

首筋に感じる鈍い感覚。

チクッとして、あたしは体を震わせた。

何度も何度も、要はあたしの首や頬、鎖骨にキスを落とす。

「……んっ……」

熱い要の舌があたしを刺激するたびに、無条件にあたしの体が反応して、まぶたが熱くなって、のどの奥がギュッと締めつけられた。

「……んで……なんで泣いてんだよ……」

「……っ……ひっく……」

まるで絞り出すような、苦しいだけの声。

顔の横に置かれてる要のこぶしが、ギュッとシーツを握りしめた。

そして、要はあたしから体を離した。

要にとっては、きっと女の子と"こういうコト"するのは、なんでもないのかもしれない。

そう思ってた。

——でも。

今、あたしに触れた要の手は……指先は……。

間違いなく、震えていた。

乱暴にあたしを押し倒したその手は……まるで。

まるで、今にも溶けてしまいそうな雪に触れるようだった。

だから、余計に涙があふれて……。

彼女の顔が浮かんで……。

ねえ、要……。
あたしは……。
「……あたしは要にとって、なに?」
　——ダメだよ……。
　聞いちゃダメって声がする……。
「なに、それ」
「だって……休みだって全然合わないし、家にいたって少ししか一緒にいられないじゃない。それに……それに美咲さんだって……!!」
「じゃあ、未央はなんだよ。なんで藤森なんだよ……」
　要はやっぱり見ていたんだ。
　あたしと旬のやり取りを……。
　感情的に気持ちをぶつけたあたしとは裏腹に、低くて静かな要の声がした。
　——わかってる。
　あたしが言ってるのは、ただのわがままだって。
　だけど、あたし"彼女"なんだよ?
　これじゃ、女友達と変わらない。
　あたしは要にとって"特別な女の子"だとわかる、なにかが欲しかった。
　過去にこだわったって仕方ないってわかってるよ。
　だけど……。
「……だって……あたし、昨日だって要のことずっと待ってたんだよ?　ずっと……ずっと信じて……待ってた。けど、要、来なかった……。なんで?　ここまでされてあた

し、要のなにを信じたらいいの?」
　一度あふれ出した言葉は、もう止められない。
　自分じゃ、どうすることもできなかった。
　要の目を見られない。
　まっすぐにあたしを見つめたまま、なにも言わない要から視線を落としたまま。
　あたしは乱れた服を直し、必死に涙をこらえた。
「……ごめん」
「……」
　要はただそれだけ、ポツリと言った。
　『ごめん』ってなに……?
　なにを謝るの?
　美咲さんのこと?
　あたしを待たせたこと?
　無理やり……あたしを押し倒したこと?
　もう、頭の中グチャグチャ。
「なんで……」
　簡単に壊れてしまう心。
　信じていくのは難しいよ……。
「美咲さんでしょ……!?　知ってるから……あたし全部知ってるから、隠さないで話してよ」
「……」
　じっとあたしから視線をそらさない要。
　暗い部屋の中、外からの光に照らされたあたし達。
　スウッと要が息を吸い込むのがわかった。

「……美咲は俺の……」
「……っあああ！」
　やっぱり無理っ！
　聞けない……聞きたくないっっ！
　あたしの体はとっさに両耳を押さえて、大声を出していた。
「未央……」
　驚いた要は、耳をふさいでいるあたしの腕をつかんだ。
　つかまれたところから熱を帯びる。
　なんで？
　こんな時に、あたし、なに考えてんの？
　あたしの腕をつかんだまま、要はあたしの顔を覗き込んだ。
　少しだけ濡れた前髪の間から覗く、そのまっすぐな瞳に、さらに動揺してしまう。
「落ち着けよ……いいから聞けって！」
　ヒステリックになったあたしを落ち着かせようと、その腕を自分に引き寄せた。
　自然な力で、あたしを抱きしめようとするその腕。
　このままじゃダメ……！
　──ドン!!
「……聞きたくない……」
　そしてあたしは、力の限り要の胸を押しやった。
　その勢いで、ゆらゆらと後ろへ倒れ込む要が、なぜかスローモーションのように見えた。

まるで、二度と手に入らないものを手放してしまったような感覚……。
　胸がドキドキして急に焦りだした。
「──ッ」
　そのまま要を部屋に残し、あたしは勢いよく階段を駆け下りた。
　あの家にいたくなかった。
　どこでもいい……。
　今は……。
　要の前から消えちゃいたい……。
　外に飛び出した瞬間、肌を刺すような冷たさがあたしを襲った。
　その冷たさとは裏腹に、風を切って走るあたしのその頬には温かな感触……。
　涙も、こんなふうに感じることがあるんだ。

「……ッ……ハァ……」
　立ち止まって、息を整える。
　あたしの足は、無意識にあの公園に向かっていた。
　小さな街灯に照らされて。
　真冬の空の下、春をじっと待っている桜の木が、ぼんやりと浮かび上がっていた。
　太い幹にもたれ、ズルズルと崩れ落ちるように、あたしは膝を抱えた。
　この桜の木の下で、幼い頃……要に愛の告白をした。

要もあたしが好きって言ってくれたっけ……。
　甘いキスと一緒に……。
「……ック……」
　息ができないよ……。
　要……要……。

　——ピピピピ。
　突然、ポケットの携帯が震えて、あたしの体は一瞬震えてしまう。
　もしかして……。
　どこかで期待してしまう。
　なんて往生際(おうじょうぎわ)が悪いんだろう。
　自分から逃げてきたくせに。
　あたしは涙をグイッとふいて、携帯を開いた。
　——なんで？

【旬：なにしてる？
変なこと考えてないか？
今日言うの忘れてたんだけど
クリスマス一緒に
過ごさない？
飯でも食いに行こう。
６時に駅前のツリーで待ち合わせな。
桜井が来るまで待ってる。
来なかったら諦める。
それが答えだと思ってるよ。
今日は寒いなぁ。
雪降るらしいし。
いっぱい着て寝ろよ？
おやすみ】

「……」
　旬……。どうしてそんなに優しくしてくれるの……。
　冷たくなった手で、携帯をギュッと握りしめて、胸に押し当てた。
　夜空に広がっていた低い雲は、シトシトと冷たい雨粒を落とし始めている。
「……泣いてるみたい」
　あたしは空から落ちてくる雨を、ぼんやり眺めた。
　まるで自分の心を映しているようで、あたしはそっとまぶたを閉じる。

真っ暗になった世界に、ユラユラと倒れこむ要の姿が見えた気がした。

　……このまま、この真っ暗な世界に飲み込まれちゃってもいい。
　素直で、要に好かれる子に、生まれ変わりたい……。

第7部

甘い残り香

「未央!?　……どうしたの?」
「……いきなりごめんね……早苗」
　上着も着ないで、ずぶ濡れのあたしを見て、早苗は大きな瞳をさらに見開いた。

「……はい、ココア。……で、なにがあったの?」
　着替えを持っていなかったあたしは、少し大きい早苗の服に身を包んで、両手でそれを受け取った。
　早苗はあたしの隣に腰を下ろすと『言ってみな?』というように、顔を覗き込む。
　それに答えず、あたしはただ目の前のカップの湯気をぼんやり眺めた。
　ぬいぐるみや小物が多いあたしの部屋とは正反対の、早苗の部屋。
　必要以上の物は、なにもない。
　女の子の部屋……というよりは男の子の部屋みたいだ。
　無造作に束ねた髪から、シャンプーのいい香りがする。
　早苗は大人っぽい。
　あたしはそんなことを考えながら、熱いココアを口に含んだ。
「……要に言っちゃったんだ……一番言っちゃいけないこと」

「……うん」
　早苗はあたしの言葉を、ただ黙って聞いてくれていた。
　ときどき、うなずいて。

「そっか……相田ってほんと、なに考えてるかわかんないね」
　早苗はそう言うと、白地のクッションをギュッと抱きしめた。
　最初の頃から、そうだった。
　要は、なにを考えてるかわからない。
　いまいち、つかめないんだ。
　誰かに束縛されることを一番嫌う、自由な人。
　だから、ずっと特定の彼女を作らなかったんだ。
　誰にでも優しくて、誰にでも気を持たせて……。
　誘われれば、断らなくて。
　ほんと、あたしとは生きる世界が違う人だ。
　要が好きって気がついて、すごく嬉しかった。
　要もあたしが好きで、あたし達は幼い頃から惹かれあってた。
　それだけで運命だと確信してた。
　でも……それは。
　あたしのひとりよがり。
「……旬がね……クリスマス一緒に過ごそうって」
　あたしはそう言うと、テーブルの上に置かれた携帯に視線を移した。

あたしは、あの旬のメッセージに返信できずにいる。
「そっか。やっぱり諦めてなかったんだ、藤森」
「……」
　その言葉に、どんな顔をしたらいいのかわからなくて、曖昧に笑ってみせる。
　旬に抱きしめられた時の腕の力がリアルによみがえってきて、あたしは両手でギュッと肩を抱いた。
「どうするの？」
　早苗は、じっとあたしの顔を覗き込む。
「……わかんない。でも要に会って話す勇気……まだないんだ」
　あたしはそれだけ言うと、膝の間に顔をうずめた。
　早苗は「ふう」と小さなため息をついて、そっとあたしの髪をなでた。
「……答えはきっともう未央の中にあるよ。ただそれに気づいてないだけ。大丈夫。ちゃんと、考えればわかるはずだよ。……今日は寝よ？　明日で学校も終わりじゃん！」
　早苗はそう言ってにっこり笑うと、トンッと肩を軽く叩いた。
「……うん。そうだね。ありがとう……早苗」
　あたしも笑顔を返し、早苗のお母さんが用意してくれた布団に横になった。
　明日は終業式。
　もう冬休みが始まる。
　そして……クリスマスはその２日後だ……。

来てしまった……。
　昨日飛び出した相田家——。
　陽がまだ昇りきらない時間に。
　朝もやの中、あたしは扉の前で、行ったり来たりをくり返していた。
　さ……寒すぎる……。
　極度(きょくど)の寒さと緊張も加わって、あたしの体はガタガタと小刻みに震えていた。
　あたしって……どうしていつもこう、いきあたりばったりなんだろう……。
「……よし」
　小さく息を吸い込むと、その扉をゆっくりと開けた。
　そっと中に入ると、もうおばさんは起きているようで、朝食のおいしそうな香りに包まれた。
　あたしは両手で玄関の戸を閉め、音を立てないようにそっと階段を上がった。
　自分の部屋の前まで来ると、急に緊張がほどけてホッと息をつく。
　よかった……とりあえず、このまま制服に着替えて、要より先に家を出なきゃ……。
　——カチャ。
「……」
　ドアを開けたあたしは、思わず息をのんだ。
　ゆっくりと開けたドアの先に、朝日に照らされた彼のシルエットが見えた。

どうして……？
　——要。
　ドアを開けたまま固まるあたし。
　ベッドに腰を下ろし、壁に身を預けていた要。
　あたしに気がついて、伏し目がちだった要は、ゆっくりと顔を上げた。
　スローモーションのように、ふたりの視線が絡み合う。
　昨日と同じ場所。
　そこに要は座ってる。
　——まさか。ずっとそこにいたの？
　そんなわけないよね……？
　……うん。あるはずない。
　でも……。
「……」
　要はなにも言わず、あたしの顔を見つめている。
　怒ってる……瞬間的にそう思った。
　あんなこと言って飛び出したから……。
　あたしはその瞳につかまってしまったかのように、身動きが取れなくなってしまった。
　ううん。
　もう、息だってできない。
　口の中の水分がすべて奪われてしまって、唾をゴクンと飲み込みたくても、それすらできない。
　要のその瞳は、あたしのすべてを見透かしているようで、めまいがした。

永遠と思えるような瞬間——。

　ドクン。
　ドクン。
　ドクン。

「……」
　要の綺麗な唇がピクリと動いた。
　あたしの全部が心臓になってしまったかのように、脈打ってる。
　要の息遣いにさえ過敏に反応してる自分が恥ずかしくて、あたしは唇をキュッとかみしめた。
「……美咲と俺は中２の時、２ヶ月間付き合ってた。でも、もう会わないしバイトもやめる。不安にさせてごめんな？」
　優しく微笑む要。
　要はそう言って、ゆっくりと立ち上がった。
　要はその視線をそらすと、あたしとの距離をゆっくり詰める。
　要の足が床をする音がするたびに、苦しくて……苦しくて……。
　涙があふれるのを、必死にこらえた。
「不安にさせてごめん」
　その言葉が……。
『これで満足？』
　そう言ってる気がして……。

だんだん見えなくなる要の顔。
歪んだ視界。
頬にひと粒、涙がこぼれ落ちた瞬間——。
要はあたしの部屋を、静かに出ていった。

あたし、要になにを言わせたんだろう……。
欲しかった言葉。
望んでたことなのに……。
違う気がする。
……要にそんな顔、させたいわけじゃないの。
今まで立っているのがやっとだったあたしの両足は、とうとう力を失って、その場に崩れ落ちた。
「……なんでぇ……」
なんでこうなるの？
どうして上手(じょうず)に気持ちを伝えられないんだろう。
いつもいつも、想っているのとは反対に進んでいってしまう。
も……。やだ……。
「……っく……う……」
苦しい……。苦しいよ……。

要のいなくなってしまった部屋に残る、その甘い香りに、あたしの心は今にも、押し潰されちゃいそうだった。

空に手をかざして

　2学期最後の日、あたしは重い足で学校の門をくぐった。
　明日から冬休みということもあって、あちこちから楽しそうな声が聞こえてくる。
　あたしは、すごく憂うつだった。
　明日から、毎日要と顔を合わせるんだ。
　こんな気まずい状態で……。
「未央ぉ！」
　他の生徒の間から聞きなれた声がして、あたしは声のした方へ視線を向けた。
「早苗!!」
　振り返ると、ちょうど早苗がこちらに向かって走ってくるところだった。
　肩で息をしていた早苗は、深く息を吸い込むと「おはよ」と笑った。
　あたしも笑顔で早苗に応え、一緒に教室へ向かった。
　教室に入ると、もうすでに旬は来ていて、数人の友達に囲まれていた。
　旬は、あたしに気づくと、にっこりと笑って片手を挙げた。
　昨日のメールがふと、頭をよぎる。
　数日後に迫ったクリスマス……。
　あたしは、どうしたいんだろう。

また友達と楽しそうに笑っている旬を、あたしはぼんやり眺めた。

　体育館での終業式。
　全校生徒が集まった体育館で、あたしの目は迷わず要の姿を見つけた。
　まるで吸い寄せられるかのように。
　校長先生の長い話を、ダルそうに聞いている要。
　両手をポケットに突っ込んで、ときどきあくびまでしている。
　あの無造作にセットされてる黒髪。
　その間から覗く、子犬のような瞳。
　長身に細身のライン。
　こうして見ると、要って目立つなぁ。
　あたしとは、生きてきた世界が違う感じ……。
　——昨日、あれから要はあたしより先に家を出たんだ。
　なんだかこのまま、あたし達にできた溝(みぞ)が広がっちゃう気がする。

　ホームルームも終わり、あたしは早苗と駅前のカラオケＢＯＸに向かっていた。
　現地で、マナと結衣と合流することになっている。
　学校の玄関を出たところで、あたしは目の前の光景に息を呑んだ。
　心臓が音を立てて、鼓動を打ち始める。

「……」
　グラウンドでサッカーをする要……。
　ジャージ姿で、他の部員達とボールを追いかけてる。
　きっと、部活に呼ばれたんだ。
　前に要が言ってたことを思い出す。
『俺はどの部にも属してない』って。
　オールマイティーにすべてをこなす要。
　今日は、サッカーなんだね。
「相田ぁー、行ったぞぉ」
　その声と同時に、ボールが冬の寒空に綺麗な線を描いた。
　要はそれに応えるように、片手を挙げて合図する。
　ロングパスは見事、要の前に落ちた。
　要はそのボールを、巧みに操っていく。
　ボールの方が、要の足に吸いついてくるように見える。
　そして何人もかわし、ボールはそのままゴールへと吸い込まれていった。
「すごい……」
　他の部員達に頭や体をタッチされながら、要は人さし指を空高くかざした。
　コートの端にはギャラリーもいて、要の活躍に黄色い歓声をあげている。
　そんな女の子達にさえ……あたし嫉妬してる。
　心の中にジワジワと生まれてくる醜い感情に、息が詰まりそうになった。
　この想いに、いつか飲み込まれちゃうんじゃないかな。

誰かを好きになる。
誰かと付き合って、その人を独占したいって気持ちが生まれる。
自分だけを見てほしい。
自分だけを好きでいてほしいって……。
でも、そうしない男の人もいるのかな？
たとえば、付き合っている子がいても他の子と遊べちゃったり……。
女の子って、きっと好きな人には自分だけを見ててほしいって思ってる。
でも、男の子は違うのかな？
友達を優先したり、趣味に没頭したり……。
自分の好きなことや夢のためなら、彼女は後回しになるのかな？
きっと、要と付き合うってそういうこと。
あたしはそういうの、耐えられるのかな……。
要にとっては、あたしも自分の友達も……美咲さんも、同じように大事なんだ。
でも……ね？
要……あたし、そんなに強くないだ。

クリスマス当日――。
今日は朝からすごく寒かった。
テレビのニュースでは『もしかしたらホワイトクリスマスになるかも』なんて言っていた。

あたし達が住んでいる地域は、毎年１月の終わり頃に雪が降ることが多い。
　今年は少し早いのかな……。
「雪……降るかな」
　あたしは暖かい部屋の中から、ぼんやりと外を眺めた。
　どんよりと重たい雲のじゅうたんが、空一面に張りめぐらされている。
　あたしはそこから視線をそらすと、テーブルの上を見た。
　そこには赤と青のリボンでラッピングされた緑色の四角い箱が、遠慮がちに置いてある。
「……」
　しばらくその箱を、あたしは時間が経つのも忘れてしまうくらい、見つめていたようだった。
　時計に目をやると、時刻は５時を回ろうとしている。
　旬との約束の時間まで、１時間を切っている。
　あたし……。
　どうしたいの？
　自分の胸に手を置いて、あたしはそっとまぶたを閉じた。

最後の賭け──旬side

　今日は冷えるな……。
　俺は黒のダウンを着て、携帯と財布をジーンズのポケットに突っ込んで外へ出た。
　どんよりと低い雲は、手を伸ばせば届きそうなほどだった。
「……さむ」
　首にマフラーをグルグルに巻いて、肩をすくめて駅へと向かう。
　駅に近づくにつれ、街はクリスマスのイルミネーションでキラキラと輝いてる。
　今まで、クリスマスなんて関心なかった。
　毎年のように部活があって、そのままみんなでカラオケ行ったり、ボウリング行ったり。
　それなりに楽しんだ。
　でもそれは、クリスマスだからってわけじゃなくて。
　いつもみんなで行くのと、なにひとつ変わらない。
『彼女作んないの？』
　そう聞かれても、曖昧な返事しかしてこなかった俺。
　告白されても、毎回断ってた。
　興味なかった。
　付き合うとか、面倒だろ？
　約束して、待ち合わせて……。

メールして、電話して。
そんなの面倒じゃん、って。
でも、そんな俺に変化があったんだ。
ちょうど半年前。
女に興味がなかった俺に。
やっと"気になる子"ができた。
その子は、俺と同じクラス。
目が合ったと思えば、すぐにそらすし。
最初は『なんだよ……俺、なんかしたかよ』って思ってた。
彼女は小さくて、いつも笑ってて、その表情をクルクル変える。
栗色(くり)の長い髪をフワフワさせて、なぜか手を伸ばしてもスルリと逃げられてしまう気がする。
目で追ってしまう。
気になる。
彼女から目が離せない。
そう思って、俺は彼女に声をかけるようになった。
俺の言葉にすぐ赤くなる。
なんとなくわかってた。
彼女は俺が好きだって。
自信があって、安心してたんだ。
でも、それがいけなかったんだな。今思い返すと。
相田要だ。
アイツが俺たちのクラスに、彼女を訪ねてきてからだ。

それから彼女の視線はいつも、相田を追ってた。
　まずいな——。
　瞬間的にそう思って、俺は告白した。
　人生で初めての告白だった。
　間に合ってくれって願った。
　まだ俺に傾いていてくれ……って。
『俺は、桜井未央さんが好きです』
　そう言った俺に、桜井は言葉をなくしてた。
　本当はそこで答えは出てたんだろうけど、俺は返事を聞くのを先延ばしにしてた。
　可能性が少しでもあるなら……って。
　……マジ、かっこ悪い。
　なにしてんだ？　俺は。

「はあ……」
　待ち合わせの場所に着いて、俺は時計に目をやった。
　5時40分——。
　少し早かったな。
　白い息を吐きながら、俺は目の前の大きなツリーを見上げた。
　——でかいな。
　軽く3メートルは超えているだろう。
　結構有名なツリーらしく、雑誌とかに特集されてるくらいだ。
　だからなのか、このあたりはカップルばかり。

「……」
　よりによって、なんでこの場所をチョイスしたんだ、俺は。
　わかりやすいかと思ったんだけど……。
　こんなに人がいるんじゃ、余計に見つけにくい……。
「はあ……」
　自分の考えのなさに、ため息が出る。
　とりあえず……と、俺は空いているベンチを探して腰を下ろした。
　ツリーを囲むように、たくさん置かれているベンチ。
　男ひとりでここに座ってるのは、目立つよな。
　通り過ぎるカップルとときどき目が合うのを避けるように、俺は携帯を開いた。
　いつの間にか６時を過ぎている。
　俺は、携帯を閉まってツリーを見上げた。
　定番のクリスマスソングに合わせて、ツリーのイルミネーションが７色に変わっていく仕組みらしい。
　見てるだけでも飽きない。

「……」
　聞き覚えのある曲を、いくつも聴いた。
　たくさんの人混みの中に、俺は彼女の姿を見つけられない。
　イヤでも時計に目がいってしまう。
　時間は確実に過ぎていく。

来るのか？
『来なかったら諦める』
　俺は彼女にそう伝えたんだ……。
　来ないかもしれない。
　でも。来るかもしれない。
　弱ってる未央の心に、つけこんだんだから。
　俺は卑怯だ……。
　間に合ってくれ……俺にチャンスをくれ……。
　これが、最後の賭けってやつか……。
　そんなかっこいいもんじゃないけど。
　祈るような気持ちで、俺は星の見えない空を見上げた。
　雪でも落ちてきそうな空から視線を戻した俺は息をのんだ。
　来た……。
　見間違うわけがない。
　来たんだ。桜井が……!!
　俺はユルユルとその場から立ち上がって、桜井がいる方へ向かった。
　まだ、俺に気づいていないようだ。
　温かそうなモコモコのジャンパーに身を包んで、マフラーで鼻まで隠している。
　顔が半分隠れていても、桜井を間違うわけがない。
　ツリーの前であたりを見渡している。
　マジか。本当に？
　俺にもチャンスくれんのか？

今にも抱きしめたい衝動をなんとか抑えて、俺はいつもどおりを装って、声をかけた。
「桜井」
　突然名前を呼ばれて小さな体をビクッと揺らし、桜井はゆっくり振り返った。
「……旬」
「……この人混みで、見つかってよかった」
　少し腰をかがめ、桜井の顔を覗き込んでみる。
　その瞬間、俺は悟った——。
　ああ……。そうか……。
　チャンスじゃない。
　これが、最後なんだって。
「……来ないかと思った」
「……遅くなってごめん」
　桜井と肩を並べて、俺はツリーを見上げた。
　今まで流れていたアップテンポな曲が、打って変わってスローな曲に変わる。
　……あ。これ知ってる。
　クリスマスにひとりになるって歌だ。
　寂しい曲なのに、俺、この歌好きなんだよな。
「……」
「……」
　この歌のイメージに合わせてなのか、さっきから青か白のイルミネーションばっかりだ。
　しばらく俺たちは、無言でツリーを眺めてた。

きっと桜井は、俺がずっと待ってるとかわいそうだと思って、ここに来たんだな。
　顔に出てるってば。
　わかりやすいヤツ。
「……ははっ」
「……なに？」
　突然吹き出した俺を、不思議そうに眺める桜井。
　俺は、ひと呼吸置いて、視線だけを向けて言った。
「……や。かわいいなって？」
「……え!?」
　大きな瞳をさらに見開いて俺を見上げるその顔は、真っ赤だ。
　口をパクパクさせて「……な……な」なんて連発してるし。
　ほんとわかりやすい。
　でもさ……同情ならいらないんだよね。
　いらないだろ？
　そんな優しさは、残酷だよ。
「桜井……俺さ、この歌好きなんだ」
「え？」
　俺は、ポケットに両手を突っ込んで、青く輝いているツリーを見上げた。
「クリスマス……ひとりになっちゃう歌。でも……ちゃんとその後にも得るものがあるって。……俺はさ、諦め悪い方だし。この曲みたいに割り切れないけど。でも、だから

……辛くなったらなんでも言っていいからな」
「……旬？」
「とりあえず、相田に譲るって言ってんの。これ以上言わせんなよ……俺かっこ悪すぎじゃん」
　俺はそう言うと、未央に背を向けて歩き出した。
　桜井は慌てて俺の後をついてきた。
「……来るなって！」
　思わず大きな声を出して、俺はハッとして口もとに手をやった。
　近くにいる数組のカップルが俺たちを見て、ヒソヒソと話している。
「……」
「ごめん。でも……俺のことはいいから……早く行って」
「……旬」
　そう言うのが限界だった。
　これ以上一緒にいたら、また無理やり抱きしめちゃいそうだ。
「旬……ありがとう。すごく嬉しかった」
「……」
「……あたし……旬が好きだった……すごく好きだったよ。こんな気持ちをくれてありがとう」
　桜井は、そう言うと、俺に背を向けて走り出した。
「……っ」
　たまらず俺は振り返った。
　人混みの中に走り去る姿が一瞬見えたけど、すぐに消え

ていった。
　桜井は、振り返りもせず走っていった。
　きっと、アイツのもとへ――。
「……そんなこと言って、去っていくなよな……」
　俺は握りしめていた両手をそっと開いた。
「……これ、どうすっかな」
　手のひらの中で、くしゃくしゃになった小さなプレゼント。
　それを握りしめたままぼんやりしていると、鼻の頭に冷たい感触がして、俺はハッとして顔を上げた。
　とうとう降り出した。
　聖なる夜の――。

「……雪だ……」

第8部

夢のあと

　ありがとう……。
　ありがとう……旬。
　いつもあたしを、大事に想ってくれて……。
　すごく嬉しかった……。
　降り出した雪が、あたしの頬をかすめていく。
　冷たいのに、すごく温かいと感じる。
　変なの。
　駅前で旬と別れてから、あたしは息をつく間もなく走った。
　振り返ってはいけない気がして。
　全速力で。
　足が絡まりそうになりながら……。
　ハア……ハア……ハア……。

　クリスマスの今日は、住宅街に入ると、すれ違う人もまばらになった。
　それぞれの家からこぼれる、優しい光。
　きっと、みんな幸せな時間を、大切な人達と過ごしているんだろう。
　温かい料理を囲んで、プレゼントを交換したりして。
　世界中の誰もが、分けへだてなく幸せになる権利を持っている。

それが実感できる日。
クリスマスという、特別な日。
──ガサッ。
なにかがカバンから落ちた感じがして、あたしは足を止めた。
「……あ」
冷たくなったアスファルトの上に落ちていたのは、緑色の四角い箱だった。
要のために用意したプレゼントだ。
転がったプレゼントの上に、チラチラと雪が落ちた。
「……」
今日、要からは連絡がない。
なんで？
一緒にいようって言ったのに。
結局は、あたしは要にとって、それくらいの存在だったってことなのかな？
視界がだんだんぼやけていくのを感じて、あたしはグッと唇をかみしめた。
気がつくと、そこはあの公園だった。
また来ちゃった……。
今日はひとりなんだ……あたし。
公園の小さな街灯に照らされて、桜の木がぼんやり浮かび上がってる。
あたしは、誰もいない公園に足を踏み入れた。
なんとなく、夢みたいなことを期待してる自分がいる。

ここはあたし達の、運命の場所。
ここにいればきっと要に会えるって。
──期待してた。
キラキラと、街は一夜で真っ白な銀世界に変わっていく。
ホワイトクリスマス。

それは、人生最悪のクリスマスになった。
朝を迎えても。
それでも要には会えなかった……。
どこにいるの？
──要。

　公園から帰ってきてベッドに腰をかけたまま、あたしは窓の外をぼんやりと眺めてた。
　カーテンの隙間から見える景色の中に、チラホラと白い雪が舞ってる。
　また降ってきた……今年はよく降るなぁ……。
　毎年、このあたりではめったに12月に雪は降らない。
　年が明けてようやくその姿を見せてくれる雪も、今年は少し気が早いようだ。
　焦点が合わない視界に、あたしはまぶたをそっと閉じた。
　その時だった──。
　──ピンポーン。
「わわっ」
　あたしはそのインターフォンの音に驚いて、ハッと振り

返った。
　びっくりした……。
　こんな早くに誰だろう？
「未央ちゃーん、起きてる？」
　階段下から、おばさんの声がした。
「はぁい！」
　あたしはそう返事をすると、もう一度、窓の外を眺めてから、階段をゆっくり下りていく。
　すると、リビングからにぎやかな声が聞こえてきた。
　──誰？
　すごく楽しそうな声……。
　あたしはその声に、聞き覚えがあった。
　ううん……忘れるわけない。
　ドキドキする胸を押さえながら、あたしはリビングのドアを開けた。
　だって……だってこの声は……。
　そう、それは久しぶりに会う……。
「……パパ……ママ!?」
　なにがなんだか、わからない。
　頭がついていかない。
　あたしは半年ぶりに再会する、懐かしい両親の顔を見た。
　開いた口がふさがらず、あっけにとられているあたしの顔を見て、パパ達はにっこりと微笑む。
「未央……驚いた？　その顔が見たくて、帰ってくるの黙ってたのよ」

「母さんがそう言い出してな……未央を驚かせたいって。……すまなかったな」
「……」
 あたしの反応に満足そうなママが、まるで子供のようにペロッと舌を出した。
 パパは、そんなママを見て、眉を下げて笑った。
「……うん。すっごくビックリしたよ。でも、日本に帰ってこられたんだ。お仕事、お疲れ様」
 そう言って、あたしはふたりにペコリと頭を下げてみせた。
 よかった……。
 これで、自分の家に戻れる。帰るんだ。
 おじさんやおばさんとも、これで一緒に住むこともない。
 それに……要とも。
 同じテーブルを囲んで、ごはんを食べることもないんだ。
 一緒にテレビを観ることも……歯を磨く時、はち合わせになることも。
 ダルそうに新聞眺めて、あくびする要を見ることも。
 寝グセがついた髪をくしゃくしゃってかき回してる姿を眺めることも。
 おやすみのキスも……。
 ——もう。
「未央？」
「え？　……あ……」
 あたしの瞳から、いつの間にかあふれ出した涙。

「へへ、久しぶりに会ったから……つい」
　そう言って、慌てて袖で涙をぬぐった。
　当たり前と思っていた毎日の光景が、急に特別なものに変わってしまった。
「……ふ……っく……うっく……」
「未央……」
「未央ちゃん……」
　拭いても拭いてもあふれ出す、あたしの"想い"。
　あたしは両手で顔をおおった。
　……要……どうしよう……。
　あたし……。
　あたし、要のそばにもういられないよ……。
　いつまでも泣き止まないあたしの肩に手を置いて、優しくなでてくれたのは、要のおばさんだった。
　あたしのことを心配して、抱きしめてくれたその手の温もり……。
　その優しさが、さらにあたしの涙を誘う。
「未央ちゃん……寂しかったのね……」
　おばさん……違うの。
　あたし……たしかに、パパ達に久しぶりに会えて嬉しいけど……。
　それだけじゃないんだよ？

　しばらく黙って、あたしが落ち着くのを見守っていたおじさんが、ゆっくりと口を開いた。

「未央ちゃん……聞いて？　僕達は、未央ちゃんがこの家に来てくれたこと、未央ちゃんがいてくれたことを、すごく幸せに思っていたよ。いつも花が咲いたように笑う未央ちゃんの笑顔に、何度も癒された。だから、未央ちゃんがこの家からいなくなるのはとても寂しいけど……またいつでも遊びに来てほしい」
「……は……はい……」
　あたしは涙をぬぐって、おじさんに微笑んだ。
　すごく嬉しかった……。
　だって、そんなふうに思ってくれていたなんて……。
　そして、おばさんはギュッとあたしの肩を抱き寄せて、言った。
「……アメリカに行っても元気でね？」
「……」
　——え。
　なに？　なんて言ったの？
　ア……アメリカって……？
　にっこり微笑んでいる、４人の大人達。
　言っていることが理解できなくて、呆然としているあたしの姿は今、ひどく滑稽だろう。
「忙しくなるな」
「そうね……年内は、おじいさん達に会いにいかないとね」
「四郎、今日はうちで夕飯食べていってくれよ」
「要も喜ぶわ」
　パパ達の会話が全部、耳に入っては出ていってしまう。

頭の中に、とどまっていてくれない。
　手がまるで氷のように冷たくなるのを感じながら、あたしはスカートの裾をギュッとつかんだ。
「……ねえ……アメリカって……どうゆう……こと？」
　震える声で、なんとか言葉をしぼり出した。
「ん？　そうそう、言うのを忘れてた。年明けすぐに３人でアメリカへ渡るんだ……今回はちょっと長くかかりそうなんでな、さすがに愛娘をひとり、こっちに置いてはいけないからな」
「……そ……んな」
　その瞬間、すべてがフェードアウトしていく。
　アメリカ……。
　日本にいられない……。
　相田家に居候することが終わるだけじゃなくて……日本にもいられない……。
　会うこともできなくなるの？
　どうしよう……。どうすればいい？
　子供のあたしには……。どうすることもできないの？
　やだ……。
　イヤだよ……。

　その後、パパ達が『一度家に戻って荷物を整理する』と言って、出かけていった。
　おじさんやおばさんがあたしになにか言ったけど、あたしの耳には、どの言葉も入ってこなかった。

おぼつかない足取りでリビングから出ると、あたしは一気に現実に引き戻された。
「……要」
　いつから、そこにいたの？
　昨日……会えなかった……。
　クリスマス……会えなかったのに……。
　階段に腰を下ろした要は、頬づえをついたまま視線を合わせず言った。
「……アメリカ行くんだ？」
　——ドクン。
　あたし達の話を聞いてたんだ……。
　あたしは震えてる唇がバレてしまわないように、下唇をキュッとかんだ。
「……あ……あの」
　あたしの言葉を待つ要。
　長い前髪をかきわけて、視線だけをあたしに向ける。
　まっすぐなその瞳に、つかまってしまった。
　要のその目は、いつもあたしから自由を奪う。
　いつも、そうだった……。
　そうやっていつも、すべてわかってるという目で、あたしを見るんだ。
　今だって……あたしがアメリカになんか行きたくないことをわかってて、要は言ってる。
　答えられるわけがないこと、わかってるのに……。

それは、ほんの数分のことだったんだろう。
ううん。もしかしたら数秒かも。
でも、あたしには時間が止まったように感じた。
あたし達以外のすべての時間が、ストップしてる。
そう思った。
その呪縛から解放してくれたのは、要のひと言だった。
「そっか……まあ、しょうがないよな」
「……え？」
ハッとして顔を上げると、要はもう玄関から出ていってしまった。
——バタン。
ドアの閉まる音。
まるで、なにかに思い切り殴られたような衝撃が走る。
……なによぉ……なんでえ？
要のバカ……。
バカバカ!!
やっと止まった涙が、またあふれ出す。
床についた両手に、ポトポトと落ちるしずく。
「……うっく……っうぅ……」
要はプレゼントの代わりに、極上の笑顔と残酷な言葉を、あたしに残していった。

『しょうがない』
そうあたしに言ったまま、要は家に帰ってこなかった。
きっとみんなでテーブルを囲むのは、最後の晩になるは

ずなのに……。
　あたしは楽しそうに笑うおじさんやおばさん、そしてパパ達と、要がいないまま夕食をとる。
「未央ちゃん、どう？　おいしい？　たくさん食べてね」
　アメリカへ行くならと……せめて最後は日本食でって、おばさんは手巻き寿司や煮物という、ありとあらゆる和食を作ってくれた。
　でも……ごめんね？
　あたし、おかしいんだ。
　どんなにおいしそうな食べ物も、味が、わかんない。
　なにも感じないの……。
　あたしは目の前のお皿から、里芋をぱくっと口に放り込んだ。
「……もう、すっごくおいしいです」
　そう言って、にっこりと微笑んで見せた。
　おばさん、ありがとう。
　でも……本当にごめんなさい。
　あたし……ちゃんと笑えてるかな？

美咲とジン

　それから、あたしは両親と一緒に相田家をあとにした。
　タクシーに乗り込んで、暗闇にぼんやり浮かんだおじさん達を見る。
　玄関からこぼれる光に照らされて、おじさんもおばさんもずっとあたし達を見送ってくれていた。
　こんなにあっけなく〝終わり〟が来るなんて……。
　遠い先の話のような気がしていた。
　居候なんだもん。
　いつかは必ず帰らなければいけない日が来ることくらい、わかってたはずなのに。
　でも、どうしてだろう……。
　どうして、ここに要がいないの？
　あの桜の木の下で交わした約束は、嘘だったの？
　要……要……会いたい。
　最後に一度だけでいいから……。
　どんなに憎まれ口叩いても、その後には必ずあたしに優しくしてくれた。
　あの甘いムスクの香りがする要の腕の中には、もう戻れないの？
　ねえ……。
　また、子供みたいに笑ってよ？
　『しょうがないヤツ』って困った顔して、あたしを抱き

しめてよ？
　美咲さんのこととか……。
　もう、なんだっていい。
　なにもかも忘れて……ただ……会いたい。
　声が聞きたいよ。
　最後に……。

　――大晦日。
　テレビでは、年越しの特番ばかりやっている。
　12月はほんとに、あっという間に過ぎちゃったな……。
　こたつに入ったまま、あたしはテレビも観ずにぼんやりと天井を眺めてた。
　――ピリリリ、ピリリリ、ピリリリ。
　突然大きな音であたしを呼び出す携帯に、思わず体がビクリと跳ねた。
　ドキン……ドキン。
「……」
　要？
　あたしは慌てて、キッチンに置きっぱなしだった携帯をつかんだ。
　期待と不安。
　それぞれの感情で、携帯をつかむ手がうまく動いてくれない。
　やっとの思いで、通話ボタンを押した。
「……も……もしもし？」

『未央?』
　受話器の向こう側から聞こえてきたのは……。
「早苗……?」
『よかった。今どこ?　出てこられないかな?』
　早苗の声と一緒に、にぎやかな声が届いた。
　すぐに、早苗が外にいるんだとわかった。
「家だけど……?　どうしたの?」
『さっき、未央のお母さんに会ったよ。年が明けたら……アメリカに行くんだって?』
「……」
　あたしが答えないことで、早苗はすべてわかったんだろう。
　少し黙ってから、明るくこう言った。
『今から、未央の家まで迎えに行くから!　絶対出といでよ!』
「えっ?　ちょっと……早苗!?」
　慌てて早苗の名前を呼んだけど、もう電話は切れた後だった。
　あたしは鏡に映る自分の姿を見た。
　赤く腫れたまぶた……。
　あはは、ブサイク〜……。
　あたしは鏡の中の自分に『イ〜』っとして、クローゼットを開けた。
　ちゃんと早苗と話がしたい。
　話を聞いてほしい。

そう思った。
年が明けるまで、9時間を切っていた。

　──ピンポーン。
　しばらくして、玄関のチャイムが鳴った。
　あたしは、カバンとマフラーをつかんで玄関を開ける。
　玄関先にいたのは、早苗……じゃなかった。
「おす。迎えに来たぞ」
　そう言って、寒さで赤くなった鼻をすすったのは、旬だった。
「旬……？　どうして……」
　キョトンとするあたしをおもしろそうに眺めると、旬はあたしの手をつかんだ。
「行こう。みんな待ってる」
「え？　……どういうこと？」
　旬はあたしの質問には答えずに、ただにっこりと笑って歩き出した。
　なんで？
　旬……。
　あの日の旬の背中とダブって見えて、なんだかつないだ手が急にぎこちなくなった。
　でも、それはあたしだけのようで、旬はときどき後ろを振り返りながら、あたしの歩幅(ほはば)を気遣ってくれている。

「……桜井さ……」

「え?」
　住宅街を抜けて、駅が近づいてきた頃。
　それまで黙っていた旬が、不意にあたしを呼んだ。
　前を向いたまま、立ち止まっている旬。
　つないだ手に、力が入るのがわかった。
「……ほんとに行くの?　アメリカ」
　見上げると、ちょうどあたしを見下ろす旬と目が合う。
　まっすぐあたしを見つめる旬。
　あたしは、唇をキュッと結んだまま、コクンとうなずいてみせた。
「そっか……」
　そう言って、ほんの少し微笑むと、また向きなおって、あたしの手を引いて歩き出した。
「……相田は?　知ってるんだろ?」
「……」
　不意に旬の口から要の名前が出て、思わず言葉に詰まってしまう。
　要は知ってるよ……。
　知ってる。
　知ってて、あたしに『しょうがない』と言ったんだ。
　旬はそれ以上、なにも言わなかった。
　ただ、つないだ手に力を込めたのがわかった。
「着いたよ」
「……え?　ちょ……ここって……」

待って？
　なんで……なんでここなの!?
　あたしは、まるで金縛りにでもあってしまったかのように、その場から動けなくなってしまった。
　連れてこられた場所……。
　それは……"CAFÉ＆BAR jiji"。
「旬……どういう……」
「──ほら、みんな待ってる」
　動揺を隠しきれないあたしの言葉をさえぎって、旬は木目調の扉を開けた。
　店内に入ると、コーヒーの香りとチョコレートの甘い香りに包まれた。
　前にここに来てから、まだ１ヶ月も経っていないというのに、すごく懐かしい感じがする。
　薄暗い店内にはジャズがかかっていて、落ち着いた雰囲気。
　黒いテーブルに赤いソファが、ひと際目を引いた。
　なにも、変わってない。
　いつも常連さんが座っていたカウンターには、この日、誰もいなかった。
　黒いシフォンのカーテンで仕切られた個室には、カップルや女性同士のお客がふた組、座っているだけだった。
　そうか……。
　今日は大晦日だったんだ。
　だからかな？　お客さんが少ないのは……。

店内を見渡したところで、一番奥のテーブルに目がとまった。
「あ……」
「来た来た!!　未央〜〜！　こっち、こっち☆」
　ブンブンと大げさに手を振るのは、マナだ。
　その隣で小さく手を挙げたのは早苗……結衣もいた。
　旬の友達もいて、あたし達を見つけて大きく手招きをしてる。
「みんな……どうして？」
「激励会(げきれいかい)……ってヤツ？」
　呆然と立ちすくむあたしの背中を、旬は優しくうながした。
　嘘……。
　嬉しい……。
　涙ぐむあたしを見て、旬は「泣くには早いだろ」と笑った。
「もぉ〜未央！　いつまでもそんなところにいないで……早くこっちおいでよ！　ほらほら、ここ座って〜」
　そんなあたしの姿に、マナは目尻を指でぬぐいながら、自分の隣の席を叩いた。
　ありがとう。みんな……。
　あたし、ひとりじゃないんだね。
　みんながあえていつもどおり接してくれていることが、すごく嬉しかった。
　優しくされたら、あたし、今にも泣いちゃいそうだもん。

いろんなことが、あふれてしまいそう。
　せっかくみんなが集まってくれたんだもん、その雰囲気を壊したくなかった。
　──だけど。
「お待たせいたしました。本日のメインディッシュになります」
　その声に体がビクリと反応し、あたしは反射的に顔を上げた。
「……」
　ドキン。ドキン。ドキン。ドキン。
　心臓が、すごい速さで加速を始めた。
　まるで、あたしの体全体が鼓動を打ってるようで、苦しかった。
　あたしは、見上げたまま固まってしまう。
　だって……。
　だって……。
「未央……さん？」
　少しだけ眉を下げて、遠慮がちにあたしの名前を呼ぶ彼女。
　彼女特有のふわふわとした空気に、あたしの心はドギマギしてさらに加速を続ける。
　高い位置で丸められた髪。その後れ毛がみょうに色っぽい。
　白い肌。ピンク色の頬と真っ赤に熟れた綺麗な唇。
　うっすらとメイクされている大きな瞳は、あたしをとら

えて離さなかった。
「未央さんだよね？　あたし……菅野……美咲です」
「……」
　まさか、直接話しかけられるなんて……。
　震える手を押さえながら、あたしは彼女を見上げた。
　大きな瞳に見つめられて、あたしはゴクリと唾を飲みこんだ。
　遠慮がちにしながらも、でもその瞳の奥からは、芯の強さを感じ取れる。
　美咲さんは、少しためらいながら、その形のよい唇を開いた。
「……今日は要と一緒じゃないんだ」
「え？」
　そう言うと、美咲さんは早苗や旬、それに結衣達に視線を送った。
『要』
　そう呼んだ。
　あたしの頭の中に『要の前の彼女』という単語が浮かび上がる。
　——ズキン。
　それと同時に、チクリとなにかが胸を締めつけた。
「要ならいません。あたしと要は別にそんな関係じゃないですから」
「未央っ！」
　早苗の呼び声に、あたしはハッとして口をつぐんだ。

あたし……今、なんて？
　旬も、結衣達も、誰も声を発することができずにいる。
　重たい空気が、この場を包んだ。
　なんで『そんな関係じゃない』なんて言えたんだろう。
　……ううん、わかってる。
　これは単なる嫉妬だ。あたしの醜い嫉妬。
　この人はきっと、要のすべてを知ってる。
　まだあたしの知らない要を。その温もりを。
　それを思うと、胸の中が潰れそうになって、頭に血が一気にのぼっていった。
　そして。
　気がついたら、そんなことを口走っていたんだ。
『しょうがない』
　そう言った要の背中が不意に頭の中に浮かんで、暗闇に溶けてしまった。
　そんなひと言で、あたし達の関係は……。
　あの約束が、なかったことにされちゃったんだから。
「未央……」
　早苗の声に心配の色が混じっている。
　顔は見なくてもわかる。ここにいる誰もが、あたしを見つめている。
「クスッ」
　そんなあたしの様子をじっと見つめていた美咲さんの、小さな笑い声が耳に飛び込んできた。
　顔が一気にほてっていくのがわかる。

なに……よ。
　なんなの？
　あたしは下唇にキュッと力を入れて、美咲さんを見上げた。
　瞳から涙がこぼれてしまわないように。
　見上げた先には、困ったように眉を下げて笑う美咲さんがいた。
「なんだか、勘違いしてるみたいだね」
「え？」
　──勘違い？
　ってなんの？　要との過去？
　ううん、そんなわけない。
　だって、それは本人から聞いたんだもん。
「……」
　眉間にシワをよせてうーんとなるあたしは、そこでハッとして顔を上げた。
　あたしが要に対して怒ってる理由って……美咲さんに対する嫉妬……なんだ。
　初めてふたりを見かけた校門の光景。
　それが、あまりに鮮明で、お似合いのふたりだったから。
　あたしの入る隙なんて、どこにもなかった。
　それだけ。
　あたしは、自分に自信がなかっただけ。
　勉強もスポーツもできて、おまけに女の子にモテちゃって。

あたしとは、住む世界が違う人。
そんな彼にコンプレックスを抱いていただけだ。
どうしよう……。
あたし……要にひどいこと……。
「ちょっと話せないかな」
今度は、柔らかく笑う美咲さん。
あたしの顔を覗き込んで、早苗達に「未央さん、少しだけ借りていい？」と尋ねた。
「……早苗」
「ほら、あたし達はいいから。相田要のこと、ちゃーんと聞いてきな。待っててあげるから」
「……でも」
早苗があたしの肩にそっと触れた。
今日はあたしの"激励会"。
せっかくみんなが開いてくれたのに……。
「お店はいいんスか？」
そう声をあげたのは旬だった。
旬は知ってる。
要と美咲さんのこと。
だから、少しキツイ口調でそう言って美咲さんを見ていた。
「今日は大晦日でしょ？　だからお客さんも少なくて。15分……ううん、10分でいいの。だから……」
美咲さんは、あたしの顔をじっと見つめた。
……ドキン。

胸の鼓動が、大きく鳴りだした。

「……話って、なんですか？」
　あたしは美咲さんの真剣な瞳に負けないように、キュッと唇を強く結んだ。
「無理言ってごめんね。聞いてほしいことがあったの」
「……はい」
　あたしと美咲さんは、カウンターに席を移していた。
　さっきまでいた数組のお客さんもお店を出ていき、今はあたし達だけ。
　早苗達の静かな話し声が微かに聞こえる程度で、落ち着いた感じのジャズがすっと耳に溶け込んできていた。
「ほんとは仕事中にこんなことしちゃいけないんだけど。今はジンさん不在だから」
「……はぁ」
　そう言ってあたしに紅茶を出すと、美咲さんはその隣に腰を下ろした。
　あ……そういえば。
　ジンさんがいないことに、今さら気づく。
「要からどこまで聞いてる？」
「え？」
　唐突に、美咲さんは話を切り出した。
　ジンさんが帰ってくる前に、あたしと話をすませたいようだ。
「どこまで……って。たぶん、なにもあたし聞いてません。

あ、ただ美咲さんと要は……昔……」
　そこまで言うと、美咲さんは「やっぱり」と小さく息を吐き出した。
　そして、静かに静かに口を開いた。
「あのね……」
　美咲さんの色っぽい唇に、思わず目が釘づけになる。
　グロスがのっていて、美咲さんが言葉を発するたびに、それはキラキラと色を変えた。
「さっき要がここに来たの。今日は非番だから来るはずないんだけど。『うぃーす』なんて爽やかに入ってきたと思ったら、アイツ突然、こう言ったの」
　要がここに？
　あれから全然連絡もなくて……。
　どうも、家にもあまり帰っていないらしい。
　いったい、なにしてんのよ。
　あたし……お正月が過ぎたら、いなくなるかもしれないんだよ？
　でも、要はあたしに会いに来ない。
　連絡もくれない。
　それが……要の答え。
　あたしはただ、美咲さんの言葉に耳を貸す。

「……え？」
「聞いてなかったの？　アイツ、今日いきなり来て『俺、バイト辞めます』って……。まったく、非常識にもほどが

あるよ。文句のひとつも言ってやろうと思ったのに、その理由聞いて納得しちゃった」

そう言うと、美咲さんは肩をすくめた。

理由？ 理由ってどんな……？

「それから」

時計を見て、美咲さんは早口に言うと、あたしを見た。

「あたしがここに入った理由だけど……あたしね？ 実はジンさんが好きなんだ。ジンさんと少しでも一緒にいたくて要に無理言って、入れてもらったの。もちろん、要はすごく反対してたけど」

「反対？」

まさか、と思う。

その時、要はまだ美咲さんが好きで、ジンさんと仲よくなってほしくなかった、とか？

勝手な妄想があたしの頭の中に浮かんでは消え、浮かんでは消えた。

美咲さんは少しだけ悲しそうに笑うと、こう続けた。

「ジンさん……ね、結婚してるんだ。あたし、わかってて、ジンさんを知りたいって思った。迷惑だよね、綺麗な奥さんがいるのに、あたしみたいな女が近づいてきたんだもん。ジンさんは……あたしの気持ちに気づいてる。要は、あたしが傷つくのわかってるから……だから反対してくれた」

「……」

美咲さん……。

彼女は笑っていたけど、あたしには泣いているように見

えた。
　──カランコロン──。
　ちょうどその時、お店のドアが開く音がして、あたしは慌てて振り返った。
　び……びっくりした。お客さんかな？
「……あれ？　キミは」
　聞き覚えのある声。隣に座っていた美咲さんの体が、ほんの少し緊張したように感じた。
　──ジンさんだ。
「……あなたがうらやましい」
「……え？　なんですか？」
　あたしがジンさんに気をとられていると、呟くように美咲さんが言った。
　その言葉は、よく聞き取れなくて……。
　あたしは、また美咲さんに視線を戻す。
「……」
「たしか……要の……？」
　──ドキン。
『要の……』そんな言葉に胸がチクリと痛む。
　ジンさん、あたしね？
　もうあたしは、要のものじゃないよ。
　ダッフルコートを脱ぎながら、あたしを見つけて優しく声をかけてくれる人。
　笑うと目尻の下がる感じが、すごく素敵で。
　大人の男の人……そんな雰囲気がある。

「いらっしゃい、未央ちゃん。ゆっくりしていってね」
「あ、あの……はい」
　思わず顔が赤くなる。
　ジンさんは爽やかな笑顔を残して、奥の部屋へ入っていった。
「あの人、あーいう顔を、悪意なく、しちゃう人なの」
「……」
「はぁ」
　美咲さんは今度は大きくため息をついて、イスから立ち上がった。
　たしかに。
　あの笑顔……もしかしたら勘違いしちゃう人もいるかも。
　ジンさんといい、要といい。
　それに、美咲さんだってそうだけど。
　このカフェは、ある意味すごい人が揃ってたんだな。
「……昔の」
「え？」
　立ち上がった美咲さんは、なにかを思い出すようにそう呟いた。
　そしてあたしに視線を落とすと、柔らかな笑みを浮かべる。
　……ドキン。
　女のあたしでも胸がときめく、その笑顔。
　彼女が微笑むだけで、その場に春が来たように、温かく

なる感じがする。
「昔の要を思い返すと、すごく変わったなって。柔らかく笑うようになったし、無駄にいろんな子と遊ばなくなった。……なによりも、自分の願いをかなえようとして、それに突き進んでる」
「……」
「未央さんのおかげなんだろうな。要の変化は。それにね。あたしがジンさんを諦めたくないって思えたのは、要のおかげなんだ。誰かをひたすら想う気持ちを教えてくれた。バカになるくらい……ね？」
　そこまで言って、美咲さんは腕時計に目をやる。
　それから小さく「あ」なんて言って、申し訳なさそうにあたしを見た。
「ごめんね……時間、過ぎちゃった」
「あ……いえ、大丈夫です。きっと許してくれます」
　あたしはカップの紅茶を口に運んだ。
　もう冷めてしまって、ぬるくなった紅茶。
　でも、すごくおいしくて。
　甘い香りが口の中いっぱいに広がった。
「気づいた？　それ、ストロベリーティー。おすすめメニューなの。要のね」
「要の？」
「なんかアイツ、苺にこだわってるみたいなの。『甘酸っぱい香りは昔を思い出す。無性に愛しい』……って。だから、あなたにも愛をおすそわけ」

「……」
　美咲さんはそう言って、カウンターの中へ戻った。
　なにかを知ってるみたいに。

　要……。
　あの約束の味……。
　あたし達の思い出の味……だね。
　それからあたしは、もう一度紅茶を口に含んだ。
　鼻の奥がツンとして、のどの奥が焼けるように痛い。
　まるで、子供のように無邪気な笑顔。
　挑発するようにあたしを覗き込む、その瞳。
　形のいい、キュッと上がってる唇。
　寝グセのついた真っ黒な髪。
　意地っ張りなとこ。
　強引なキス。
　要の温度。
　あたしより、ずっと震えてた指先……。
　全部、全部……。
　あたしの中であたたかな優しさになって染みこんでいく。
　要……。
　要……要……。

　──大好き。

ダークブラウンのテーブルに、ポツリとしずくが落ちる。
　　自分でも気づかないうちに、頬を伝う涙。
　　まるで、あたしの気持ちを表すように……。
　　ぬぐっても、次から次へとあふれ出す涙。
　　なんで、あたしの前からいなくなっちゃうの？
「……バカ」

ラストチャンス

「未央……」
　早苗達のもとへ戻ると、あたしの表情を見た早苗は、なにかを感じ取ったようだった。
「そんじゃあ、全員揃ったところで場所を移すぞー！」
　重たくなった空気を変えようと立ち上がったのは、旬の友達の拓真くんだった。
　彼は、旬と雰囲気が全然違う。
　物静かな旬とは正反対で、いつもみんなのムードメーカー的存在だ。
　そして、まとめ役でもある。
　だからだろうか、よく学園祭とかでは実行委員を任されていた。
　いつもニコニコしていて、どちらかというと勉強ができる方じゃないのに、頭の回転は速い。
　それが、みんなから一目置かれている理由でもある。
　そんな彼と旬は小学校の頃からの友達で、話さなくてもお互い、なにを考えているのかわかるらしい。
　あたしと早苗も負けてないけど。
　あたし達は会計をすませ、お店をあとにした。
　街はもう陽が傾き始めていて、高くそびえるビルに光が反射している。
　歩道を歩くあたし達の影が、長く長く伸びていて。

暖房が効いていた店内から一歩外に出ると、肌を刺すような冷気に襲われた。
　みんなから少し距離をとって歩くあたしの顔を、旬が覗き込む。
「大丈夫か」
「……うん、大丈夫。しょうがないんだよ。子供のあたしがどうあがいても……アメリカ行きは取り消せないもん」
「それでいいのかよ……お前の気持ち、そんなもんなのかよ」
　旬は、あたしから顔をそむけると、上着のポケットに手を突っ込んで、少し足を速めた。
　な、なによ……。
　だって……あたしだって……。
　旬の背中を見て、思わず泣き出しそうになってしまう。
　でも、その時――。
「……未央さんっ！」
　振り返ると、カフェから慌てて出てきた美咲さんの姿が目に飛び込んできた。
　美咲さんは背中に夕日を浴びていて、逆光になった顔があたしからははっきりと確認できなかった。
「……あの日ね！」
　あたしは少し目を細めて彼女の黒いシルエットを見つめた。
　『あの日』……？
　首を傾げるあたしに、美咲さんは息を整えながら言葉を

つないだ。
「あの、クリスマスの日! このカフェでパーティが開かれてたの。要は、出たくないって最後まで言ってたんだけどね? あたし……無理言ってパーティに来てもらった。どうしてもジンさんといたくて。バイトの合間とか、休みの日とか……放課後にも相談にのってもらってた。あたし、ひとりじゃ勇気出なくて……未央さんのことも考えずに、ほんとにごめんなさい。たくさん不安になったでしょ? あたし……酷いことしてた。今までのあたしは、きっとその気持ちにも気づけない、最低なヤツだったんだよ。きっと要はそんな言い訳しないだろうから……」
「……」
　美咲さんはそこまで一気に言うと、大きく息を吸い込んだ。
　あたしはただ、黙って首を振るしかなかった。
　だって、あたしは要のこと、最後まで信じ切れなかったんだもん。
　あたしだって悪い。
　こんなすれ違いが起きちゃったのは、美咲さんのせいだけじゃなくて……きっとあたし自身の問題なんだ。
「美咲さん……要が必死にバイトしてた理由って、なんですか?」
　あたしはじっと足もとを見つめてから、視線を上げた。
「……未央さん、もっと自信持っていいと思う。あなたが思ってる以上に要は……。あ! ごめんね……あたしがこ

んなこと言うのは間違ってるよ。直接本人に聞いてほしいな」
「え?」
　美咲さんはそう言って、にっこりと微笑んだ気がした。
「またお店に遊びに来てね。おいしいストロベリーティーいれるから」
「……え、あの……はい」
　どういうこと?
　美咲さん……どこまで知ってるの?
「あ!　……そうだ、言い忘れてた。要がさっきお店に来た時ね、なんだか『約束の場所』がどうとか言ってた」
　美咲さんの声が、夕焼けの街に溶けていく。
　ざわざわとした街の騒音(そうおん)の中、なぜかその声だけがクリアにあたしの耳に飛び込んできた。
　や……くそ……く?
　それって……。
「——それってもしかして」
「もう行かなきゃ……それじゃ、またね」
　ハッとして顔を上げた時には、お店の中に消えていく美咲さんの後ろ姿が、微かに見えただけだった。

　あ……行っちゃった……。
　約束?
　約束の場所ってもしかして……。
　脳裏に浮かんできたのは、あたし達が初めて出会ったあ

の場所。
　なに？　あそこがどうしたの？
　胸がドキドキと、大きく鼓動を刻む。
　あたしは、手が震えていることにやっと気づいた。
「……」
　しばらくその場から動けずにいると、いつのまにか早苗があたしのそばまでやってきていた。
「クリスマスすっぽかしたんだし、1発殴ってやっても罰(ばち)当たんないと思うよ？」
「え？」
「このまま離ればなれになるなんてなんかムカつくじゃん？」
　早苗はそう言うと、少しだけ口を尖らせて見せた。
　呆れたように、でもほんのちょっと嬉しそうに。
　年が明ければ、忙しくなる。
　要に会えるのも、きっと今日がラストチャンスだ。

　人がまばらになった住宅街に、足音がこだまする。
　世界をオレンジに染めていた太陽は、とっくに見えなくなってしまった。
　夜空に月は見えない。
　今日は新月(しんげつ)なんだろうな……。
　いつもよりキラキラ光っている夜空を見上げた。
　月が見えないぶん、その周りの星達が、まるで自分の存在を主張するかのように輝いている。

首に巻きつけたマフラーがときどき外れかかるのを、あたしは何度も直しながら、速度をゆるめず走った。
「はっ……はっ……はあ……」
　乱れた息を整えながら、あたしは携帯を開いた。
　暗闇に眩しいくらいの光に、あたしは思わず目を細めた。
　23時52分……。
　もう……間に合わないかもしれない。

　あたしはあれから、早苗達と一緒にいた。
　ううん、動き出せなかった……。
　いるかどうかもわからない、要。
　それに、もし会ったとしても……また『しょうがない』なんて言われたら、あたし今度こそ立ち直れる気がしないんだ。
　自分が思ってたよりもずっと、あたしは臆病(おくびょう)だ。
　勇気が出なくて。
　向き合うことが怖かった。
　でも……。
　あたしは今、走ってる――。
　ただ、あなたに会いたいから。
　その声が、聞きたいから……。

夜空に浮かぶプレゼント

　大晦日。
　世の中では今、各地でカウントダウンが始まっている頃だろう。
　走り抜ける住宅街で、きっとこれから初詣でに行くと思われる人達と、何度かすれ違った。
　その人の波とは真逆に、あたしは向かってる。
　植木の間に見える緑のフェンス。
　街灯に照らされた、小さな公園の入り口が見えてきた。
　あたしは迷わず、その中に滑り込む。
　公園は、この年の瀬にもかかわらず、静かで、いつもとなにも変わらない。
　そのことにホッとしつつ、ちょうど真ん中に植えられている古い桜の木の下まで駆け寄った。
「……はあ……はあ……」
　あたしは肩で息をしながら、落ち着くように、もう一度深く息を吸い込んだ。
　あたりをグルッと見渡してみても、誰の気配も感じられなかった。
　小さな敷地内には、それに見合った小さなブランコ。
　その隣の街灯は、少しでもあたしを暖めてくれているかのように、柔らかなオレンジの光で、公園の中を照らしていた。

「……要？」
　……。いない？
　やっぱり間に合わなかった。
　あたし……賭けてた。ここで会えたら素直になろうって。
　期待……してたのがいけなかったのかな。
　ストロベリーの紅茶をおすすめメニューとして、あのカフェに置いたのも。
　バイトを突然辞めちゃったのも。
　美咲さんに言った言葉も、全部。
　要はまだ、あたしを好きなんだって。
　期待してたんだ。
　鼻の奥がツンとして、あたしの視界は、ぼんやりとかすんでいく。
　唇が小さく震えて、あたしは両手を胸の前で強く結んだ。
「……要……」
「……おせーんだよ。バーカ」
　その時、誰もいないと思っていた公園で突然声がして、あたしの体はビクリと跳ねた。
　声のした方へ、ゆっくりと視線を送る。
　そこには——。
「……」
　あ……。
　誰もいないと思っていた桜の木の根もとの後ろ。
　そこには、寒そうに体を小さくしてうずくまる、要の姿があった。

「……ど……して……」

　あたしは、やっとのことで言葉を紡ぎだす。

　要は腕を組んだまま、ゆっくりと体を起こした。

　そして、呆然と立ちすくむあたしの目の前までやってくると、両手を上着のポケットに突っ込んだ。

　……怒ってる？

　眉間にシワを寄せて、あたしを見下ろす要。

　なんだか、あたしは要の家で要と出会った頃を思い出していた。

　そうだ……。

　あの時もこうだった。

　面倒くさそうに、少し挑発的な目で、あたしをなめるように眺めた要。

　不覚にも、その瞳の力に、胸がドキリと高鳴った。

『あぁ、あんたが未央』

　そう言って、ふーんと鼻で笑った要。

　もう一度、その言葉を言われるんじゃないかなんて考えてしまう。

　そんなことを、ぼんやりと考えていた……。

　だけど――。

　不意に要がポケットから手を出して、あたしの体を強引に引き寄せた。

　……ドクン。

　走ってきたことで、鼓動を速く刻んでいた心臓が、より大きく脈打った。

「あー！　マジさみぃ」
　要は吐き出すように言って、さらにギュッとその腕に力をこめる。
　あたしを包む要の体は、確かに冷たくて、長い時間ここにいたことがわかった。
　でも、あたしは要の体に手を回すことができなくて。
　固まったまま、その場に立ちつくしていた。
　だって……。
　あたしが来るかどうかなんて、わからなかったはずなのに……。
　ずっとこんな寒いところにいたなんて。
「なん……で？」
　やっと声をしぼり出すことができた。
　でも、その声も震えていて。
「……」
　そんなに、力の限り抱きすくめられたら。
　痛いよ……。
　あたしの言葉に、ようやく要は腕の力をゆるめ、少しだけ距離をとった。
「あとちょっと遅かったら、もう諦めてた」
「え？」
　要は、少し首を傾げて、あたしの顔を覗き込んだ。
　腕時計に目をやり、時間を確認した要は、もう一度あたしに視線を戻す。
「お前、ギリギリ」

「……なにが?」
　「どういうこと?」と首を傾げるあたしの顔を見て、まるで子供のような、いたずらな笑みを浮かべ、にんまりと笑う。
　そして、不意に顔を上げると、要は真っ黒な夜空を仰いだ。
　その瞬間——。
　——ドォン!
　——パン、パン。
　——ドドォン!!!
　……嘘。
「ハッピー・ニュー・イヤー☆」
　あっけにとられるあたしを見て、してやったりと楽しそうに笑う要。
　その背後で、大きな音と共に、色とりどりの花火が上がった。
　音に合わせて、要のシルエットが浮かび上がる。
　綺麗……。
　なに、これ。
　夜空に浮かび上がる、大輪の花。
　パッと咲いたかと思うと、それはすぐに消えてしまう。
　はかない花。
　色の少ない夜の世界に、赤や青、黄色やオレンジのカラーが注ぎ込まれる。
　そのリズムに合わせて、要の顔もいろんな色に染められ

た。
　ぽかんと口を開けたまま空を見上げるあたしに、要がほんの少し目を細めるのがわかった。
「間に合ってよかった。ハイ、これ」
「？」
　そう言って、要はポケットからなにか取り出すと、あたしに差し出した。
「……」
　え？
　……こ、これって？
　目の前に差し出されたものに、あたしは言葉を失ってしまう。
　視界がどんどんぼやけていって、もうなにもかもがユラユラと揺れている。
　打ち上がる花火の音、近くの家から聞こえる楽しげな声。
　にわかに騒がしくなった夜の街。
　それすらもまるで、夢の中のことのよう。
　あたしは、要の手に収まっているそれから目が離せなくて。
　震える唇を、手を、体を……。
　抑えることもできなくて……。
　頭が真っ白……。
　まさに、そんな感じ。
　ただ、言葉を失っていた。
「この場所は、俺のためにとっておいて」

その言葉に、ひと筋の涙がとうとうこぼれ落ちた。
　そして、要は手に持っていたものを、あたしの左の薬指にそっとはめた。
　そう……。
　それは、小さな指輪。
　キラキラと光り輝いている、小さな苺のモチーフをあしらった指輪だった。
　ゆっくりとあたしの指にはまっていく、その苺の指輪。
　その一連の動作はスローモーションみたいに感じられて、まるで映画のワンシーン。
　でも、ちょっとだけ大きなサイズの指輪に、要らしさを感じてしまう。
　つめが甘いよ、要？
「……へへ」
「……お前、今笑うとこ？」
　呆れたように、少しだけ口を尖らせて、いじけて見せる要。
　指輪のはまったあたしの手を、要はギュッと握りしめた。
　きっと、もっと感動的なシーンになると想像してたんだろうな。
　──大丈夫。十分、あたし感動してるから。
　笑い泣きのあたしを呆れたように眺めると、要は少しだけ頬をゆるめた。
「……あー、もうっ！」
「わっ」

気がつくと、あたしはまた要の腕の中にすっぽり収まってしまっていた。
　肩に回した要の手が、そっとあたしの髪をかきあげる。
　ふわりとあたしの鼻を、甘い香りがかすめた。
「……」
　公園の中は相変わらず静かで。
　新しい１年の始まりにしては、あまりに普通な風景で。
　でも、あたしに起こっていることは。
　あまりに普通じゃなかった。
　要は腕の力を弱めることはない。
　なにかを考えるように。ただ、じっと。
「……あ、あの」
「しいー。静かに」
「……」
　たまらず声をかけると、要はそう言っただけで、あとはまた黙ってしまった。
　ドキン。
　ドキン。
　な……。なんだろう……これは。
　あたし達は抱き合ったまま、お互い身動きもせず、じっとしている。
　動くことを要が許してくれない。
　もう、耳まで真っ赤なあたし。
　緊張のあまり、涙が出そうになっていた。
　要が静かに呼吸するたび、首筋にかかる息に、あたしの

体は震えた。
　そして、小さく息を吸い込むのがわかる。
「……未央、このまま聞いて？」
　しぼり出すような声。
　あたしは黙って、それに耳を傾けた。
「今まで、未央にたっくさん、イヤな思いさせてきただろ？」
　耳もとを、要の声がくすぐる。
　そのたびにあたしの心臓は、ドキドキと加速する。
　このままじゃ、壊れちゃうんじゃないかってほどに。
「……俺さ、ちゃんと女の子と向き合うの初めてで。真剣に付き合うって、したことなかったんだ。どうしたら未央が喜ぶかとか……どうしたら気持ちがうまく伝わるか……とか。めちゃくちゃ考えてさ。でも考えてとった行動が裏目に出て、ギクシャクしたりして。ほんと……俺、かっこ悪いよな」
「付き合うの初めてって……美咲さんは？」
「……美咲は俺らのグループの、別のヤツと付き合ってた。そいつとは俺も仲よくて……」
　そこまで言うと、要は面倒くさそうにため息をついて、さらに続けた。
「……美咲のその時の男が浮気したんだ。アイツ、めちゃくちゃ怒ってさ。腹いせに自分も浮気してやるって、美咲が標的にしたのが……」
「……要？」
「——そ。付き合ってくれなきゃ死ぬーって言うんだぜ？

俺……マジで怖かった。脅迫だっつーの」
　美咲さん……それはまずいよ……。
　あたしはカフェで花のような笑顔を振りまく、美咲さんの笑顔を思い返していた。
「……大変、だったんだ」
　あの天使のような微笑みに迫られたら、男なんてきっとイチコロなんじゃないかな？
　腕の隙間から見上げると、その視線に気づいた要と目が合う。鼻の頭が寒さで、ほんのり赤く染まってる。
「……あんなの、付き合ったうちに入んねぇよ」
　首を少し傾げて、真上からあたしを見下ろす要。
　そのまっすぐな瞳に、あたしは思わずたじろいでしまう。
　こんな至近距離で要の顔を見るのは、久しぶりな感じがする。
　要はずるい……。
　真っ黒で柔らかな髪。
　女の子みたいに綺麗な肌。
　子犬みたいに純真無垢な瞳……少し上がった唇。
　要と……美咲さんか。
　なんか、お似合いなんだもん。
　無理やりって言っても、妬けちゃうな。
「ジンさんにも、俺にやったように迫ってるらしい。最近マジで美咲のこと、相談される。なんとかならないかって。バイトしたいって言った時も……初めて俺らの学校に来た時も。アイツ、思い込んだら一直線だから。周りのこと考

えないっつーか。まいってるのは、俺も同じだっつの。なあ?」
　そう言った要は、小首をかしげてあたしの顔を覗き込んだ。
「……あたし、本当は、要は美咲さんが好きなんだと思ってた……」
「はあ?　なんで」
「だって……」
　だって、あの日。
　いつものように要を起こしに行った朝。
　ベッドの中で要が寝ぼけながら言った言葉。
「『美咲、好き』って……」
　そう言ったあたしに、要はキョトンと瞬きをした。
　心底驚いた、と言うように目をまんまるに見開いて。
「いや、アホか。『未央、好き』に決まってんじゃん」
「決まってるんだ……」
「決まってんの。てか聞き間違えるか?　ふつー」
　なんだ……あたしの勘違い……。
　ずっと心の中にあったしこりが、氷がとけるようになくなっていく。
　呆れたように肩をすくめた要。
　要はそっとあたしの手をとると、自分の口もとへ持っていった。
「──よく聞けよ?」
　あたしの表情をうかがうように、覗き込む要。

確かめるように。
　　　まるで、なにかに誓うように……。
　　　そして……。
「俺は、昔も今も……未央だけを見てきた」
「……」
「それは、これからも変わらない。俺は、未央が好きだ」
　　　要……。
　　　今なら素直になれる。
　　　あたしも、ちゃんと伝えられる。
「……うん。あたしも……あたしも要が好き」
「あは。知ってる」
　　　そう言った要は、はあっと息を吐き出すと、こぼれそうなほどの笑顔を見せた。
　　　そしてまた、あたしをキュッと自分の胸に抱き寄せる。
　　　強引で意地悪で、でも優しくてとってもあったかい。
　　　要……。要……本当に大好き。

しばしの別れ

あっという間に、正月休みも終わった。
あたしは両親とともにアメリカへ向かうため、N空港にいた。
国際線の電光掲示板が、さっきから慌ただしく変動している。
その真下で、あたしはたくさんの友達に囲まれてた。
みんな忙しいはずなのに、別れを惜しんでここまで見送りに来てくれたんだ。
「ちゃんと電話してよねっ！　メールもこまめにするんだよ？」
「手紙も送ってね？」
「うん。絶対する」
あたしは、あふれ出る涙をハンカチでぬぐっている結衣とマナに、笑顔で言った。
「桜井、アホだからなぁ……英語話せないだろ？　仲間外れにされないか心配だよ」
黙ってその様子を眺めていた旬は、眉を下げて笑った。
「あは……あはは」
アホって……旬。
たしかにそうだけど……うん。
でも、旬に言われると、なんかへこむ〜。
「早苗？」

「未央……帰ってくるんでしょ？」
 輪の後ろの方で少し離れていた早苗が、うつむきがちに言った。
 いつもさばさばしていて、男勝りな早苗。
 いつもあたしの味方だった早苗。
 いつでも、一緒にいた早苗。
 その早苗の姿に、あたしの視界は一気にゆがんでいく。
 今日は泣かないって決めたのに。
 笑顔で別れようって……決めたのに。
「当たり前だよっ！　みんなが高校を卒業する年の春に必ず帰ってくる」
「……絶対だからね？」
 早苗はそう言って、あたしの首にそっと自分の腕を回した。
「早苗……ありがと」
 あたしは、早苗の華奢な体をギュッと抱きしめた。
 本当に、みんなありがとうね……。
「それにしても……アイツ来るのか？」
 旬は空港のロビーを見渡しながら言った。
 いろんな人が入り乱れるこの場所。
 仕事でどこかへ向かう人、旅行でも行くんだろうか……家族連れや若いカップルの姿。
 国際線には、たくさんの人が行き来していた。
 そして、あたし達の他にも、こうして別れを惜しんでいる人達。

「ちゃんと時間伝えてあるんだよな？」
「……うん」
　そうなんだ。
　ここに、アイツの姿がない。
　……要———!!!
　これで何年か会えなくなるのに、見送りに来ないって、どうゆうことよっ！
　大晦日の日に、もう一度気持ちを確認して……。
　そして、この指輪をもらった。
　あたしは左手の薬指に光る苺の指輪に、視線を落とした。
「……要」
　出発時間は刻々と近づいてきてる。
　あたしの胸はドキドキと加速を続けた。
　ほんとに……。
　ほんとに、なにしてるの？
「未央、そろそろ行こうか」
　ギリギリまで待っていてくれたパパも、時計を確認すると、ため息をつきながら言った。
「……うん」
　エスカレーターの方を見つめながら、あたしは答えた。
　手に力が入るのがわかる。
　——どうして？
　要……。
　あたしは、唇をキュッとかみしめて、みんなを振り返った。

「みんな……じゃあ、行ってくるね」
「元気でね……」
「帰ってきたら、またいっぱい遊ぼうね」
「……未央」
　口々に言い合って、あたし達はまた抱き合った。
　たくさんの笑顔をありがとう……。
　大好きだよ？

　出発ロビーを抜けて、チェックインをすませたあたしは、搭乗口でその足を止めた。
　そこから動けなくなった。
　だって……。
　ここを渡ってしまったら、もう……。
　要の姿を見つけることが、できないから……。

薬指に約束を

　重い足を引きずるように歩く。
　……ううん。
　歩かされてる。
　ママに優しくうながされながら、やっとの思いで機内に乗り込んでいた。
　飛行機にはすでにたくさんの人がいて、これから向かう行き先を思ってか、その表情はみんな明るかった。
　泣きたいのに泣けない。
　あたしはただ座席に身を預けて、ぼんやりと窓からの景色を眺めていた。
　大きなガラス張りの展望デッキがなんとか確認できる。
　……いるの……かな？
《本日はＡＭＡ航空をご利用いただきまして、ありがとうございます。この飛行機は、シカゴ行きでございます。機長は高橋、私は客室を担当いたします溝口でございます。シートベルトを腰の低い位置で、しっかりとお締めください。ご用の際はお気軽に乗務員に声をおかけください。目的地シカゴまでの飛行時間は11時間30分を予定いたしております》
　機内アナウンスが入ると、席を立っていた乗客達は、それぞれの席に戻っていく。
　もう出発なんだ……。

飛行機は、間もなく離陸するんだろう。
《皆様、この飛行機は間もなく離陸いたします。シートベルトをもう一度お確かめください》
　ゆっくりと、機体が動き出す。
　それと同時に、悲しみが怒りに変わった。
　頭の奥が熱くて……ドクドクと音を立てる。
「……なんなの、アイツ！　あたしのこと好きなんて言っておいて……見送りにも来ないなんてどういうことなの？　もう、ほんとに最悪っ！！」
「……未央、声大きいわよ」
「要のバカ——！！」
　飛行機が加速する。
　重力が体にかかり、腕を動かすのも難しいのに、あたしは思い切りそう叫んでいた。
　飛行機はグングン高度を上げていく。
　小さな窓から見える陸地は、どんどん離れていく。
　旋回する機体。
　耳にキンと痛みが走る。
　あっという間に、青い青い空に近づいた。
　太陽の陽射しがキラキラと雲を照らしている。
　泣きそうなくらい。
　もし空がどんより曇っていて、そのじゅうたんから雨粒を落としていてくれてたら……。
　あたしは涙を流せていたかな……？
　ほんとに……。

本当に、日本を出てしまう。
要……。
あんたって自分勝手なヤツ。
意地悪したり、冷たくしたり。
かと思うと、溶けちゃいそうなくらい甘い言葉をくれて。
あたし、振り回されっぱなしだった。
でも、ほんとに、要が大好きだったな。
《皆様、ただ今シートベルト着用のサインが消えましたが、飛行中は突然揺れることがございます。皆様の安全のため、座席にお着きの際には常にシートベルトをお締めください》
　機内アナウンスが聞こえると、隣に座っていたママが急に席を立った。
「間に合った〜。ちょっとトイレ行ってくるわ」
「……は？」
　そそくさと立ち去るママ。
　すっごく不自然なんですけど？
　いったい、なんなんだ……。
　トイレくらい、飛行機乗る前に行っておいてよ……。
　通路を挟んで、隣の席に座るパパに視線を移す。
「ママはトイレが近いんだ」
　そう言って、なんだか意味深にニヤッと笑うパパ。
　うっ……。
　なにそれ？
　なんだか、ふたりとも変だよ？

「パパは飲み物頼んでくるから」
 不気味な笑みを浮かべたまま、パパはどこかにちらっと視線を移すと、乗務員の方へ歩いていってしまった。
 ねえ……。
 飛行機の中にいる時って、そんなに歩き回っていいの？
 あたしはそんなことを思いながら「はあ」と大きく息をついた。
 アメリカかあ……。
 あたしもなにか見つけられるのかな？
 飛行機が雲の中だとわかるのに時間はかからなかった。
 不思議……。
 空に浮かんでいる雲の中に、今自分がいるなんて……。
 時折見え隠れする空の青に、あたしの目は奪われていた。
 その時だった——。
 隣の席に誰かが座るのがわかった。
 不意に感じる視線。そして気配。
 ママが帰ってきたのかな？
 うんん、違う。
 震える手をなんとか押さえながら、おそるおそる振り返る。
 履き潰したスニーカー。
 パパのじゃない……。
 深いブルーのデニム。
 これも……違う。
「……」

嘘……。
「な、んで……？」
　やっとしぼり出した声は、宙を舞う。
　そして、飛行機の騒音に、かき消されてしまった。
「――探した」
　時が止まったように感じた。
　瞬きすら、忘れてしまった。
　――要、がいた。
　要は口の端をキュッと上げてそう言うと、あたしを抱き寄せて。
　そして、いつもみたいにおもしろそうに、最高に甘ったるい声であたしの耳をくすぐった。
「もう会えなくなるなんて、そんなこと許さねーから」
「……」
　あたしを抱き寄せる腕に、さらに力がこもるのがわかる。
　要の大きくて綺麗な手は、あたしの髪をかきあげ、さらに自分の方へ引き寄せた。
　これ以上、くっつけないってくらい。
　力は強くて、苦しいのに。
　でも、イヤじゃない。
　心地いい感覚。
　甘い香水の香り。
　予期せぬ事態と。大好きな要の匂いに包まれて。
　あたしは今にも、倒れてしまいそうだった。
　ドキン、ドキン。

この心臓の高鳴りは、あたし？
　それとも……要のもの？
　要は体をそっと離し、今度はまっすぐにあたしの目を見つめた。
　頬を両手でしっかりと固定され、もう息がかかりそうな距離に要の顔。
「……」
「……」
　う……わ。
　キス……されちゃうのかな？
　真っ黒な髪は、今日も無造作にセットされていて。
　その前髪から覗く、まるで子犬のようなまあるい瞳。
　まつ毛、長いな……。
　唇なんか、なんて綺麗なんだろう。
　どんどん体温が上昇していくのがわかる。
　唇は震え、瞬きをしてしまえば、涙が今にもこぼれそう。
　そんなあたしのことなんかおかまいなしで、要の瞳はただじっと、あたしをとらえて離さなかった。
　そして、真剣な表情をふっとゆるめると、要はいつものようににんまりと笑って、こう言った。

「今度は、未央んちに俺を居候させて☆」

「……」
「英語、教えてやるから」

「……」
「毎日、キスしてやるし?」
「……」
「その先だって、俺が手取り足取り教えてやるよ」
　そして、チュッと唇に柔らかな感触。
　要は満足そうな笑顔を見せると、あたしを抱いていた腕をほどいて、背もたれに身を投げ出した。
「アメリカ……やべぇ、超楽しみ」

「……はあぁぁあ!!?」

　ちょっと待ってよぉ!?
　な、な、な……なに言ってんのおぉお!!?
　まるで子供のように、顔をくしゃくしゃにして笑う要。
　そして、開いた口がふさがらないあたし。
　楽しそうに、座席に用意されていた機内誌(きないし)をパラパラとめくる要の隣で、あっけにとられていると、そこへ両手にカップを手にしたパパ達が戻ってきた。
　パパは自分の席に熱いコーヒーの入ったカップを置くと、その隣にも置いた。
　ママは、迷わずそこへ腰を下ろす。
　そしてパパは、笑顔であたし達を見た。
「いや〜、意外に混んでて時間かかったよ」
「ほんと。でも……ちょうどよかったみたいね?」
　要の存在に驚くことなく、ママはクスッと笑った。

……え？
「……でもほんとによかったんスか？　俺までお世話になっちゃって」
「それを言うなら僕らの方だよ。要くんにもやりたいことがあっただろう」
「あ……いえ。それはどこでもできますから」
　　……待ってよ？
　なんだか、会話。おかしくない？
　みょうに親しそうに話す、要と……あたしの両親。
　そして、その両親は要がここにいることを初めから知っていた感じだし？
　あたしだけ、状況わかってないじゃないっ!!
「これからも、未央を頼むな？」
「まかせてください。いい女にしてみせます」
「あら、頼もしい」
　こら――!!!!
「ちょっと……どういうことなの？　あたしなにも聞いてないっ!!」
　え？
　というように、あたしを振り返る3人。
　うぅ……あたし、悪くないでしょ？
　思わず、その視線にたじろいでしまう。
　パパとママは困惑したようにお互いに顔を見合わせ、要はおもしろそうに頬をゆるめた。
　そして、ママが口を開いた。

「——だいぶ前に決まってたのに……聞いてなかったの?」
「え? き……聞いてないって。ねえ……要?」
　同意を求めるように、要に視線を向ける。
　要は、ほんの少し笑みをこぼしてるだけだった。
　そして綺麗な唇が動き。手もとの機内誌に視線を落としながら言った。
「俺は知ってた。12月に入ってすぐに聞いてたんだ。おじさん達が未央を、アメリカへ連れていこうとしてるのを」
「……な、なんで黙ってたの?」
　胸がドクドクと音を立てて騒ぎ出した。
　知ってたんなら……。どうして教えてくれなかったの?
　それを知って、あたしとあんまり一緒にいてくれなくなったの?
　どうせ、離れ離れになってしまうから……。
　——不安だった。
　あの時……優しい旬に頼ってしまいそうだった。
　どうして?
　頭の中では『どうして』の言葉がグルグルとすごい勢いで回っていた。
　要はガシガシと髪をいじると、その手を首もとで止めた。
　そして、チラッとあたしを見ると、また視線をそらしてしまった。
「ん——」っとなにか考えるように、ひとしきり眉間にシワを寄せた要は、小さく息を吸うと、再び顔を上げた。
「俺さぁ……ほんとのこと言うと……すっげぇ不安だった

んだわ。未央はまた俺の前からいなくなる。今までずっと一緒にいたから、急に不安になった。未央のいない時間が考えられないくらいに、俺の生活には未央がいた。焦って、イラついて、どうしたら引き止められるかって悩んだ。でさ、俺、思ったんだ。ある考えにたどり着いた。別に未央が、ここにいなくちゃいけないんじゃない。俺が未央といたいんだ。だから、俺が一緒に行こうってさ。そんで、アメリカ行くためにめちゃめちゃバイトして、資金稼ぎした。今までなにかにこんなに一生懸命になったことなかったから、誰かに見せるのもイヤだったし、ましてそれが女のためだなんて……かっこつかないじゃん?」

そう言うと、要はまた、手もとのページをめくった。

その頬が、ほんのり赤く染まっているのは、気のせいだろうか?

そうだったの?

そんなふうに思ってくれてたの?

だから、ずっと帰りも遅くて……。

ずっと会えなくて……。

それなのに……あたし……あたし……。

「……要……っ……」

もうダメだ……。

ずっと我慢していた涙が頬を伝う。

ひと筋、ふた筋と頬を伝い、あたしの右手に、温かなしずくが落ちていく。

「……それさ」

要が照れくさそうに、あごで指し示した先。
　――それは。
　苺の指輪。
「俺が作ったんだ。ほんとはクリスマスに渡す予定だったんだけど、間に合わなかった」
「……うぅ……」
「……泣くなよ。化粧落ちるぞ」
「だ、だってぇ……」
　要は「しょーがねぇヤツ」と呆れながら笑った。
　そして要はあたしの耳もとへ唇を寄せると、そっと囁いた。
「向こう着いたら、すぐに……してやるから泣きやめ」
「……ッ!!?」
　止まりました。
　……止められました。
　もう体全体から湯気が出そうなくらい、真っ赤。
　だって……だって今、なな、なんて言ったの!?
　口をパクパクさせるあたしを横目に、要は相変わらず余裕たっぷりで、鼻でフンなんて笑ってる。
「……サ……サイテ――!!!!」
　涙目のあたしを乗せて、飛行機はもっともっと空高く、高度を上げていく。
　これからもきっとあたしは、こうして要に振り回されていくんだろう。
　でも、それでもいいかって思えてしまう。

うん。
あたしは、要が大好き。
それは、これからもきっと変わらないことで。

――この苺の指輪に誓おう。
そして、あの頃の約束に誓おう。
もっともっと、一緒にいよう。
ずっとずっと、あたしの隣にいてね？

甘酸っぱい日々

　桜の花がチラチラ舞っている。
　花吹雪……。
　そんな言葉が、一番しっくりくるほどだ。
　あたたかな太陽の光。
　その中にあたし達はいた。
　満開を過ぎて、優しい風に、ピンク色の花は青い空へとその欠片を飛ばしている。
　まるで、最後のお別れにダンスしているように……。

　木漏れ日の中、あたし達の影が揺れる。
　１本の古ぼけた桜の木の下で……。
　あたしは、あの子に気持ちを伝えた。
『あたしをお嫁さんにして！』
　子供ながらに真剣だった。
　大好きだった。
　あたしの手のひらには。
　大好きな苺のキャンディがひとつ。
　その後……あの子は……なんて言ったんだっけ？
　ユラユラ揺れている微かな記憶。
　ぼんやりと見えてくる、男の子の顔。
　春の風に、柔らかな黒い髪がふわりと揺れた。
　まあるいクリクリの瞳。

長いまつ毛。ピンク色の頬。
　まるでお人形のような男の子の綺麗な唇が動いて、嬉しそうに言葉をこぼした。
「うん！　いいよ。未央ちゃんは俺の……お嫁さんだ」
「……か」
「え？」
「要くんのバカ──!!!」

　目を覚ますと、すぐ近くに男の子の顔。
　その顔は、あれから10年以上も経つのに、まだ少年のような面影(おもかげ)を残してる。
　部屋の中は、あの日を思い出させる柔らかな朝の陽射しに、包まれていた。
　渡米(とべい)して3ヶ月が経つ。
　あたし達は相変わらずで。
　シカゴ郊外の気温はまだまだ低いけれど、陽が高くなるにつれ、穏やかさを増していく。
　ほんの少し開けた窓からは、まだ葉のつかない木々が見える。
　車通りもまだまばらで、外を歩く人々は、のんびりと朝の散歩を楽しんでいるようだった。
　白いシーツに気持ちよさそうに顔をうずめて、寝息を立てる綺麗な顔。
　でも、あたしの気持ちは穏やかではない。
　……思い出したんだ。

人間の本能って、都合よくできてる。
　イヤなことは、ちゃんと忘れるようにできてるんだって。
　あたしが"あの日の記憶"をなくしてたのも。
　そのあと、要のことをキライになっちゃったわけも。
　しっかり、その、本能による出来事だったのだ。
「要のバカ」
「んー……」
　あたしの声に反応して、綺麗な顔が歪んだ。
　そして、長いまつ毛がピクリと動くと、まぶたがゆっくりと開けられていく。
　眩しそうに顔をしかめて、片方の瞳であたしをとらえた要は、その頬をゆるめた。
「……はよ」
「……」
　ジロリとにらみつけるあたしの視線なんかおかまいなしに、要は体を起こすと、慣れた手つきであたしにおおいかぶさった。
　……重い。
　寝ぼけてるの？
「ちょ……ちょっと……」
　腕に力を入れて、その胸を押してみてもびくともしない。
　髪に寝グセのついた要は、眠そうに目を細めたまま、さらにその顔を寄せる。
「……朝のお前の顔は……そそる」
「はぁ？」

そして、首筋にキス。
「ひゃ……」
　思わず、声を上げたあたしに、要はさらに軽く音を立てながらキスをくり返す。
「……未央……」
「……んっ」
　キッチンでは、ママがおいしい朝食を作ってくれているだろう。
　もう、あたし達の仲は公認(こうにん)なんだけど……。
　こんな……こんなことって……。
　どんどん熱を帯びる体。
　まるで、自分のものじゃないみたいな感覚。
　自分のものじゃないみたいな、声。
「……っ」
　熱い。
　熱い、熱い。
　要に触れられたところから熱を帯びて、溶けてしまいそう。
　あたし……どうしちゃったの？
　たまらず顔をそむけたあたしを見て、要はクスリと笑った。
「こっち向いて？　俺にちゃんと顔見せてよ」
「……ずるいよ」
　ほんとに要はずるい。
　女の子が喜ぶ言葉を、ちゃんと知ってる。

真っ赤になったあたしの唇にキスを落として、そっとおでこに自分のを重ねた。
「……やべー。止まんねぇかも」
　あたしに負けず劣らず、頬を染めた要。
　思わず「あはは」と笑ってしまう。
　幸せ……。
　そしてあたし達はまた唇を重ねる。
　深く。
　深く。
　お互いのすべてを求めるように。
　あの日の苺キャンディみたいに、甘くて溶けちゃいそうなキス。
　そして、不意にやめた要は、そっと耳もとで囁く。
「今すぐ俺のお嫁さんになる？」
「……」
　固まるあたし。
　それを見て、固まる要。
　あたしは要の目をじっと見つめながら。
　その言葉を口にした。
「……"20番目"じゃないよね？」
「……」
　一瞬、その視線が揺らいだ。
　要は「あー……」と曖昧な言葉を口にして、ばつが悪そうに視線を泳がせた。
「……いつ思い出したの？」

苦笑いをしながら、要は重なっていた体を離そうとした。
　あたしはそれをグッと引き止める。
「20番目のお嫁さんはイヤだからっ！」
「……」
　引き寄せられて、驚いたように目を見開いた要。
　でも、そんなのあたしには関係ない。
　重要なのは"今"なんだ。
　わかってるけど、でも聞きたい。
　要の口から。
　要は静かにあたしを見下ろしている。
　驚いていた瞳はいつの間にか細められ、口もとには笑みが浮かんだ。
　それから要は、ゆっくりと言葉を口にした。
「当たり前じゃん。俺って、どうも未央じゃないと、ダメみたいだし。……だから。これからもずっと俺のそばにいろよ？」
　そう言うと、要はほんの少し照れたように頬を染めた。
「……誓う？」
「誓うよ。この指輪に誓う」
　今度はおもしろそうにあたしを眺めて、いたずらっぽく笑うと、左手の薬指にそっと口づけをした。
「要……大好き」
　そして。
　あたしは穏やかな時間の中。
　最高に甘い要の体温に、おぼれていった。

あたしは、運命とか占いとか、そんなに信じるタイプではないけど。
　でも、今なら言える。
　あたし達は、この世に生を受けたその瞬間から。
　結ばれる"運命"だったんだって。
　なにがあっても、この人となら乗り越えていける。
　そう思えるんだ。
　そしてあたしは、いつも思い出すだろう。
　甘酸っぱい、あの味を。

　部屋の中に滑り込む風が、白いカーテンを揺らし、その中に春の気配を感じた。

　――春は来る。
　ゆっくりと。

　あの優しい記憶も連れて……。

Fin.

特別書きおろし番外編
苺キャンディのキス

『あたしをお嫁さんにして!』

　——幼い日。
　桜の花びらが舞う、あの懐かしい公園でしたふたりの約束。
　あの日から、どれくらいの月日が経ったんだろう。
　苺のモチーフをあしらった指輪が、左手の薬指であの頃のまま輝いている。
　アメリカから帰ってきて早数年。
　25歳になったあたしは、大好きなストロベリーティー片手に、必死な笑顔を作っていた。
「未央、顔怖いよ？」
「えっ!?」
　パッと顔を上げると、ダークブラウンのテーブルをはさんだ向こう側で早苗がケラケラと笑った。
　だって、早苗が変なこと言うから……。
『結婚前に同棲するカップルは高確率で別れる』『同棲しちゃうと、付き合ってるだけじゃわからなかった、現実が見えちゃう』って。
　いやいやいやいや。
　単なる迷信だって。
　噂レベルの都市伝説だよ！
　あたしたちに限って、そんなの絶対ありえない。

だってだって。
高校の時も、要の家に居候させてもらってたし。
普通のカップルよりは、お互いのことわかってるはずだし？
要のこと、わかってるし！
あはは。ぜーんぜん平気。平気平気……！
「……動揺しまくりだからね？　それでいつからなの？ 同棲」
ごくごくとカップの中身を飲み干してしまったあたしに、今度は美咲が呆れながら言った。
「来週から」
——ここは、いつものCAFÉ and BAR jiji。
あたしたちはよく、ここへ集まってランチを一緒にしている。
オシャレなカップを口に運ぶ美咲をチラリと盗み見る。
高校生の頃は、要となにかあるんじゃないかって疑ったこともあったけど……、今ではこうやって一緒にランチする仲だもんね。
昔の要を知ってる美咲は、あたしたちのことを本当に心配してくれている大事な友達のひとりなのだ。
そんな美咲と言えば、あれからジンさんのことは吹っ切れて、バンドマンの彼と付き合ってたんだけど……、その人とは３年前にさよならしちゃったんだよね。
今は、同じ会社に勤める年下の後輩に絶賛口説かれ中なんだって。

困る困るって言いながらも、まんざらじゃなさそうな美咲を思い出して、なんだかおかしくなってしまう。
　　ひとりそんなことを考えていると、大きなため息が聞こえてハッと我に返った。
「本当、よーーやくって感じよね」
　　そう言いながら頬杖をついた美咲に、早苗も頷いた。
「うんうん。高校卒業したらすぐ結婚するって言ってたのにね」
「あ、あはは……」
　　フォークを勢いよくつかみ、ニンジンのグラッセを口に放り込む。
　　——そうなのだ。
　　約1年間、シカゴで過ごしたあたしたち。
　　日本に帰ってきてからもいろいろあったけど、それでもあたしたちはここまできた。
　　今でも鮮明に思い出す。要の一世一代の告白を。
　　あの日要が言ってくれたプロポーズの言葉は、大事な大事な宝物だ。
　　あの時から、8年の月日が流れていた。
　　高校を卒業したあたし達はそれぞれの道に進み、今では社会人。
　　早苗はファッション関係の仕事に就き、美咲は大手企業の受付嬢になっていた。
　　それであたしは……。
　　そこまで考えて、突然体ごと抱き寄せられた。

「わっ、さ、早苗？」
「あーあ！　あたしの未央〜」
「どうしたの急に……」
「相田のヤツめ……あたしの未央と結婚なんて〜！」
　それから一層ギュッと腕に力を込めて「幸せになりなよ？」って、そう言ってくれた早苗。
「ふふ、早苗ってば。よかったね未央」
　少しだけ呆れたように眉を下げた美咲は、あたしの頭をふわりとなでた。
　平日の昼下がり。
　仕事の休憩時間に集まってくれた大好きな友達。
　乱暴に抱きしめられながら、なんだか泣きそうになってしまった。
　左の薬指にそっと触れる。
　苺のモチーフをあしらったかわいらしい小さな婚約指輪。
　要があたしにプロポーズしてくれたあの日から８年。
　あたしと要の結婚式が１ヶ月後に迫っていた。

「やっぱりこっちの色にしてよかったね」
　淡いモスグリーンのカーテンを引きながら振り返れば、新しく届いたテレビの配線をいじっていた要が顔を上げた。
「……まあ、ピンクよりはね」
　さして興味なさそうにそれだけ言うと、すぐに自分の手

もとに視線を戻してしまう要。
「ピンクも明るくてかわいかったのに」
　ひとりごとみたいに、要には聞こえない声で言ってみる。
　先週、ふたりで家具を見に行った時、部屋をどんな雰囲気で統一するかでかなり揉めたのだ。
　……というか、あたしが優柔不断で要を困らせてしまった。
　延々と悩んでるあたしに、痺れをきらした要が『これでいいじゃん』って言ったのが、全部黒かブラウンだったってわけ。
　せっかくふたりのための家なんだから、明るくてあったかい雰囲気にしたかったんだもん。
　なかなか決められなかったのは、あたしが悪いなって思ってるけど……。
　呆れちゃったよね、きっと。
　そんなことを思いつつ、要の背中を眺める。
　やわらかな黒髪が無造作にセットされていて、襟足があちこちに跳ねている。
　肩幅とか、身長とか。
　要のまとう雰囲気が、高校の時とは比べ物にならないくらい大人びていて……ドキドキする。
　幼さが抜けて、精悍になったって言うのかな。
　それでいて、笑うと途端に無邪気な少年の顔をするからずるい。

──思い出すのは今年のお正月。
　要の実家で一緒にこたつに入ってテレビを見ていた時だった。
　いつものお正月。慣れ親しんだ空間。
　キッチンでお雑煮を作るおばさんと、親戚と電話で話すおじさん。
　賑やかな声がテレビから聞こえてきて、なんだか眠くなっていたその時。
　こたつの向こう側で寝転んでいた要が、まるでひとり言のように言ったんだ。
『そろそろさぁ、俺と家族になんねぇ？』
　……って。
　一瞬言葉の意味が理解できなくて、普通に『うん』なんて返事しちゃったんだよね。
　改まったプロポーズって、映画のワンシーンみたいなロマンチックなシチュエーションを想像してたから。
　ひと呼吸おいて『…………は？』ってなって。
　ポカンとしてるあたしに、要は『返事は？』なんて無邪気に笑ってるし……。
　素敵！ってなんないでしょ？　もう！　要ってば～！
　……でもまぁ、8年前の最初のプロポーズを思い出すだけで、幸せすぎてどうでもよくなっちゃうんだけど。
　8年……。8年か～！
　思い返せばあっという間だったな。
　高校を卒業してからのあたしたちは、お互い別々の大学

へ進学した。
　それで、さすがに学生結婚はダメって両親ズに猛反対されて……。
　ふふ。あの時のおじさんの顔、すごかったな。
　いろいろあったけど、これからは誰の目も気にせずにずっと一緒にいられるんだなぁ。
　今までも同居したりしていたけど、場所がお互いの実家だったから、なかなか甘い雰囲気にならなかったもんね。
「……」
　目にかかるほどの前髪から時折見える、長いまつ毛。
　真剣な横顔。
　その姿に胸がきゅってなる。
　あたしを見てくれないかな……。
　テレビの配線はあとでいいから……。
　……はっ！
　だっ、ダメダメ！
　あたしのバカ！　ふしだら！　下心の鬼〜！
　ブンブンと首を振っていると、突然要が顔を上げた。
　ひえ！　本当にこっち見た！
　アーモンドの形をした目と視線が絡み合う。
「……なに？」
　あえて冷静を装って言ってみる。
　でも、そんなあたしのこともお見通しの要はフッと口角を上げた。
　それはそれは、意地悪な笑顔。

うっ……。
「俺に見惚れてないで、手動かせ？」
「……」
「あとでちゃーんとかまってやるから」
　さらに真っ赤になったあたしを横目に、要は楽しそうに笑う。
　ま、負けた！
　そもそも敵うはずないんだ。
　今も昔も、あたしは要には敵わない。

　なんとか片付けを終えた頃には、すっかり夜になっていた。
　真新しいキッチンは憧れの対面式。
　広くはないけどふたりで暮らすには十分なリビングが見渡せた。
　あたしはそこに立ち、ふたり分の夕食作りをする。
　要にご飯を作ってあげるのも久しぶりだな。
　本当は手の込んだものを作ってあげたいけど、今日は早くできるものがいいし、これにしよう。
「よし！」
　エプロンの紐を結び、肩で揺れる髪をひとつにくくる。
　大きめのお鍋に火をかけて、沸騰したところに麺を投入！
　冷蔵庫に手をかけたところで、要がキッチンへ顔を出した。

「なんか手伝う？」
　スウェットの袖をまくりながら言う要に、あたしはフルフルと首を振った。
「平気。お蕎麦だし、すぐできるから」
　そう言って「えーっと出汁は……」と冷蔵庫を覗き込む。
　と、その時だった。
　いきなり顔の横に手が伸びてきて、気がついたら要の腕の中に抱きすくめられていた。
　え！
　不意をつかれたあたしの思考は緊急停止。
　冷蔵庫を開け放ったまま、固まってしまった。
「……どうしたの？」
　ぶわりと全身が火照りだす。
　頭よりも体は正直だ。
　真っ赤になったあたしの肩口に顎を乗せた要。
　その唇が髪をかき分け、フッと耳たぶをかすめる。
　ついでにパクッと甘噛みされた。
「ひゃ！　ちょ、ご、ご飯作れないよ……」
　くすぐったくて思わず身をよじれば、要がおかしそうに笑った。
「俺、こっち食べたい」
　へっ!?
　期待と期待と……期待しかない。
　……って、またあたしってば！
　本当、下心しかないな。

いつからこんなになっちゃったんだ。
ダメダメ。我慢我慢。
あたしは今ご飯作ってて。
お鍋に火が……。
手を伸ばしたあたしを押さえ込んで、要がかわりに火を消した。
「逃げんなって。ほら、こっち」
「にゃはは」って笑いながら肩を揺らした要が、コトリと小首を傾げてあたしの顔を覗き込む。
で、出たな、その顔―！
「も、もう！」
ツンと顔を背けると、身体に回っていた腕にギュッと力がこもる。
その手がそっとあたしの顎に添えられ、自然な力で振り向かされた。
「さっき言ったろ？　あとでかまってやるって」
「……」
コツンとおでこを合わせ、上目づかいであたしの瞳を覗き込む要。
まるで子犬のような、まあるい瞳があたしをとらえた。
「てか、俺が今……未央をかまいたい」
「……なにそれ」
なんだか無性におかしくて。
吹き出したあたしに、要はジトッと目を細めた。
「笑うとこかよ」

「だって……」
　続きは言わせてもらえなかった。
　少し強引に奪われた唇。
　下からすくい上げるようにキスをされ、要が支えてくれなければ膝から崩れ落ちちゃいそうだ。
「未央が欲しい」
　熱っぽい瞳。甘い吐息。低くかすれた囁き声。
　キスの合間にそう言われれば、あたしに拒否権なんてない。
　応えるように、あたしよりずっと高い位置にあるその首に腕を回せば、もう要以外見えなかった。

　真新しいベッドの上に組み敷かれて、何度も名前を呼ばれる。
　刻みつけるように、何度も何度も。
　頭の芯が痺れてる。なにも考えられなくて……。
　あたしがあたしじゃなくなる感覚が怖くて、いつも必死に要にすがりつく。
　そんなあたしから、要はいつも目を離さない。
　髪にキスを落として、左の薬指に口づける。
　そして、意識を手放すその瞬間、愛おしそうに目を細めて、耳元でなにか囁くんだ。
　とても大事なことを言われてる気がするのに。
　あたしは襲ってくる眠気にあらがえなくて、いつもそれがわからなかった。

「ん……」
　やわらかな朝の陽ざしの中、そっと目を覚ます。
　見慣れない天井。
　ここは……。
　そうだ、昨日からあたし、要と一緒に……。
　のそのそと体を起こすと、それはすぐに制止された。
　体に回された腕に気づいてハッとする。
　ひえ！　あ、あたし服着てない……！
　慌ててシーツをたぐり寄せる。
　視線を落とすと、腰あたりに顔を埋める要がいた。
　やわらかな髪、なめらかな肌。うらやましい程長いまつ毛。
　その肩が、一定のリズムを刻みながら上下していた。
　綺麗だな……。
　高校生の頃より、少しだけ大人になった要。
　大人になったのは、それだけじゃない。
　昨日の夜だって……。
　なんていうか、ひとつひとつの愛情表現が丁寧っていうか。
　すごく大事にされてるってわかる。
「…………」
　って、うわあああ。
　鮮明に蘇る記憶。
　あたし、なに考えて……！
「……なにしてんの」

「えっ」
　ガバッと両手で顔を覆ったその時、かすれた声がしてビクリと肩が震えた。
　下を見ると、眩しそうに片目を開けた要と目が合う。
　み、みみみ、見られた……。
　変なこと考えてる時に限って要に見られちゃうな。
「お、おはよ」
「おはよ。…………」
　ジッとあたしの顔を見つめたまま、ゆっくりと瞬きをする要。
　あたしの身体に回っていた手が伸びてきて、そっと頬をなでた。
「っ……」
　スルスルと滑り、また離れていく手。
　キョトンとしていると、要は口の端を少しだけ持ち上げた。
「……真っ赤だな。なに照れてんだよ、今更」
　チュッとわざと音を立てるようにあたしの腰に口づけると、意地悪な笑みをこぼす。
　その笑顔が眩しすぎて眩暈がした。
　ううう。慣れない。慣れるわけない。
　かっこよすぎるでしょ……！
　改めてそう思っていると、シーツの中をモソモソ動き始めた手に気づき、ハッと我に返った。
「ひゃ！　あ、ちょ、な……要っ？」

「んー……」
「だ、ダメだよ、もう朝だよ？」
　いつの間にか押し倒され、要越しに天井が見える。
　あたしを閉じ込めるように両手をついた要は、寝癖がついた髪をふわりと揺らして、頬にキスを落とした。
「だから？」
「『だから？』って……あっ、な、なにしようとしてるの！」
　顔から火が出そうなほど真っ赤になりながら、迫ってくる要の胸をグイグイと押し返した。
　無駄なお肉なんてない、引き締まった胸板。
　だけど、あたしの手はいとも簡単に捕まってしまった。
「なにって、言わせたい？」
「……んっ！　ダメ、言わないでっ」
　──ボカ！
「って！」
　あ。
　や、やってしまった……。
　思いきり、要の綺麗なお顔をぶん殴っちゃった！
「ご、ごめんね？　痛かった？」
　慌てて飛び起きて要の顔を覗き込むと、ものすごーくいじけたように睨まれてしまった。
　なにそれ……そんな顔までかわいい。
　うっ、とたじろいだあたし。
　要はといえば、小さくため息をこぼすと両手で顔を覆ってしまった。

「はあ……。いや、違う。俺の方こそごめん。昨日は無理させちゃったかなって思ってたけど、ダメだな……未央見たら抱きたくなっちゃった」
「えっ」
 そそ、そんなド直球！
 ボン！って感じで全身がほてる。
 自分の耳を疑っていると、布団に倒れ込んだ要は自分の顔の上に腕を乗せてつぶやいた。
「これからもずっとこうして未央が隣にいんのかって思ったらさ……。ごめん、ちゃんと我慢する」
「…………」
 なにそれ、な、なにそれ!!!
 胸がキュッと切なくて、どうにかなっちゃいそうだよ。
 そっと顔の上に置かれた腕に触れてみる。
 ──ねえ。
「要……。顔、見たい」
「……お前、鬼だろ」
 はい。下心の鬼です。
「え〜、いいじゃん。ね？」
「自制してんだよ、察しろ！」
 腕の下の要。
 耳まで真っ赤だったのは、あたしの見間違いじゃないよね？
 要と出会ってもうどれくらい経つかな。
 運命のように惹かれあって、とうとう結婚するあたした

ち。
　好き。
　毎日、こうして要に惹かれてる。
　この気持ちに、終着点なんてないんじゃないかな。
　そうだといい。
　そうあることを、あたしは願ってる。

　——時計を見ると、すでに午後8時を回っている。
　今日も定時じゃ帰れないか……。
　高校を卒業したあたしは、専門学校でなんとか看護師の資格をとって、総合病院で働いている。
　外来だから深夜勤はないんだけど、どうしても帰りは定時を過ぎてしまう。
「桜井さーん、それ終わったらあがっていいよ」
「はい、わかりました」
　先輩看護師の言葉に返事をして、気づかれないように小さくため息をつく。
　それからパッと顔を上げて、カルテを持って踵を返した。
　看護の仕事は大好きだ。
　やりがいもある。
　だけど、今のあたしは少し疲れていた。
　結婚式のためにお休みをもらっているんだし、がんばろう。
　間近に迫っている一大イベント。
　その準備もあって、ここ最近本当に目の回る忙しさだ。

仕事を終えて、家に帰るころには、とうとう9時を過ぎてしまった。
「ただいま」
　あれ、電気ついてる……。
　ガサガサと買い物袋をさげてリビングを覗く。
「おかえり」
　ふたり掛けのソファに座っていた要が振り返った。
「帰ってたんだ！」
「うん。……あれ、買い物してきたの？　俺、メッセージ送ったけど」
「あ、気づかなかった」
　スマホを確認すると、2時間くらい前に要からメッセージが来ていた。
　キッチンに入ったあたしを追いかけるようにして隣に並ぶ要。
「あ！　オムライスだぁ。おいしそう……」
　ふわとろの卵がキラキラして見える。
　カフェでバイトしていた要は、厨房を手伝う事もあったからか、料理が得意だ。
　あたしよりできるんじゃないかな……。
　グゥと鳴ったお腹をさすりながら、食器棚を開けた要を見上げる。
「あれ？　要、ごはんまだ？」
「うん。未央待ってた」
　嘘……。

「ご、ごめんね？　お腹減ったでしょ、連絡すればよかった……」
「いいよ。俺が待ちたかっただけだから。疲れたろ。ほら、着替えてこいよ」
「……うん」
「早くしねーと俺が全部食っちゃうぞ」

　ぽんぽんって頭の上で弾んだ手。そのまま髪をくしゃりとなでられた。
　要……。要だって疲れてるはずなのに。
　労わるような優しい微笑みに、なんだか泣きそうになってしまった。

　要は今、ジュエリーデザイナーとして働いている。
　高校の時からその勉強もしてたし、シカゴでは『shine』という小さなジュエリーショップでデザインの基礎を学んでいた。
　そのお店のマスターが気のいい人で、いつも要に『アクセサリーには作り手の感情が宿るんだ』と言っていたのを昨日のことのように思い出す。
　卒業してからは、専門の大学へ進学して、その後大手のデザイン事務所に入った要。入社してすぐ参加したコンテストで新人賞をとったおかげで、最近では依頼の仕事が増えてきたって話。
　あたしは夢を追いかけている要を尊敬してるし、応援していた。

でも……。

要も忙しくて、あたしも帰りがこんな時間になっちゃうし、最近少しだけ、ほんの少しだけすれ違っちゃってるんだよね。

1週間のうち、一緒に夕飯を食べられたのは3日くらいだった。

ベッドに入る時間も別々だし、朝も顔を合わせないことがある。

このまま結婚しても、ずっとこんなふうに会えなかったりするのかな。

それって、なんか寂しい……。

胸の中にできた小さな小石みたいなしこりは、気がつかないうちに少しずつ大きくなっていって……。

あたしはひとり、焦っていた。

要は必死に勉強していたし、誇りに思う。

そんな要の役に立ちたい。要と並んでこれからの人生を歩きたい。

ちゃんと背中を押せる存在でありたい。

でも、こんなに一緒に過ごす時間が減っちゃうなんて。

仕事は、とっても大事。

だけどその仕事のせいで、大好きな要とすれ違っちゃってるのは……、やだ。

こんな気持ちで、あたし大丈夫かな……。

結婚式は来週に迫っていた。

日曜日。
　今日も要は休日出勤で朝から出かけていった。
　あたしはと言うと、結婚式の招待客のネームカードにメッセージを添えながら、ひとりぼんやりしてしまう。
　いつの間にか止まっていたペン。ここんところ、こんなふうにぼーっとすることが増えちゃってる気がする。
　やることはたくさんあるのに。
　窓の外を見れば、オレンジ色の空に羊雲がのんびり浮かんでいる。
　そういえば、もうすぐクリスマスだ。
　そんなことを考えていると、突然インターホンが鳴った。
　──ピンポーン。
「え……」
　ドアホンの向こう側。
　ニコニコしながら立っていたのは、久しぶりに見るママの姿だった。
「どうしたの、急に……」
　玄関の扉を開けながらそう言ったあたしに、ママはにっこり笑うと両手を持ち上げた。
　両手いっぱいの大きな紙袋の中身が、がさっと音をたてる。
「毎日要くん遅いって聞いたから。ほら、おかず。作ってきたよ」
「……ママ」
　料理、そこまで得意じゃないのに。

なんて思ったけど、久しぶりの母親の顔に、うるっときてしまう。
　あはは、あたしの涙腺壊れちゃってるみたい。
　涙ぐんだあたしを見て、ママはほんの少し眉を下げて微笑んだ。

　テーブルに並ぶのは、シンプルだけどママの得意なおかず。
　野菜の肉巻き、から揚げ、ナスの煮びたし、キュウリの塩昆布和え。
　あたしの好きなモノばっかりだし。
「ほらほら、冷蔵庫入れて」
「う、うん」
「未央、ちょっと痩せたんじゃない？　ちゃんと食べてる？」
　キッチンに立つあたしを見て、ソファに座っているママが言った。
「ダイエットしてるの。ドレス綺麗に着たいし」
「あんまり痩せてても、どうかと思うわよ？　ほら、少しぽちゃっとしてた方が女の子はかわいいんだから」
　胸の部分を強調されて、ムッとする。
「バストアップ体操してるもん！」
　そう言いながら振り返ると、安心したような顔のママがいて、ドキッとした。
「うん。大丈夫そうね」

「え?」
　なにが?
　首を傾げたあたしに、ママは持ってきた紙袋を畳みながら小さく笑う。
「あなた、ぽやんとしてるように見えて、結構気にしすぎなところあるから。結婚式まであと少しだし、いろいろ変なこと考えて、また突っ走ってんじゃないかって心配してたのよ」
　そう言うと、今度は少しだけ眉を吊り上げる。
　黙っているあたしに、ママはさらにこう続けた。
「いい?　なんか引っかかることとか、不安に思ってることあったら、自分ひとりでぐるぐる考えてないでちゃーんと周りに相談すること!　それが、要くんとのことならなおさらよ?　言わなきゃわからない。口にしないと、お互いのことなんてわかんないの」
「……」
「いくら長く一緒にいるからって、なんでもわかるなんて思っちゃダメ。育ってきた環境が違えば、考え方だって違って当たり前。それは変えられない事実なんだから」
　身を乗り出しながらそう言って、鼻息を荒げるママ。
　その勢いに思わずたじろいでしまった。
「だから、寂しいなら寂しいって、ちゃんと言いなさいよ?」
　……え?
　心の中を見透かされちゃった事に呆然とする。
　ママにはわかっちゃうのかな。

一緒に住んでるのに、寂しいって……。
　こんな、まるで子供みたいな気持ち。
「な、なんで……」
　ポロリとこぼれ落ちた言葉を拾って、ママはにっこりと笑った。
「わかるわよ。だって、あなたのママなんだもん」
　ママ……。
「よし」
　そう言って立ち上がったママは、カバンを拾い上げた。
「それじゃあ帰るね？　今度会うのは当日だね」
「あ、うん」
　さっと立ち上がり、玄関へ向かう母を慌てて追いかける。
「ママ！」
　出ていこうとする後ろ姿へ声をかけた。
「ありがとう！　来てくれて嬉しかった」
「……ご飯。ちゃんと食べてね」
　――パタン。
　扉が閉まると同時に訪れる静寂。
　嵐が去ったあとみたい……。
　その日の夜も、要は帰ってこなくて。
　あたしはひとり、母の作ったご飯を食べた。

　結婚するって決まったのに、どうして今の方がひとりだって感じるんだろう。
　寂しいって思うんだろう。

もっともっと、一緒にいたいって……。
　あたしどんどん欲張りになる。
　こんなあたしに要は呆れちゃうかな。
　結婚は"安心"って、よく言うけど。
　安心ってなに？
　家に帰れば、必ず大切な人がいる安心？
　だけど、それでいいのかな。
　放っておいていいの？　結婚するから？
　要と彼氏彼女でいた時の方が、ちゃんとデートもしたし、ふたりの時間もあった。
　だけど、今は？　今は——。
　わからない……。

　ひとりの寝室。
　ひとりのベッド。
　冷たいシーツをなで、涙がこぼれた。
　変だな……。相当、弱ってるみたい。

「はあ……」
　あたし、なにしてんだろ。
　ひとりきりの部屋にいたくなくて、こんなところまで歩いてきちゃった。
　見えてきたのは、あの公園だ。
　古ぼけた大きな桜の木。
　小さな街灯がひとつ、ひっそりと遊具を照らし出してい

る。
「懐かしいな……」
　何度もここのことを思い出してはいたけど、実際は足が遠のいていた。
　小さいけれど、手入れが行き届いていることにホッとする。
　変わってない。あの時のままだ。
　葉を落とした木を見上げて、手のひらで確かめるようになでる。
　目を閉じれば、いつでも要の姿が瞼の裏に現れた。
　マフラーをグルグル巻きにして、すごく不機嫌そうに木の根元にもたれていた要。
　『おせーんだよ。バーカ』なんて言いながら、両手をズボンのポッケに…………。
　あの頃は、なにもかも輝いていた。
　毎日が眩しくて、キラキラしてて。
「あたし、どうしちゃったの……？」
　夢が叶うのに。
　こんなに不安なんて……。
　会いたい。
　今すぐ、要に会いたい。
　そしたらこんな気持ち、すぐに消えちゃうから……。
　あの頃みたいに、意地悪な顔で笑ってよ……。
　子供みたいなわがままな願いが、次々と頭の中を駆け巡る。

この世界にいるのがあたしひとりだけのような、そんな感覚に震えて、ギュッと自分の両手で自分の肩を抱いた。
　──その時だった。

「未央」
　幻かと思った。
　だって、今、考えていたことが起きるなんて……。
「こんなところでなにしてんの」
　怒ったような、安心したような声色。
　ジャリッと砂を踏む靴音が、声と一緒に近づいてくる。
「家に帰ったら未央いねーし、スマホも置いたまんまだし。なんかあったかと思って、すっげぇ心配……」
　ゆっくり振り返ると、マフラーをグルグル巻きにした要が立っていた。
　まるであの頃のようなその姿に、なにも言えなくなってしまう。
「……未央、」
　目を丸くした要。
　ズカズカと向かってきて、そのまま抱きすくめられてしまった。
　え？
　ぎゅうって腕に力が入るのがわかる。
　ぶわりと歪んだ視界に、我に返る。
「なに泣いてんだよ……お前」
「ご、ごめ……あたし、」

「謝んな。謝んなくていいから」
　そう言った要は、少しだけ腕の力を緩めると、あたしの目を覗き込むように見た。
　要の手が頬に触れ、その華奢で長い指がこぼれ落ちる涙を拾っていく。
「……俺の方こそごめん」
「え？」
　どうして要が謝るの？
　瞬きを繰り返したあたしを見て、要の瞳が少しやわらいだ。
「ここんとこずっと一緒にいられなくてごめん。もうすぐ未央は本当に俺のモノになるって、油断してた。一緒に住んでるなら、なおさらもっと気にかけてやらなくちゃダメだったのに……」
　か、要……。違うの、あたし！
「……あたしだって、要のこと待ってられなくて……」
　疲れてたって、会いたいならちゃんと待ってればよかった。
　同棲しちゃってデートが減ったと思うなら、約束して街で待ち合わせして、恋人みたいに過ごせばよかった。
　あたしの頬に触れていた要の手が、腕を滑り、そのままあたしの手を握りしめた。
「俺、もう少し仕事調整する。だから、ちゃんと夜は一緒に寝よ？」
「っ、うん……ん？」

——よ、夜？
　なぜか違和感を覚えてパッと顔を上げる。
　まるで少年のような純粋な眼差しをしている要。
　すっかり止まった涙。
　かわりに、頭の中に"？"マークがじわじわ浮かぶ。
　なんかイヤな予感。
「だけどさ、未央もおばさんに相談すんのやめろよ」
「え？」
　なぜかジト目で睨まれる。
　その頬が心なしか赤い。
　なんで？
「さっき未央が行ってないか電話した時、聞いた。未央が悩んでるって」
「えっ」
　うわわ。恥ずかしい。
　また子供っぽいって思われちゃったかな。
　かあぁって頬がほてる。
　要はそのままあたしの手を引き寄せて、そっと抱きしめた。
　甘い香りに頭がクラクラしそう。
　同じ柔軟剤使ってるのに、要の香りは特別だ。
　あたしの脳内を麻痺させちゃうような、そんな媚薬みたいな香りがする。
　ぼんやりと間近に迫る要を見上げた。
　少し乱れた真っ黒でやわらかな髪。

目にかかるほどの前髪の向こう側で、長いまつ毛がふわりと瞬いた。
　要の茶色がかった瞳の中のあたしと目が合って、ああ、キスされるのかな……なんて考える。
「でも、本当に俺、もう我慢しないよ？」
「……うん」
　伏し目がちの要がそっとあたしに……。
　──え？
「……ねえ。あの、我慢ってなに？」
　小さな声で囁くと「ん？」って要の眉が上がる。
　甘い吐息が唇にかかり、少しだけ視線をそらした要が口ごもった。
　？
「そりゃあれじゃん。……ほら」
　ああ、あれね。えーーと、
「え!?」
『今目が覚めました』みたいな大声で叫んだあたしに、右耳を人差し指で押さえた彼に、ジロリと睨まれる。
「なっ、なっ、ぜ、全然ちがっ」
「は？　違うの？」
「違わない……けど!!　違う！」
「なんだそれ。まあいいじゃん。続き、家で聞くよ」
　よくない！　全然よくないぞ！
　パニックのあたしなんてまるでおかまいなし。
　さっと手を引かれ、要と一歩を踏み出した。

「——これからはさ、」
　言いながら、要は肩越しにあたしを見下ろす。
「どんなに小さなこともふたりで話そ？　俺、口下手だし、未央を不安にさせることもあんのかもだけど……向き合うことだけは、やめないって約束する」
　マフラーで口元を隠しながら、コトリと首を傾げてあたしを覗き込む。
「……俺は絶対未央を離さないし、なにがあっても頑張るからさ。だから、俺を信じてついてきてくんないかな」
　立ち止まった要は、向かい合うようにあたしの両手を握りしめた。
　まあるい茶色がかった瞳が、まっすぐにあたしを見下ろしている。
　要の髪が風に揺れ、フワフワと持ち上がった。
　返事を待つその瞳がキラキラ揺れているのを、あたしは見つめ返していた。
「……あたし、バカだし……優柔不断だし、いろいろ考えてひとり突っ走ったりで、要にたくさん迷惑かけちゃうだろうけど……。それでも、この要が好きって気持ちだけは世界中の誰にも負けない自信ある。それだけだけど……あたしでいいのかな……」
　そう言って少しだけうつむいた、その瞬間だった。
「ばぁーか。当たり前だろ。俺だって未央しかいねぇんだって」
　うつむいていたおでこを、ピン！と弾かれた。

見上げると、いつもどおりの要がいて。

　少しだけ挑発的な笑みをこぼすと「うーさむ!」と身震いをしてまた歩き出した。

　あたしはそんな要に寄り添って、ギュッと自分の腕を絡ませる。

　見上げると、応えるようにチラリとこっちを見る要と視線がぶつかった。

「えへへ。要、大好き」

「……。未央はそうやって俺の隣で笑ってればいいの。ひとりで泣くとか禁止な」

　グッと目を細めた要は、フンと鼻で笑ってみせた。

　その意地悪な顔が愛おしくて、照れ隠しって知ってるから嬉しくて。

　あたしはその顔をもっと見たくて、要を覗き込む。

「あはは。なにそれ。……ねえ、要は? 言ってくれないの?」

「なにを」

「『好き』って」

　――にやり。

　普段あまり言ってくれない要。

　どうせ軽くあしらわれちゃうのはわかってるけど、それでも聞かずにはいられない。

　ジッと待つあたしから要は少しだけ顔を背け、それからチラリと視線を向けた。

　そのままゆっくりと顔が近づいて、耳元に唇を寄せた要

の口が開く。
　そして——。

「あいしてるよ」

　——ちゅ。
　不意打ちのキス。

　え……。え、えええっ!?
「あ、あ、あい、あいして……」
　て、てゆか！
　なにそれずるい！　急にそんな、そんな声…。
　わざと聞かせるような甘ったるいかすれた低音。
　溶けちゃいそうで、たまらずバッと耳を両手で押さえた。
　金魚みたいに真っ赤になって口を開けたあたしに、要はいたずらな笑みをこぼし「にゃはは」って笑う。
「ず、ずるい！　今の反則！」
「はあ？　なんで」
「だ、だって普段言わないくせに！」
「…………、いや言ってるし」
「……えっ」
　い、いつ!!??
　それから、今度は少年のようなキラキラの笑顔で、固まったままのあたしを振り返った。
「また言ってやるから、ベッドの中で。ほら、行こ！」

え……？
「あああっ」
　　そうなの？　い、いつも!?
　　いつもあたしが寝落ちしちゃうあの時!?
　　もう、次は絶対寝ないっ！
　　12月の寒空には、たくさんの星屑が輝いている。
　　その下であたしを待つ要に、ああ本当に敵わないなぁって思う。
「未央。おいで」
　　グルグルマフラーの要。
　　手を差し出して、あたしを待ってる。
　　その瞳が、あたしをまっすぐ見つめてる。
　　高校生だったあの時より、少し大人になったあたしたち。
　　あの頃より、いろんなしがらみがあって、素直になれないこともたくさんあるかもしれない。
　　すれ違って、ケンカしちゃうことだってあるだろう。
　　でも、要が言ったみたいに、ふたりが向き合うことを諦めなければきっと──。
　　これから先の長い人生。
　　きっと、ふたりで笑っていられるよね？
　　駆け出したあたしは、そのまま要の胸に飛び込んだ。
　　よろけながらもしっかりと抱きとめてくれたその腕を、あたしは離さないでいよう。
「そろそろ、新婚旅行どこ行くか決めないとな」
「フランス！　お城見たい！」

「フランスなぁ……そんじゃロマンチック街道回るか」
　寄り添う影がひとつに重なって、真っ白な息が夜空に溶ける。
　自分のマフラーを外した要は、それをあたしの首にグルグルと巻きなおした。
　鼻まで隠れたあたしを見て目を細めると、そのまま手を引いて家路につく。
　歩くリズムに合わせて、やわらかな髪がふわふわ揺れた。
　話をしよう。
　──未来の話を。
　おじいちゃんとおばあちゃんになっても。
　この気持ちを忘れないために。

　飴色の扉の前。
　降り注ぐやわらかな光の中、ベール越しに、舞い上がる真っ白なハトを見上げた。
　父の腕にそっと自分の腕を添える。
　緊張したあたしに、パパは優しく微笑んだ。
「ようやく未央の願いが叶うんだな。……いつかこんな日が来るとは思って、覚悟はしてたんだけど……。子供の成長っていうのは本当にあっという間だな」
　そう言って、目を細めたパパ。
　その瞳は、まるで記憶を辿るように懐かしそうに、そして少しだけ寂しそうだ。
「覚えてるか？　要くんにプロポーズしたこと」

「え?」
　急に言われ、かあっと頬がほてる。
　パパも知ってたんだ……。
　苦笑いのあたしに、パパはおかしそうに笑う。
「あの時、未央はすごく怒ってて……。『やっぱりあたしはパパのお嫁さんになる』って、そう言ってくれたんだよ」
「え……」
　そこまでは覚えていなくて、驚いて顔を上げた。
　すると、優しく微笑むパパがいて……。
「大きくなったんだなぁ、未央。幸せになりなさい。それで、笑って、その笑顔で要くんを幸せにしてあげるんだよ」
　そう言って、パパの腕に組んでいたあたしの手をポンポンとなでた。
「うん。あたし、幸せになる。パパ……今日まで、お世話になりました」
　涙を抑えることができずに、あたしは泣きながら笑った。
　そっと瞼を閉じると、思い出が駆け巡る。
　胸に浮かぶ優しい記憶にあたしはそっと口を開いた。
「ありがとう――」
　パパはそれに応えるように、しっかりと腕を組みなおした。
　そして……。
　飴色の扉がゆっくりと開く。
　大好きな人たちに囲まれて、あたしはバージンロードへの一歩を踏み出した。

赤いじゅうたんの先に、あたしを待つ真っ白なタキシード姿の要。
　まるでおとぎ話から飛び出してきた王子様みたい。
　ピンと背筋が伸びたその姿が、眩しいくらいかっこいい。
「未央を頼む」
　パパから要へ、あたしの手が移る。
「はい」
　口角をキュッと持ち上げて、その瞳を細めた要。
　手を引いて、あたしを導くその姿に見惚れてしまう。
　そんな要に、あたしは何度だって恋に落ちちゃうんだろうな……。
　神父様の合図で要は一歩あたしへ歩み寄る。
　ベールがゆっくりと上がっていく。
　何度も夢に見た、憧れのワンシーン。
　うわわ……。緊張する。
　うつむいていると、少し身体を寄せた要があたしにだけ聞こえるように囁いた。
「綺麗じゃん」
「えっ」
　パッと顔を上げると、意地悪な顔をした要と目が合う。
「一瞬、誰かわかんなかった」
「…………」
　なにそれ。それを今言う!?
　ジト目になったあたしに、要はおかしそうに肩を揺らす。
「っははは。怒んなって。ほら、目ぇ閉じて」

そう言って、キスをしようとあたしの顎をすくい上げる。
　もう！　前言撤回！
　王子様はきっとこんなこと言わない。
　言うならもっと、甘くてとろけちゃうような……。
　そう思いながらも、目を閉じて「ん！」と顔を上げた。
　さっきまでの緊張はどこかへ飛んでったらしい。
　ギュッと閉じた瞼の向こうで、吐き出すようなため息。
　いやいや。
　ため息つきたいのはこっちだからね？
　そのままキスを待っていると、要の気配が近づいた。
　唇が触れ合う寸前。
　小さな小さなつぶやき声が、あたしの耳に届いた。
「……俺をこんなに夢中にさせてどうする気なの」
　合わせるように重なった唇は、一瞬で離れていく。
　と同時に、割れんばかりの拍手に包まれた。
　パチリ。
　目を開けると、要はまだあたしを見つめてて……。
「綺麗すぎて、困るっつの」
　思わず肩から力が抜けてしまった。
　なぜか本気で困り顔の要に頬がゆるんじゃう。
「……なにそれ……」
　その手が顎に触れ、そのまま滑るように頬をなぞる。
　そしてそのまま、二度目のキスが落ちてきた。
「……マジ好き。一緒に幸せになろうな」
「うん。幸せになろ？　ふたり一緒に……」

ふにゃりと笑ったあたしの瞳を覗き込むように見た要は、最後にもう一度ついばむような口づけをした。

　高らかな鐘の音が鳴り響く。
　道は未来へと続いてゆく。
　小さな教会に、たくさんの笑顔と拍手が溢れてる。
　ずっと忘れないよ？
　この溢れる想いを……。

　ヒラヒラ、ふわふわ。
　カラフルな花びらのシャワーが降り注ぐ。
　祝福の光に包まれたあたしに、要はもう一度キスをした。

　それはそれは、おとぎ話にも負けないくらい、甘酸っぱい苺キャンディのキスだった──。

Fin.

あとがき

こんにちは。初めまして。そしてお久しぶりです。
maiです。
この度は『オオカミ系幼なじみと同居中。～新装版苺キャンディ～』をお手に取ってくださり、ありがとうございます。
このお話は8年前に文庫本になっているのですが、新装版としてまた皆さんのもとへお届けすることができたこと、とても幸せに思います。
また、今回はとても素敵なイラストカバーになりました。
未央と要がより一層身近に感じてもらえたんじゃないかなぁと思います！

そしてそして、新たに本になるとのことで、番外編も書き下ろさせていただききました。いかがでしたか？
このお話は、本編から約8年後。以前『苺キャンディ』を読んで下さったみなさんが今回この本を手にしてくれた時『同じだけ時が流れたんだ』って思ってくれたらなぁと思い、8年の歳月を未央たちにも送ってもらいました。
もう、こんなに？　まだ、これだけ？
月日が経つのを早いと感じるか、遅いと感じるかは人それぞれなのですが、私は『もう』の方です。
どこかで、大人になるにつれトキメキを感じなくなるっ

て聞きました。だから、大人は１年があっという間だと感じる。『ハタチ過ぎたら早い』っていうのはそれなんだって。

　未央と要を書いていて、ふたりは毎日ときめいてるんだろうなぁとうらやましく思いました。

　結婚しても、未央は要に振り回されっぱなしだし、要は要で、そんな未央を愛おしく想ってるんだろうなって。

　私も、そんなふたりのようにいつまでもトキメキを忘れない大人になりたいです（笑）。

　また、未央たちの渡米後の生活やプロポーズの話は『続・苺キャンディ〜海を越えたI Love You♥〜』でお楽しみいただけたらと思います！

　最後になりましたが、担当の若海さん。スターツ出版の皆さん。かわいくてかっこいい、魅力的な未央たちを描いてくださった奈院ゆりえさん。

　この本に携わってくださったすべての皆様、本当にありがとうございました。

　そして、今回このお話を読んでくださった読者の皆さんに心から感謝しています。

　皆さんの過ごす１年が、素敵なトキメキで溢れますように。またどこかでお会いできることを願って──。

「ありがとうございました」

　　　　　　　　　　　　　　2018.11.25　ｍａｉ

この物語はフィクションです。
実在の人物、団体等とは一切関係がありません。

♡

Mai先生への
ファンレターのあて先

〒104-0031
東京都中央区京橋1-3-1
八重洲口大栄ビル7F

スターツ出版(株) 書籍編集部 気付

Mai先生

オオカミ系幼なじみと同居中。
～新装版 苺キャンディ～

2018年11月25日 初版第1刷発行
2020年10月25日　　　第3刷発行

著　者	Mai
	©Mai 2018
発行人	菊地修一
デザイン	カバー　金子歩未（hive&co.,ltd.）
	フォーマット　黒門ビリー＆フラミンゴスタジオ
DTP	朝日メディアインターナショナル株式会社
発行所	スターツ出版株式会社
	〒104-0031 東京都中央区京橋1-3-1　八重洲口大栄ビル7F
	出版マーケティンググループ　TEL03-6202-0386
	（ご注文等に関するお問い合わせ）
	https://starts-pub.jp/
印刷所	共同印刷株式会社

Printed in Japan

乱丁・落丁などの不良品はお取り替えいたします。上記出版マーケティンググループまで
お問い合わせください。
本書を無断で複写することは、著作権法により禁じられています。
定価はカバーに記載されています。

ISBN 978-4-8137-0569-7　C0193

読むたび何度でも恋をする…全力恋宣言！
毎月25日はケータイ小説文庫の日♥

心に沁みるピュアラブやキラキラの青春小説、
「野いちご」ならではの胸キュン小説など、注目作が続々登場！

ケータイ小説文庫　2018年11月発売

『オオカミ系幼なじみと同居中。』 Mai・著

16歳の未央はひょんなことから父の友人宅に居候することに。そこにはマイペースで強引だけどイケメンな、同い年の要が住んでいた。初対面のはずなのに、愛おしそうに未央のことを見つめる要にキスされ戸惑う未央。でも、実はふたりは以前出会っていたようで…？　運命的な同居ラブにドキドキ！

ISBN978-4-8137-0569-7
定価：本体610円+税

ピンクレーベル

『キミが可愛くてたまらない。』 *あいら*・著

高2の真由は隣に住む幼なじみ・煌貴と仲良し。彼はなんでもできちゃうイケメンで女子に大人気だけど、"冷血王子"と呼ばれるほど無愛想。そんな煌貴に突然「俺のものになって」とキスされて…。お兄ちゃんみたいな存在だったのに、ドキドキが止まらない!!　甘々120%な溺愛シリーズ第1弾！

ISBN978-4-8137-0570-3
定価：本体590円+税

ピンクレーベル

『新装版 サヨナラのしずく』 juna・著

優等生だけど、孤独で居場所がみつからない高校生の雫。繁華街で危ないところを、謎の男・シュンに助けられる。お互いの寂しさを埋めるように惹かれ合うふたりだが、元暴走族の総長だった彼には秘密があり、雫を守るために別れを決意する。愛する人との出会いと別れ。号泣必至の切ない物語。

ISBN978-4-8137-0571-0
定価：本体570円+税

ブルーレーベル

書店店頭にご希望の本がない場合は、
書店にてご注文いただけます。